ハヤカワ文庫JA

〈JA1192〉

怨讐星域I

ノアズ・アーク

梶尾真治

早川書房

7554

目次

Ⅱ　ニューエデン　目次

Ⅲ　約束の地　目次

怨讐星域Ⅰ　ノアズ・アーク

約束の地

瞬時に、意識を取り戻したはずだ。だが、記憶は欠落したままでいる。自分が誰なのか、何をやっているところだったのか、まったく思考をまとめる余裕がなかった。不安定な状態で。

落下していることがわかったからだ。

数秒も経たずに全身に衝撃を受けた。そのまま弾き返される感覚がある。

自分の身体が、そのまま長時間、回転を続けていると思いはじめたとき、叩きつけられた。

再び意識が途絶えた。

草と土の感触で、自分がまだ生きていることに気がついた。

横たわっている。

全身が、まだ痺れていて、うまく身体を動かせない。頭には、砂。指先には草が触れていた。目を開くと、すべてがまだ焦点が合わずぼんやりと見えるだけだった。

何かが近付いていた。人のようだったが、はっきりとはわからない。意味不明な言葉で呼びかけられるのがわかった。自分の喉からも、意味不明な呻きしか漏れていないのがわかった。

だが、そのとき、彼は電撃的に自分の名前を思いだしていた。

――田辺正広。……マサヒロ……ぼくは……マサヒロという名前だった。

だがマサヒロは呼びかけに反応できなかった。わかったのは、自分の名前だけだ。他はまったく思考がちりぢりに拡散してまとまらない。

柔かく暖かい手がマサヒロの胸に触れた。彼の目の前に大きな影が見えたが、「誰？」と尋ねるのがせいいっぱいだった。

影は、意味のわからない言葉を発した。それから手はマサヒロの身体から離される。影はそのままマサヒロを残し、遠去かっていった。

全身の末端部分を残して、痺れは徐々に去っていく。体調が回復しつつあるということは、実感できた。

ゆるゆると視界が戻ってきた。

うつ伏せになっていた身体を、一回転させると、異世界の風景が目に飛びこんできた。

昼間だった。

だが、空の色が、ややオレンジがかっていた。

森の中の広場のようだった。そのあたりだけが、樹木がまばらになっている。

樹もマサヒロが知っている植物とは微妙に異なっていた。地球の風景ではない。

「着いたんだ」

マサヒロは直観的に思った。あわてて起き上ろうとする。

両親と兄のことを、そのとき思い出していた。家族は？　一緒にいたはずなのに。

まわりには、人の気配はない。

身体が、きしんだように痛みをぶり返す。立ち上るには、もう少しの時間を必要とするようだった。

地球でも聞いた。百七十光年離れた星系の、数字で表示された惑星の名を。

その星なのだろうか。

呼吸は問題なかった。これだけ身体を重く感じるというのは、地球よりも重力が大きいのだろうか？

やや暑いと感じるくらいだ。だが、地球以外の惑星で、これほど人体に異和感のない環境というのは奇跡ではないかとマサヒロはぼんやりと考えていた。

もう少し。もう少し身体が楽になったら、両親や、兄を探しに行かねばならない。どこか……そう離れていない場所に着いている筈だとマサヒロは思った。

人声がした。

六人の男女が歩いてくる。白人もいれば、黒人もいる。言葉は英語のようでもあるが、マサヒロにはわからない。

黒人がマサヒロを指差し叫んだ。

他の男女が、駈け寄る。敵ではない。マサヒロにはそれだけはわかった。皆がマサヒロを案じるような表情を浮かべていたからだ。

うち、小肥りの男がマサヒロに話しかけた。やや力ン高い、聞き慣れないイントネーションの言葉だった。マサヒロは「わかりません」とだけ答えて首を横に振った。

その横にいた目の細いガッチリした体軀の顎髭の男が、「ああ、日本からか……」と言った。他の五人が、納得したように首を振って笑った。

髭の男は、上半身は裸だった。マサヒロの手を握り「俺も、故郷は日本だ。〈約束の地〉へようこそ」

他の男女は、言葉はわからないようだ。髭の男とマサヒロを見較べている。髭の男が、両手で自分の胸を叩きマサヒロを連れていく仕草を示すと、それぞれに一言づつ残して、去っていった。男がマサヒロに訊ねた。

「身体の具合はどうだ」

「手足の指先が、まだ痺れています」

「時間が経てば、おさまる。俺のときも、そうだった。記憶は戻ったか?」

「いや、まだ……完全じゃありません」

マサヒロがそう答えると、男は「しばらくかかるのは、仕方ないな」とひとりごとのように言った。男は、しゃがみこんで言った。

「君が倒れているのを、デショーン・ポワチェが見つけた。さっきの黒人だ。だから、皆を呼びに来た。言葉の自信がなかったらしい。皆、手真似だ。最初、君に話したのは中国人だ。ジョンは君のことを最初そう思ったらしい。俺も念のため尾いてきた。

名前はなんていうんだ」

「田辺正広です」

男は、うん、とうなずく。

「俺は、草村俊だ。ここへは、そう……地球でいえば二ヵ月前くらいに着いた。正確じゃないけどな。皆からは、シュンと呼ばれてる」

シュンは、マサヒロに立てるかと尋ねた。マサヒロは立ち上った。さっきまでの痺れはずいぶんととれていた。

「ここからコミュまで十分くらいだ。歩けるか？……というより、コミュに加わるか？」

マサヒロがうなずくと、シュンは笑顔を見せた。

「その方がいい。まだ、誰もが経験ゼロからスタートしているんだ。皆で助け合わないとね」

「あの。家族が一緒だったんですが……」

マサヒロが言うと、しばらくシュンは黙った。

「〝ジャンプ〟のとき、家族が一緒だったのか？」

「はい」

シュンは、目を二、三度しば叩かせた。どう答えるべきか迷っているようだ。それから、シュンの後方の巨木を指で差した。

「上の方を見てみろ。大きな枝が一本折れて妙な形にぶら下がっているだろう」

マサヒロは言われなければ、まったく気づくはずのないことだった。シュンの言うとおり、かなりの太さの枝が頭上二十メートルあたりの位置で折れていた。

「俺の推測だが、マサヒロが、〝ジャンプ〟後に出現したのは空中だ。たまたまあの枝の先に落ちて、バウンドした……」

「……」

「だから、その程度のショックで助かった。これは、相当に幸運だったと思う」

それから、シュンは唇を突き出した表情のまま、しばらく黙した。その沈黙が何を意味するのか、マサヒロは知る勇気が湧かなかった。

「地球から、どれだけ離れていると思う。百七十光年……。どんなに座標軸を固定して〝ジャンプ〟させたにしても、誤差が出ない方がおかしい。同条件で、同時に〝ジャンプ〟したにしてもだ。

俺の〝ジャンプ〟のときは、千五百人くらいだった。この星で到着して出会ったのは、もう一人だけだ。そのくらいの確率だ。地球で聞かされていた話とは大ちがいだよ。

まぁ、この星も広い。到着して出会ってない同期もいるかもしれないが、連絡をとる方法もないしな。たどりつける確率は、俺の中では、卵子に受精できる精子に匹敵しているんだと思うよ」

家族のことは諦めろ。そう言われている気がマサヒロにはした。

道らしい道ではない。だが、シュンという男は、かまわずにまっすぐ歩いていく。道の左手は森だった。森も、密生度が高く、捻くれたような太い幹の樹木が無数に重なり合うように生えている。その表面に赤い菱形の葉の蔓のようなものが、びっしりとへばりつき、まるで樹木に血管が浮き出しているかのようだった。森の奥まで見えるかと目を凝らしたが、昼なのに闇が広がっているだけだった。

その闇の中に、何が潜んでいるかわからないが、本能的に、その中に足を踏み入れたくないという気持ちになる。

森の反対側で、ドアが軋むような音が連続して聞こえた。一つではなく最初の軋み音の後に、二つも、三つも異なる方向からより腹にこたえるような軋み音が響いた。

「あれは？」マサヒロが尋ねた。

「オカガニだ」

「オカガニ……？」

「ああ、この惑星の生きものだ。陸で生活するカニだな。大きさは三メートルくらいの。肉食だが、おそれることはない。突然に正面に出くわしても、奴等は横にしか進めないから」

「そのオカガニが鳴いているんですか？」

「そう。正確にはちがう。オカガニのメスが自分の甲羅を足でこすって鳴らしている。オスを呼んでいる」

「出てくるんですか？」

「今は出てこない。日が暮れてからだ。ただ自分の位置だけは、オスに知らせている。

オカガニは、横にしか進めないし、動きも地球のカニとくらべて、やたらのろい。それでも、オカガニに殺される奴はいるから注意は怠るなよ」

「やはり、危険だということですか？」

「夜は、あまり出歩かないほうがいい。闇夜にやられるパターンが一番多い。それから、皆でオカガニを狩っているとき」

「狩るんですか？」

「ああ、俺たちも生きていかなきゃならないからな。食いものは、皆で協力しあって確保しなきゃならない。オカガニもその一つだ。貴重な蛋白源だからな」

右手の樹々の奥に岩山が見えた。軋み音はその方角に集中しているようだ。

「若いな。いくつだ」

唐突に、シュンはマサヒロに尋ねた。

「二十一歳です」

「そうか。やはり、若者のほうが、生存率はいいんだな。学生さんだったの？」

「そうです」

そこで、シュンは口をつぐんだ。思いなおしたように言う。

「その岩壁……。そんなこともあるんだよ。いずれ、マサヒロも知ることになる。俺と同期で〝ジャンプ〟した奴」

マサヒロは、自分の目を疑った。右手に岩山の斜面がせり出してきていた。岩壁の表面には、びっちりと厚い苔がむしていた。その岩の中から、肩から上の骸骨が突き出していた。数メートル離れた岩からは足の骨が。

「〝ジャンプ〟で出現するとき、どこに現れるかわからないんだ。転送機に、そこまで精緻さはなかったということだよな。

俺は、運が良かった。その先の川辺にぴったり着けたんだから。

こいつらは、岩の中に転送されて、重合しちまったんだ。こいつなんか……岩の中で、二日生きていた……。俺には、どうしようもなかったんだ。最後まで痛みを訴えて、呪って……こいつ、国家公務員だった。状況はすべて知っていた。最後まで、死ぬまで意識があったんだ。

俺は、ずっと横にいてやった。彼が亡くなるまでな。こいつ、死ぬまでずっと恨みごとを言っていた。俺たち皆を地球に置き去りにして逃げだした連中のことをな」

シュンは、立止まり、岩の中の骸骨に手を合わせた。マサヒロもつられて自然に手を合わせる。

それから、五分も経たないで、その場所に着いた。丘状になっている。マサヒロが見上げると数十人の男女の姿が見えた。皆、半裸に近い姿だった。誰もが労働している。丸太を運ぶもの。家を建てるもの。

「ここだ」

シュンが見上げて得意そうに言う。

「ここについてすぐは、何もする気が起らなかった。皆、ひとりぼっちだったからな。だが生きる欲求は残っていたよ。一人の仲間に会い、それが、少しづつ増えていく。出会い、言葉はわからなくても、手真似だけで集団が広がっていく。皆で協力しあわないと何も生まれないんだ。いくつかの簡単な共通言語は生まれてる。自分が、ミー。お前がユー。オカガニは、俺が名付けた。いくつかはすぐにおぼえるよ」

シュンの後を、マサヒロはついて登った。螺旋状に道が拓かれていた。ここだけは人工の道だということがわかった。

シュンが「ちょっと待って」とマサヒロに言い残し、ドーム状に木の葉を葺いたテントらしきもののところに走っていき、中へ入った。すぐに男が三人出てくる。

シュンがマサヒロを手招きした。

三人の男は、それぞれ上半身は裸だった。肥った白人。眼玉の大きな見上げるばかりの黒人。それから、東洋系の表情の読みとれない男。いずれも三十代の後半だろうか。

「コミュのリーダーたちだ。名前を言って」

シュンが、そう言った。三人ともがリーダーらしい。

「田辺正広です。マサヒロ」

三人は、笑顔でそれぞれ「マサヒロ」と口にする。

「ジャン」白人の男が、自分の胸に手を当てて言う。続いて、黒人が「ポール」。東洋系は自分の名を言ったらしい。それぞれと、マサヒロは握手を交わした。握手を交わすとき、三人ともが「マイ・ファミリー」とマサヒロを呼んだ。

三人は、マサヒロを、丸太を組んだ塔の上へ行くようにと促した。シュンを振り向くと彼は、「従え」というようにうなずいた。

三人が、塔に登り、マサヒロもそれに続いた。上は広めの足場が設けられていた。吊られた木の板を、ポールが何かの骨で叩き始めた。全身を揺らしながら、両足を開き震えさせる。口から意味不明の語りを発しながら、テンポの早いリズムで。

マサヒロが見下すと、数十人の男女が、その作業の手を止めて、塔の下に集まりはじめていた。人々は、見えていた者だけではない。巨岩がいくつも積み重なった場所があるのだが、その中からも、何人もの人々が這い出してくるのだ。その様子は原始時代の穴居人を思わせる。あるいは、もっと遠くから眺めれば蟻の群れか。

人々は、すでに群衆といえる数になっていた。それぞれが私語を発しているのか、ざわめきもマサヒロの耳には虫の羽音のような低いうねりに聞こえる。

ポールの連打が止まると、それまでの下方から湧き上るような雑音が、一瞬にして止まった。

ジャンが、足場の中央で、両手を大きく広げていた。それから叫んだ。

「アワー・ファミリー」

その声は、遠くまで谺《こだま》する。ファミリー、ファミリー、ファミリーと。

それから、いくつかの単語がならび、終る。次にヤンが進み出て同じように話す。最後に「マサヒロ」と言うのだけは、マサヒロの耳でもはっきりと聞きとれた。

ヤンとジャン、そしてポールが、マサヒロに、もっと前に出て、挨拶しろというジェスチャーをした。

マサヒロは、前に出た。百人以上の人々がマサヒロを注視していた。鎮まりかえって。

マサヒロは大きく咳ばらいを一つして、叫んだ。

「ミー！　マサヒロ」

まだ沈黙が続いていた。もう一度、区切るように叫ぶ。「マ・サ・ヒ・ロ」

誰かが、「マサヒロ」と下から返した。それが合図になって群衆は「マサヒロ」とリズムをとって叫び返してきた。七割ほどの人々が手を振っていた。マサヒロは思わず両手をあげて振りかえす。

マサヒロの名前の連呼を聞きながら、この集団に自分は認知されたのだという実感を持っていた。

ジャンとヤンが、マサヒロにうなずいて見せ、「オーケー」と言った。下に降りてかまわないという意味らしい。

再びポールが、木の板を叩きはじめる。先ほどと異なる穏やかなリズムで、見おろすと群衆は散っていく。解散のリズムのようだった。

下で、まだシュンがマサヒロを待っていた。シュンはマサヒロの肩を叩き、「オーケー」と答えたジャンが、シュンに何かを伝えると、シュンはマサヒロの肩を叩き、「オーケー」と答えていた。それからマサヒロに言う。

「俺が、マサヒロの相談役らしい。よろしくな」白い歯を剝いて笑った。「だが、俺も、この世界では、あまり相談相手にはならないと思うが、数ヵ月先輩と思ってくれればいいさ」

それからの数時間は、マサヒロは、集落の中に入り、シュンの作業を手伝った。

「太陽があの丘にかかる迄が、作業時間だ。この星に着いて普通の人間ならショック状態のはずだ。マサヒロは、休んでいてもかまわないが」

マサヒロは、その必要はないと答えた。見知らぬ環境に飛びこんだこと、家族の行方の見当もつかないことは、考えまいとしても、心の中を暗い雲として覆っている。身体を動かしていないと、逆にやりきれない思いが膨らんでくるのは目に見えていた。

〝太陽が丘にかかる迄〟マサヒロは、シュンの作業を手伝った。夜の焚火のための薪集めと、焚火の丸太組みが、その日のシュンの当番ということだった。

近くにドラム缶が三本ならべられ、炎で焙られていた。ドラム缶からのべつ湯気が舞い上っていた。女たちが、正体のわからないものを次々にその中へ放りこんでいた。

「何を驚いている。晩飯の用意をしてくれているんだ」

シュンが、マサヒロにそう言った。

「い……いや。ドラム缶があるんで驚いたんです」

「ああ。数は少いが、転送実験の初期に送られてきたらしいものは、なにがしかはあるぞ。電気製品は、まず使えない。電気がないし、転送のときに何らかの回路異常をおこしているからな。単純な道具類は使えるが、貴重品だからな。とりあえず、火はあるし」

「火は……木をこすっておこすんですね」

シュンは、首を横に振った。それから、ズボンのポケットに手を入れ、それを出した。

「めったに使わないが、こんなもの、俺、持ってきてたよ。転送前に事故防止で持ってこれないはずなのに、うっかりな」

それはプラスチックのガスライターだった。

「焚火は、あのドラム缶の火をこちらに移すさ。このガスライターは、めったには使えない。非常用だ。俺のみたいに、持ちこまれたのが、他にも何本かある。それを丁寧に使っていくしかない。上着のポケットから取り出し忘れていたやつだ。他の奴で、〝ジャンプ〟中に再合成された瞬間、肉体と融合して破裂させてしまったというのも聞いたことあるからなぁ。その意味じゃ、幸運だろう」

それから陽が丘にかかり、落ちてしまうまでは早かった。あっという間に天空は、満天の星となった。マサヒロは見知らぬ夜空を見上げて、身震いしそうになった。地球では、そんな宝石が溢れたような夜空を見たことがなかったからだ。何故か、そのとき初めて涙が流れはじめた。

「マサヒロ。火を点けるぞ」

シュンが、マサヒロを呼んだ。人々も、すでに作業をやめ、シュンやマサヒロが焚火のために組んだ丸太のまわりに集まり始めていた。だが、その表情まではわからない。影でしかない。

シュンが数本の小枝をドラム缶の炎に近付けて火を移した。その火を焚火にする。乾燥しているのか、みるみる炎は大きくなり、あたりを照らす。枝のはぜる音が、あたりに響く。

同時に、近くからゴンゴンゴンと乾いた音が響きはじめた。

「あれが、飯の合図だ」

シュンの言うとおり、ドラム缶の前に人々がならび始めていた。人種を超えた老若男女が。

響き続けている乾いた音が、食事の合図らしい。年輩の白髪の肥った北欧系の老婦人が、ドラム缶を叩いているのだった。

並んだ人々は、それぞれ容器に食べものをつぎ分けてもらっていた。

「シュン。動けないだろうから持ってきた。こちらの……マサヒロだったよね……。マサヒロくんの分も」

シュンの横に腰を下ろしていたマサヒロはその声にあわてて見上げる。二人の男と三人の女が立っていた。

一人の女が、食べものの入った容器をマサヒロに渡す。

「ありがとうございます」

マサヒロが礼を言うと、男の一人が、「おう、立派な日本男子だ」と笑った。

五人は全員、日本人らしい。

「シュンが火の番だから、皆でこちらに出ばってきたよ」もう一人の男が言った。

別の女が、マサヒロに「食事どきは、こうやって集まって食べるのよ。日本語なつかしいものね」

まわりを見回すと、やはり食事どきは、同じ国の人間同士が集っているようだった。

五人も、シュンやマサヒロと共に円になって腰を下ろした。男は二人とも無精髭が長く伸びている。女も上半身は裸に近いが、さすがに胸にはシュロのような繊維質のものを巻きつけていた。

「ヒデだ」「マコトです」「ユーミ」「エニシといいます」「ミツよ」

「よろしくお願いします」と言いつつ、とても一度におぼえきる自信はマサヒロにはなかった。

「このコミュの日本人は、これで全員だ。今日から強力メンバーが増えたからな」

眼の細いヒデが、そう笑って言った。

「食事どきくらい、日本語で喋くって食べるのがいいのよ、いろんなストレスあるからさぁ」

そう言ったのは食べものをマサヒロに渡したユーミという女性だった。目は大きいが、三十代後半だろうか。

エニシという女は、暗い陰があった。皆と一緒にいても、うちとけて会話にも加わらず、うつ向き加減で笑顔を見せない。年齢は自分とあまり変らないのではとマサヒロは思った。

「さ、食べよう、食べよう。いただきます」

シュンの合図で全員が食べ始めた。そのとき初めてゆっくりとマサヒロは自分の食事を眺めた。半円形の容器は、何かの植物の実を半分に割ったもののようだ。その中に具のたくさん入ったスープが注がれていた。スプーンは、二枚貝の貝殻を枝ではさんであった。

「この星にも、海があるんですか？」

マサヒロが尋ねた。

「あるよ。海も川も。ないのは文明だけさ」

そんな答がミツからかえってきた。「私は今日は、海岸に食糧確保に行ったばかりだからね。ギリシャ人の船乗りあがりのスケベ兄ちゃんに言いよられて、大変だったんだから」

全員が大笑いした。

「あの大男か？　腕にヌードの刺青してる」

「そ、そ」

木の実の椀から、スプーンですくって口に入れた。塩味だが、不味いものではなかった。貝と、カニのようなもの。これがオカガニだろうかと、マサヒロは思った。そして何かの実。薄暗くてはっきりとは見えないが、里芋のようなねっとりとした食感のものだった。

「マサヒロは、地球で仕事は何やってたの？」

ユーミが訊ねた。

「学生です。夜はコンビニでバイトやってました」

「ふうーん。家族も一緒だったの？　〝ジャンプ〟のとき」

「ええ」

そりゃ、聞いちゃいけないだろ、皆、思いだすとつらいことなんだから、とヒデが言うと、わかってるよとユーミが口を尖らせた。

エニシが、ぼろぼろと涙を流し始め、身体を小刻みに震わせた。

「ほら……。エニシがつらそうじゃないか」

「ごめん、エニシ」

「エニシ、まだ五日目だものな」

やっとエニシが口を開いた。

「大丈夫です」

それだけをぽつりと言った。マサヒロにはわかる。エニシも、大事な人たちと一瞬に別離してしまう体験をしたばかりなのだ。たった一人で、この異世界にいるわけではないということだけが、唯一の救いで、他には何の希望もありはしない。

全国で三ヵ所の転送施設の一つが、阿蘇の草千里に建設されると知ったのが、正広が高校を卒業する年だった。

その頃の都市伝説に「アジソン大統領は、生きている」という話があるのを正広は知っている。アメリカでは有名な話だと。

現職のアジソン大統領が、フロリダで演説中に暗殺されたのが、その三年前だった。国葬が行われ、デーパー副大統領が、大統領職につき、現在に至っている。それから、前後して、米国の要人たちの消息が途絶える報道が、相次いだ。科学者、技術者、アジソンの有力支援者。

だが、しばらくは、そんな報道でマスコミもにぎわったが、数ヵ月も経ずに話題は鎮静化する。

都市伝説の「アジソン大統領は生きている」の内容は、次のようなものである。

——地球という惑星そのものが太陽のフレア化によって消滅するという予測が、就任直後にアジソン大統領にもたらされた。大統領は、その時点で可能とされる世代間宇宙船を建造し、脱出をはかった。目的地は不明だが、太陽系外らしい。世界をパニックから防ぐために、就任中に〝暗殺された〟という演出をとらざるをえなかった。国葬の後、三万人を伴って、地球を脱出し、新天地を目指している。最近の毎年の異常気象、天変地異は、まさに、その終末の予兆である。

そんな話を正広が聞いたところで、あまり実感が湧くことはなかった。自分には関係ない世界の話だと。たしかに、その数年は、異常気象や天変地異が起らない年はなかった。観測史上初という表現が常套化してしまうほどの暖冬、豪雪、酷暑が各地を襲った。紫外線が増え、地震が頻度高く発生した。

正広は、そのような地球の変化を切羽詰って感じることはあまりなかった。夏に、今年は暑いなと感じたり、水不足だから節約しなければと呼びかけられたり、春先に蟬の声を聞いて、少しおかしいよなと感じる程度のことだった。母親が、とにかく野菜の値段が上りっぱなしで、食事代が馬鹿にならないと嘆いても、そんなものかと興味は他に向いていた。

と、同じ頃に転送装置の実用化の話題がマスコミにちらちらと登場しはじめていた。

転送装置とは、物質を〝ジャンプ〟させる装置である。物質をA地点で分解し、B地点に送りこみ、再構成させる。

その原理にアメリカのある工科大学の四人の学生たちが形を与えたのだ。

「テレビシリーズのスペースオペラで、宇宙船から惑星表面に〝転送〟する場面があるでしょう。あれを作りたかったんですよ。利用法ですか？　あまり、そこまで考えていません。そうですね。輸送革命は起きるような気はします。物流が基本から引っくり返るような。原理は、簡単です。希望される企業には安く提供できると思います。金儲けで作ったんじゃありませんから。ぼくたち」

転送装置の実験映像は、さまざまな形で繰り返し流され報道された。そのときのインタビューにチーム・リーダーのイアン・アダムスが答えたものだ。

転送装置は、彼の発言どおりその基本原理は全世界の希望企業に公平かつ安価に提供された。その企業は、驚くほど早期に改良型を開発しはじめた。その性能も、短期間で向上する。

北米で〝ジャンプ〟させた物体を、インドで再構成させたというニュースも正広は耳にしたことがある。

各国の株価が、その頃から話題にのぼらないくらいにゆるゆると下がり始めるようになっていた。それがはっきりと暴落という形になるのは、太陽のフレア化予測が、発表されてからだ。五年以内と予測されているとした各国政府の発表は、世界同時だった。

ほとんどの人々が、発表の意味を理解できなかった。太陽がフレア化することによってどのような状況が発生するのか。

そして、いくつもの具体的なシミュレーションが続けざまに報道された。

太陽内部の異常燃焼によって光炎が拡散しその先端が木星まで到達するＣＧ映像を目のあたりにすれば、どこにも逃げ場がないことを肝に銘じることが出来る。地球そのものが灼熱化してしまうのだから。

ほぼ同時に救済策が、各国政府から、その国民に提示された。

――転送施設の建設。全国民の新環境への安全優先の転送。

詳細は、もちろんその時点では伏せられ、後日、発表という形になっている。

同時期に、機密とされていた情報がリークされはじめた。それも、トップニュース扱いで。

人々は仰天した。

都市伝説と言われていたアジソン大統領生存説は事実で、アジソン大統領をはじめとして、全世界から三万人強が選ばれ、数年前に世代間宇宙船で地球脱出を果しているというのだ。

百七十光年先の星域にむかって。

選ばれた民は、アジソン大統領の一族に加えて、秘密裡に慎重に選ばれた学者、技術者そして、その家族。

情報のリーク元は、その〈ノアズ・アーク計画〉に携わった退職まもないアメリカの政府高官だった。最後まで彼自身も、その宇宙船に乗船できると信じていたという。

彼は、その計画のすべてと、三万人の全乗組員のリストまでを公表した。

全人類は、彼ら〈ノアズ・アーク計画〉で去った者たちのことを知る権利があるはずだというのが、元政府高官ルーンバック氏の主張だったが、元よりそのような大義よりも、自分が置いてきぼりをくったという恨みによるものだったと思われる。それは確認できることではない。マスコミに公表後、約一ヵ月を経てルーンバック氏は変死体として発見されることになるからだ。計画をリークしたことによるのか、一般大衆によってリンチにあったためかわかる術はないのだが。

それから、すべてのマスコミが公表された〈ノアズ・アーク計画〉についての検証を開始した。細部にわたって調査が行われたが、その計画がフィクションであるという結論に達することはできなかった。〈ノアズ・アーク号〉に搭乗したとされる三万人は、ほぼ同時期に失踪していたことが世界各地で確認された。

目的地である星域の惑星は、〈約束の地〉と表示され、恒星からの距離も数式上で確認された。

世論は、〈ノアズ・アーク計画〉で地球を脱出したアジソン大統領をはじめとする三万人に怒りを向けた。自分たちを見捨てた選民気取りの逃亡者たちに。

世界中の各国とも、それからのすべての予算が転送施設の建設に注ぎこまれることになった。経済は破綻していた。ただ、地球に残った人々が、ほんの少しの秩序をかろうじて残していたのは、転送装置というかすかな可能性に希望を託したからだろう。

その頃から、正広は自分もいずれ地球を離れて見も知らぬ星で暮らすことになるのだろうなと、ぼんやりと考えるようになっていた。

日本の三ヵ所の転送施設は、すべて国立公園の敷地内に建設されることが、信じられないスピードで法案可決された。私有地の収用に時間を費やす余裕はないとの判断が働いたのだろう。

夕食の時間に、父親が言った。

「今日、退職願を出したよ」

正広は、耳を疑った。自分の生活に一番かかわりのある言葉と受けとった。遊ぶ金は、自分のアルバイトで稼いでいるが、学費は、親から出してもらっていた。

母の顔を見る。母親は、うすうすその話は父から聞いていた様子で、うなずいていた。

「俺も明日、退職届出す」

兄が、うつむいて、おかずを箸で突つきながら、そう言った。まだ、兄は就職して一年も経たない。「仕事にならないんだ。注文も来ないし、先輩も二人、先週でやめちまったから」

兄は、小さな看板屋に勤めていた。父も「そうか！」と言っただけだった。

「来月まで、勤める。来月になったら辞める奴が続出するはずだ。そのときになったら、もっと退職願が出しづらくなるからな。退職金は、来月、振込まれる」

「もう、お金があっても、その頃はあまり、意味がないでしょう」

「そうだな」

父と母と兄は、乾いた笑い声をたてた。父親は、商社の特約店に勤務する部長職だった。

「太陽がフレア化する迄あと五年あると、東京の〝元《もと》〟がそう発表しているんだ。それまでに救済方法が見つかるはずだから、特約店も、がんばって欲しいってね。どう思う。会社じゃ、誰もそんなこと信じちゃいないんだよ。口には出さないけどな」

正広は「その話か……」と思った。色んな憶測が飛びかっていた。いちばん耳にするのは、

「いつフレア化が発生してもおかしくない。今日か、明日起っても」というものだった。父の言う〝元〟会社の推測も、同様に何の根拠もないようだった。

ただ、このような会話が食卓を囲んで行われるという事実に、正広は、やっと終末が現実に進行しているのだという認識を持った。

父なりに、情報収集を独自に進めているようだった。

「この地域なら、やはり、施設は、草千里らしい」

「市役所が窓口になって転送手続を受付けることになるらしい」

「転送申請では、財産放棄の念書が必要になるようだ。優先してもらうには。……意味があるんだろうか」

「台湾と、北朝鮮の一部と、韓国の釜山周辺も、草千里転送施設を利用することになるらしい。受け入れの規模も施設の方式で、けっこう差が出ているらしいな」

そんな話が、食事どきや、パソコンを離れた父の口から、よく漏れた。

マスコミでは、ほとんどの報道が、転送施設の性能や進行状況に関するものになりつつあった。

食事どきに、母が言った。ぼそりと。

「先にとっとと内緒で地球を逃げ出した人たちって、どんな人間だったんだろうね。信じられない人たちだよね」

兄も父も口をつぐみ、それには答えなかったが、その頃から、世代間宇宙船〈ノアズ・アーク号〉に乗りこんだとされる人々についての論評が目につくようになる。日本人でも、数十名が搭乗していることが、確認されていたのだ。

あるバイオ関係の技術者については「利己主義で、偏屈な人格だった」と報道され、ある工学博士は「常識に欠け、冷酷な判断が平気でできる人だった」と本人を知る人の口から語られた。

アジソン大統領に至っては、アメリカではすでに、「史上最低の大統領」の烙印が押されていた。側近だった人物から、真偽もわからない無数の醜聞が暴かれ、大統領の関連企業は、暴動により、焼き打ちにあっていた。

その時点で、全世界の共通の怨念は、地球を逃げ出した〈ノアズ・アーク号〉に向けられたのである。

各国で建設されつつあった転送装置の性能も微妙に差が発生しているという噂が囁かれた。日本の転送装置は精度が高いが、中国のものは、転送時に裏返ってしまうものがあるとか、インド製では、かなりの確率で転送物が融合してしまうという話だ。犬を十四転送して、すべての犬が「くっついていた。肉の塊のようになって、ほうぼうから首が生えていて、数ヵ所大きく裂けていて、数分も生命がもたなかったらしい」と。

公的な報道では、すべての噂は「根も葉もない」として否定されたのだが。

日本では、アメリカやフランスのように、暴動に発展するような社会現象は見られなかったが、営業を休止する企業が徐々に増えていった。流通も偏りはじめ、生活必需品も、種類によっては手に入りづらくなり、購入のため長い列にならぶということも日常のことになった。人々の表情から笑顔を見ることができなくなり、鬱病の患者が凄まじい勢いで増加した。目的のない衝動的な殺人は発生件数が多過ぎて数行の報道で片付けられた。

フレア化予測が実感されたのは、その夏の最高気温が全国で五日連続五十度を超えたときだ。その三日目から、パニックを起した群衆がまだ建造中だった転送施設に押し寄せたりもした。もちろん転送施設に集ったところで人々には未完成の施設を遠巻きに眺めることしかできないわけで、群衆は、そこで〈ノアズ・アーク号〉を模したハリボテを燃やしたり、狂騒的に歌を唄ったりして、気温が平常に戻ったのを契機に引き上げていった。

転送施設の完成及び、供用スケジュールが報道されるのと、転送の目的地が、〈ノアズ・アーク号〉が目指していたと思われる星系の数字の羅列でしかない聞いたこともない惑星名として公表されるのがほぼ同時のことだった。

その星の名は、誰が言い出したということもなく〈約束の地〉と呼ばれた。公的には〈新・地球〉と呼ばれたが。〈約束の地〉は〈ノアズ・アーク計画〉の中で繰り返し惑星の固有名詞として使われていたことから。〈新・地球〉は各国政府が合意の上で使用している名称だった。

――〈ノアズ・アーク〉を先まわり。

誰が言いだしたことかはわからないが、ある種の流行語として定着することになる。

それは、何を意味するかということを、誰もが、うすうすと気付いていた。

人類を見捨てて脱出した〈ノアズ・アーク号〉の人々を〈約束の地〉に到着すると同時に裁くということだ。そんな流行語をポスターにした無署名の作者が添えたイラストは、破壊されたアジソン大統領らしき人物が倒れているといったものだった。

〈ノアズ・アーク号〉に何本もの巨大な槍が突き立ち、血反吐を吐いて白眼を剝いた各家庭に配られる政府公報を正広が眼にしたとき、もう人類には選択の余地がないことを実感した。

内容は、全地球的災厄を逃れるために、全国民の避難を勧告するという趣旨で始まっていた。強調されている点を抜粋すればこうだ。

○移住するのは、他星系ではあるが、地球と環境がよく似た星である。生活は当初、不自由を強いられるかもしれないが、開拓者としての自覚と協力で短期間で文明を取り戻すことができるはずだ。

○転送施設の装置群の精度及び性能も、転送時の安全性も極めて高い。

○移住は、あくまで各個人の希望によるものであり、強制するものではない。希望者は、各市町村の担当窓口から移住申請を出すことによって、移住日時が指定される。なお、家族単位で移住を希望する場合は、同時に申請を行うこと。

○移住の際は、転送事故防止のため、転送施設への家具器具等、移住者の肉体以外の携行は禁じられる。

○移住先の惑星〈新・地球〉から地球への帰還は、現時点では不可能である。転送施設の供用は、四月一日より始まり、千五百名を一転送単位として、三十分毎に実施され、全移住を一年半で終了させるものとする。

正広が、耳にしていた情報と大きく変る点はない。ただ、太陽のフレア化の確率が劇的に増大するのは、転送施設が稼働する一年半以後なのだろうと容易に推測された。

転送施設については、他の噂も耳にした。人類が転送技術を持ったなどというのは、まっ赤な嘘で、人類をパニックに陥らせないための巨大な安楽死施設だというのである。それは、ないだろうと、正広も思っていた。すでに安楽死を望む人たちのための施設も、政府認可で運営されていたのだから。

夕食の時間に、父親が言った。

「そろそろ、わが家でも方向を決めておこうと思う。父さんは、早目に申請を出そうかと思うんだが。受付が始まってすぐに申請しても、集中するから転送は数ヵ月先になるらしい」

「早く行った方がいいのかな」

兄が顔を上げずにそう尋ねた。

「いろいろな考えかたがあるらしい。早目に行った方が〝いい場所〟を確保できる……とか新天地の土地の所有権とかの説だな。遅ければ、先陣がある程度ノウハウを蓄えていてくれるはずだという考えかたもあるな。とにかく、全世界、全人種が集中するわけだから、何もわからない」

「パパは、もう決めたんでしょう？」

母が言った。

「ああ、早い時期に行こうと思っている。ママは、それでいいか？」

「かまわないわ。それで。皆、一緒に行きましょう」

「わかった。おまえたちは？　やり残したことや気がかりになることは何もないのか」

兄は、即答せず、しばらく黙って食事を続けた。それから、ややうわずった声で言った。

「俺……皆と一緒に行かないかもしれない。……つきあってるコがいるんだ。……そのコと行こうと考えていた」

兄が、誰かとつきあっているということは正広には初耳だった。両親もそうだったようだ。しばらく、会話が途絶えた。

「その娘さん、どこの人？　どうして母さんに紹介しなかったの？」

母が、突然そう大声を出したが、「やめなさい」と父に言われ、口をつぐんだ。

「正広は？」

正広には、親しいガールフレンドもいない。いくつかの友人の顔が浮かんだが、それぞれに選択があるのだろうと勝手に考えてしまう。学友たちも、すでに帰省してしまっている者が多く、顔を合わせることもなくなっていた。

「ぼくは、行くよ。一緒に」

その三日後の夕食時に、兄が言った。

「俺も、父さんたちと一緒に行くよ」

正広もだが、両親も目を丸くした。

「どうなったの？」

問い返したのは母親だった。

「いや、あまり話したくない。あのコ、二股かけていた。俺とは行かないって」

兄は、涙を浮かべていた。母親は、嬉しさを隠しきれないように、笑いを噛み殺していた。

結果的に、父親が家族揃っての転送申請を出したのは、申請初日の午後だったが、転送予定は、十月の初旬となった。

その頃は、貨幣は価値をほとんど失いつつあったため、生活必需品も、物々交換が主流となっていた。先に移住の順番が来た人々は近所や知人に自分たちの生活用品や食糧を残していく。そんなルールも生まれていた。

申請の締切り日が来たが、それでも、移住を決意した人々は全国民の七割弱だった。三割強の国民は、地球に残ることを選択したことになる。

どのような人々が〈約束の地〉への移住ではなく、地球に残ることを選択したのかは、正広にはわからない。地球以外の環境に馴染むことはできないと、最初から諦めているのか、あるいは、ひょっとして……いや絶対に地球が滅亡することなどないと信じているのか。なかには、このような事態が進行していることをまったく知らない情報失調の人々も存在しているのかもしれないと思われた。

父親が言い出して、九月半ばに家族揃ってキャンプに出かけた。家族揃ってのキャンプなど、子供のとき以来だった。キャンプ場近くの露天の温泉を使い、山に落ちる夕陽を眺めた。高価な食糧を使い、キャンプファイアーを囲んで家族で夕食をとった。

「何やかや言ったところで、あちらが、どんな星かというのは、誰も知りはしないんだ。地球のこの風景、よく覚えておいたほうがいい。お前たちに子供ができたら、語ってきかせてやらなきゃならないからな」

炎に照らされながら、父親は、しみじみとそう言った。

母親が、ふと言った。

「ほら、裏の堀商店」

田辺家から一丁離れたところに小さな商店があった。タバコや、飲料水を売っている。

「あそこのお婆さん。行かないって」

その老婆は正広も知っていた。子供の頃からずっと。子供の頃は焼き芋やかき氷も買いに行っていた。最近は、そんな商売もやっていない。老婆が自動販売機の横に座っているだけだ。八十歳半ばだろうか。

「お爺さんが寝たきりで、家にいるんだって。主人と同時に死ぬのなら、いいんですよって」

「ふうん」

「うちが行くときは、要らなくなるものは堀商店のお婆さんにあげていこうと思うんだけど、どうかしら」

「別に。いいんじゃないかな」

「わかった。そうする。パパありがとう……。でも、堀商店のお婆さんは幸福よね。主人と同時に死ぬならいいって言いきれるっての」

翌日は、家族四人で、山を歩いた。とにかく一日中、紅葉がこれから始まろうとする山道を歩き続けた。すべてを記憶に留めようと考えながら。

父親のログセは「ファイト」である。その山道でも、何度となく聞かされた。休憩が終り歩きはじめる前に。

田辺家の転送時間は、十月七日午前三時半と指定されていた。午前一時に指定集合場所へ出向いて、シャトルバスに乗りこまねばならなかった。母親が四人分の転送受付カードを保管していた。受付カードには乗り込むバスの記号まで記されていた。

母親は、そのカードを仏壇に置いていた。

最後の夕食は、午後七時からだった。転送五時間前に食事はすませておく旨が注意書に記されていたが、充分にクリアできる時間だ。食卓にならんだのは、この数年間では正広の記憶にないほどの豪華な料理だった。品数も多く、どうやって食材を手配したのかと不思議に思えるほどだった。あまり、感情を表に出さない兄でさえ「すげえ」と声に出した。

それは、すべて母親の手料理だった。

「これだけの食費で、家族四人で十分に一年は食いつなげたわよ」

そう、母は言った。父は、自分で擂ったワサビを白身の刺身に付けながらうなずく。

「たぶん、あちらへ行っても、同じ食材のものは味わえないだろうな。何を食べて生きていかなければならないかわからない。ま、地球最後の料理だ。楽しもう」

料理は、正広にとっては最高の味覚のものばかりだった。すでに忘れかけていた味覚さえある。だが、胃袋に納まる量は一定だ。それぞれ少しずつ口にした。

両親は、テーブルの下から大切そうに一本の赤ワインを取り出した。ワイン保管所に頼んでいた年代もののようだった。

「何かの記念日に開けようと思っていたんだが、開けるのは今日しかないと思って引き取ってきた。お前たちも飲むか」

コルクを父親が開け、デカンタで数分酸化させた後に全員で乾杯した。

正広には、正直、その旨さはまったくわからなかった。

午後九時前には、食事は終り、母親は後片付けをした。それから、家族のそれぞれは、パソコンに向かったり、テレビを見たりという普段どおりの時間の過ごしかたをした。

午前零時をまわって、父親が「そろそろ予約のタクシーが来るぞ」と言ったのが合図になり、全員が着替えた。終ると揃って仏壇に参り、家を出た。

タクシーが来るまで、父親は感慨深げに我が家を眺めていた。半年前にローンを終了させた家なのだ。正広にもその気持ちがわからないではなかった。

指定集合場所へ向かうタクシーの運転手は「え、今日なんですか。御幸運をお祈りします」と言った。

父は、運転手に尋ねた。

「運転手さんは行かないの?」

「私は……申しこんでないんですよ。臆病なたちなもんで。ええ、家内も臆病なんですよ」

そんな答が戻ってきた。

「新しい星って、何がいるかわからないじゃないですか。ひでえ臭いのするとこかもわかんないし、誰も行った人いないんでしょ。怖いんですよ。あ、すみません、気にしないで下さい。こんなこと言っちゃいけないんだ。あ、転送の――技術の人を乗せたことあるんですよ。その人に、私、聞いたんですよ。〝ジャンプ〟のときですね。あ、〝ジャンプ〟って安全ですかねぇって。そしたら、しばらくうーんって唸っちゃって答えてくれなかったんですよ。それで怖くなっちゃった。私。で、それから、しばらくして、その技術の人、言ったんですよ。転送施設は、できるだけ中央から〝ジャンプ〟した方がいいって。くわしくは言わなかったけど。

参考になりますかねぇ。よくわかんないけれど」

何も参考になるはずもなかった。〝ジャンプ〟位置は自分で選択できないのだ。転送受付カードに添付されていたディスクで見ても、そうだった。

指定集合場所は市内中央のバスセンターで、そこでカードを提示して、記号と同じバスに乗り込んだ。六台の大型バスだった。

バスには、すでに半分ほど乗り込んでいた。これだけ乗り込んでいるというのに、ほとんど雑談がない。車内には、クラシックが流れているだけだ。ベートーヴェンの「田園」だった。正広が、窓から見おろすと、バスに乗り込む人々と残る人々がハンカチで目頭を押えてうなずきあっている姿が、点々と見られた。

「出発五分前です。転送施設行のシャトルバスを御利用の方は、バスの方へご乗車下さい」

アナウンスが流れた。

老夫婦が、「やはり、降ります」と急な変更を申し出て下車した。運転手にとっては、さほど珍しいことではなかったのだろう。思いとどめるような言葉もなかった。

一時間強でバスは草千里へと着いた。すでに転送の時間帯の異なるバスが数十台も駐車していた。その向こうに球場の数倍はあるかと思えるドーム形の施設が見えた。

ドーム全体が、大きなフラッシュを焚いたような光を発した。それから、薄暗いドームに戻った。

「今、一組、転送されたんだろうな」

父親が、やや間の抜けた声で、そう言った。

「バスの中でしばらく待機してください。前の組が転送施設に入ってから、下車のご案内をさせて頂きます」

バスの中での待機が、一時間強あった。母親が、「まぁ、きれい」とぽつりと言う声が聞こえた。母親は窓の外を見上げていた。曇ったガラスを手で拭いた後に、満月が浮かんでいた。草原は、穂になったススキが絨毯のように広がっていた。

それから、二回のフラッシュの後、バスは進み始め、ドーム形施設の前に停止した。

父親が「おい」と声をかける。兄と正広が振り返ると、父親が座席で中腰で立ち上り、右の掌を差し出していた。「皆、手を出せ」

父親の掌の上に母親が掌を乗せ、その上に兄が乗せる。一番上に、正広は掌を置いた。

そこで、父親が低い声で言う。

「ファイトぉー。ヨッシ」
それぞれ手を離した後に、父親が「これでいい」とうなずいた。
「到着しました。あとは係の指示でお進みください」
バスを降りて、転送受付カードに記された記号と同じ入口ゲートへ家族揃って進んだ。正広は思った。子供の頃、家族揃って行ったテーマパーク遊園地の入口も、このような光景で
はなかったか。
左の掌にナンバーが印字された。それから持ち込むことのできない私物はすべてそこで回
収される。
転送施設の中は、外観と較べて、驚くほど小さかった。ということは、施設のほとんどが
転送に必要なメカ部分ということになるのだろう。
田辺家の家族の位置は、転送室の中では、かなり端の位置にあたるらしいと正広は思いタ
クシー運転手の言っていた〝中央の位置〟からの〝ジャンプ〟には、ほど遠いと、やや不安
になった。
千五百人が格子状《グリッド》に一定の間隔で指示された位置にならぶ。正広の前に兄が、その前に両
親が立つ。
何の説明もなく、照明が消され、カウントダウンが始まった。十のカウントダウンの後、
正広は視界が真っ白になるのを感じ、意識が消える寸前に「〝ジャンプ〟だ」とだけ思った。

シュンが、立上って耳をすませる様子を見せた。それから、皆を見回して言った。

「穴に逃げるぞ」

ユーミが立上る。「ホントだ。逃げよう」

「何が？」

そうマサヒロが問い返したときに、塔の方から骨を叩く音が響いた。集合をかけるときのリズムではない。連打に近い叩き方だ。まるで、警戒警報のように鳴らし続ける。

「来ている。椀は持ってこい。穴の中で食べろ」シュンが怒鳴る。

「オカガニ……ですか？」

「ちがう。シャドーカラオケってやつだ。群れてくる」

周囲の人々も、あわてて岩穴を目指す。火は消されないままに。

ヒデとマコトが駈け出し、その後をマサヒロは、エニシとともに追った。

全員が穴の中に滑りこむ。

「数が少なきゃ、逃げこむ必要はなかったが、俺でも羽音が聞こえたからな」

マサヒロには聞こえなかったが、やがてその音が、低く、低く聞こえてきた。

「あの音が、カラオケのときの腹に響く、低音に似ているんだと。名付けたのはアメリカから跳んできた奴だ」

低音部だけだった飛翔音に、あきらかに羽ばたきらしい音が混ざった。

「最初の頃、一度に十二人、これにやられたんだ」

穴からマサヒロが覗くと、焚火のまわりを、小さな黒い影が、猛スピードで飛びまわっているのがわかる。幸いに、すべての人々が避難できたようだった。

「雨宿りと同じだよ。雨がやむまで待つしかない」

マコトが悟りきったように、マサヒロに言ったときだった。何かがシュッという音とともに穴の中に飛びこんできた。エニシの悲鳴。

岩壁にばさばさっとあたる音がする。

「来やがった」とヒデが叫び、木の板を摑み反射的に叩き落す。

焚火の光の揺れる中で、そこにぐったりと動かずにいるのは、グロテスクな小動物だった。真っ黒な身体から四十センチほどのやはり黒い羽根が伸びていた。二本の突起があるが、眼らしきものはない。その突起の下に頭の三倍ほどの大きさの口が歯を剝き出して横に広がっていた。鳥ともちがう、コウモリとも見えない。羽根のある角蛇だ。

気を失っていたのか、突然、シャドーカラオケが動いた。片羽根を動かせず、もう片方の羽根だけでぐるぐると地面を激しく回転する。それをヒデがもう一度叩き潰した。それっきり動かない。

「こいつの肉は、けっこううまいんだ。少し豚肉に似ていてね」

ヒデは、荒い息を吐きながら、そう評した。

「ただ、飛びながらこの歯で一瞬で人の肉を喰いちぎる。空飛ぶピラニアだな」

それ以上、シャドーカラオケは穴に飛びこんでくることはなかった。

「こんなことは、よくあるんですか？」

マサヒロが訊ねた。

「十日ぶりくらいだ。何か、襲ってくる法則性があるような気がするが、そこは、まだ、俺にもよくわからない」

シュンが、シャドーカラオケの頭と羽根をちぎりながら、そう答えた。

「こいつらが活動するのは、日が暮れてからだけだ。ただ、この星には、まだ危険なやつがいる」

「オカガニですか？」

「いや。ちがう。俺はまだ出っくわしてないが、〝人の倍ほどもあるでかい奴〟とか〝包みこんで溶かす奴〟とか。まだ名前もついていないんだが。他にも色々と、いる」

マサヒロは、そんな怪物たちのことを想像もできなかった。地球に似ていると聞かされていた。こんな環境で地球と似ていると言えるのだろうか。

それから、三十分ほどもすると、外のシャドーカラオケの羽音も、腹にこたえる低重音も感じなくなっていた。シャドーカラオケの群れは、どこか別の場所に飛び去ってしまったようだ。シュンの手の中にあったシャドーカラオケは、すでに皮まで剝かれ、ピンク色の肉の塊になっていた。

表で、人の声がする。シャドーカラオケが去ったことで、何人かが穴から這いだしたらしい。マサヒロは外を覗いた。

「マサヒロ。外には出ない方がいいぞ」

背後から、シュンがそう声をかけた。

「はい。でも、どうしてですか？」

「ああ。シャドーカラオケの群れが、今日はいつもより、えらく早く遠去かってしまったからな。あいつら、ここを襲おうとしていたんじゃないかもしれない。何かに追われていたということも考えられる」

「わかりました」

「知らない場所で、生きていこうと思ったら、一番大事なのは、臆病に生きることだ。一度の無鉄砲で、一つしかない生命を落とすことになる。俺たちは、ここで何の経験も持っていないんだから」

マコトが「シュンがそう言うんなら、その可能性があるだろうな」とうなずく。

「夜は……ここで寝るんですか？」

「ああ。奥の方に枯れ葉を溜めてある。その中に潜りこんで休む。皆、一緒だ」

「明日、ぼくはどうすればいいんですか？」

「俺は、明日は、食糧集めだ。俺についてくればいい。エニシも、ミツについて、今、海で食べものを集めているから。二人とも少しずつ覚えて」

シュンがそうマサヒロに言った。

「ダマされたなあ。いつも、そう思うよ」

マコトがひとり言のように、言った。「地球は、何ともないんじゃないか？　俺たちは、人口爆発の口べらしで、ここへ〝ジャンプ〟させられただけじゃないのか？　地球が、そんなふうに消えてしまうなんてことあるのかよ。政府発表でパニクって、〝ジャンプ〟させられて。本当は、まだ地球は変らないんじゃないか？　こんな生命の危機とむかいあって、非人間的な暮らしをさせられて」

それまで黙っていたヒデが、口を開いた。

「いや、政府発表は、嘘じゃなかったはずだ。俺は、新聞記者をしていたから、もっと詳細なデータは色々と目にしていた。来年フレア化が太陽で発生する確率は三十パーセントだった。四年後には九十パーセントにはね上っていた。これは、政府発表の公式なデータだけじゃない。出入りしていた民間の調査機関が独自にまとめあげていたものでも同様だったからな。確認できるかと言われたら、今、ここで確認することはできない。百数十年後に、太陽系の位置がわかれば、それが確認できるかもしれないが……今のところ、他に方法はない。そう信じるべきじゃないか。俺たちが、ここにこうやっているのは。ここが、俺たちの新しい地球であり、約束の地であると……少くとも俺は信じるよ。今は、こうかもしれないが、少くとも何世代後かでは、ここは地球になるよ。それは保証してもいい」

ヒデは、そう言いきった。

「しかし、何で俺たちが、最初の世代なんだ。言葉もわからないし、他の連中がやってることもちんぷんかんぷんだ。それぞれ、人種ごとに何考えているかわからないんだよ。これから集落が膨れあがっていくとき、もっとトラブルが発生するような気がしてならないんだ。アラブ系だって、イスラエルからって奴だって同じ集落の中にいる。今は、いい。でも、これから後、まとまるのかよ。宗教も民族もちがっていて」

そう言ってマコトは頭を振る。

「可能だと思う」

ボソッとヒデが答えた。

「俺は、今、一番理想的な原始共産制を体感していると思う。集落のために働き、集落の全員に平等に還元されている。言葉は、最低限でいい。皆、何とか協力しあって生き延びなければならないと共通認識を持っているからな。しかも、協力しあわなければ、ここでは生きていけない。外敵がいるしな。だが、その原始共産制が持続できるのは、集落に、文明的なゆとりができるまでだ。それから、どのような社会形態が発生するのかは、わからない。そのときに、初めてここにたどり着いた個人毎の宗教観、倫理観が復活するような気がする。それまでは大丈夫だろう」

「それからは、どうなるんだ」

「わからない。わからないが、共通認識が必要になると思う。既存の宗教とは全然、別の次元の」

「たとえば？」

ヒデは、マコトに問われ、腕を組んで宙を睨み、ためらうように言った。

「恨みだな。ここへたどり着いた人々は、家族を失くし、わけもわからない環境で必死で生きていかざるをえない。

その一方で、アメリカの大統領たちは、人々を見棄てて世代間宇宙船で地球を逃げ出した。それは、ここにいる人々は、皆、知っている。それが、共通認識になるんじゃないか。何とか生き延びて、自分たちを見棄てた連中に復讐しなければならないってね」

「そうよ。少くとも、その連中は許せない」

ユーミが、断言した。ミツもうなずいた。

そのとき、穴の外で、悲鳴が聞こえた。

全員が、跳ね起きるようにして外を眺めた。

人々が逃げまどっている。

何が起っているのか、はっきりとはわからない。

再び悲鳴があった。男の声だ。細く長いぬめぬめした鞭のようなものが、その男の身体に巻きついていた。次の瞬間、か細い悲鳴は宙空の闇の中に舞い上がり消えていった。

「シュンの言ったとおりだ。シャドーカラオケは、こいつに追われていたんだ」

マコトが、興奮してそう言った。続いて二つの悲鳴が同時に聞こえた。一つは空中の闇の中。もう一つは比較的近かった穴までたどりつく寸前に捕まったのだ。

その正体は見えない。

「何ですか、あれ?」

正広が聞いても、誰も答えなかった。彼らも初めて襲われた怪物のようだった。何か、巨大なモノが集落の上を覆っている気配と、どこからともなく、じゅるっ、じゅるっという鳴き声とも呼吸音ともつかない音が聞こえるだけだった。

「あの音……みんな覚えておくんだ」

そうシュンが、呟くように言った。


一年半にわたる転送計画は、すべて終了し、九州草千里転送施設では、会議室を使って行われた慰労会が、まさに終ろうとしていた。

この転送施設だけで四千万人の人々を〈約束の地〉へ〝ジャンプ〟させたことになる。勤務する二二八名の技術員とその家族七三五名が、そのセレモニーに参加していた。転送施設所長が締めの挨拶として、所員たちにねぎらいと感謝の言葉を述べた。そして、慰労会後に、この施設から最後に〝ジャンプ〟するグループになる決意も。

地球に残留することにしている四十六名のスタッフが、その最後の転送操作を受け持つことになっていた。

そのうちの一人、葦原幸一は、年老いた母と二人暮らしをしている。弟は、家族とともに、一年前に〈約束の地〉へと旅立っていった。自分には、年老いた病弱な母を残していくつもりは毛頭なく、ためらうこともなく残留を選んだ。

総務からも、転送辞退についての確認は何度も受けた。そして最後の確認が昨日も。

「母を残しては行けませんので」

答はいつも決まっていた。病弱な母の世話に追われて、自分が身を固めるチャンスも逸してしまっていたが、四十五歳を過ぎた今はそんな煩悩も縁が切れたと考えていた。覚悟は変らない。

新天地での再会と、地球に残留するスタッフの幸運を祈念して所長の挨拶は終わり、三本締めでセレモニーは終了した。

葦原は、それから他の残留仲間の列に加わり、転送ルームへ入るスタッフたちと、別れを告げ、握手を交わした。そして持場に戻る。

いつもどおりの確認の手順だった。それだけの技術員を擁する転送施設だが、実質的な転送操作は、二十名で事足りるのだ。

葦原に、特別な感慨は湧いてこなかった。あるとすれば、明日からは仕事から解放される。その思いだけだ。当面の食糧や生活物資は、〈約束の地〉へ旅立つスタッフから現物で残していって貰える。残っている農地もある。自給自足で十分に生活していけると考えていた。

フレアが来るまでは。

菊陽町にある自宅には、週に二回しか最近は帰れなかった。母親が入院を厭がり、自宅にいることも、気になる点だった。その二回の休みさえも転送計画の終盤では狂いがちになった。一昨日はローテーションでは休みだったのだが加速パーツの一部に不具合が生じ、補助パーツと切り替えて突貫で修理に入ったため、休みはとれずじまいになった。

母と電話で連絡をとろうとしたが、眠っていたのか、電話にでることはなかった。

主制御室で、操作が行われるから、葦原は制御側室で、加速パーツの状況を確認していればいい。不具合さえなければ何も手を下すことはない。モニターで、転送室の人々が見える。全体が写っているから一人づつの表情まではわかるはずもない。いつもの手順の後、白い光に転送室が包まれ、次の瞬間、転送室内部には、人の姿は残っていなかった。

「これで、当施設のすべての業務は終了しました。皆さん、御苦労さまでした」

主制御室から、総務次長のアナウンスがあった。他の管理職も転移してしまった今、この施設では、彼が最高責任者ということになるのだ。葦原は、何の淋しさも感慨も感じなかった。人々が〝ジャンプ〟した先が、どのような星なのかということも興味はなかった。

スタッフたちに別れを告げ、葦原は帰途についた。ハンドルを握りながら、ぼんやりと考える。

とにかく、二、三日、ゆっくりと休もう。母の容態が安定していたら、近場の温泉でも連れていってやろうか。一昨日、休めなかった償いに。

道は、驚くほど空いている。当然だな、と葦原は思う。地球は、あと何年ほどもつのだろう。いや、何ヵ月。

道路から見える緑を眺めると、そんな〝予言〟は当らないかもしれないじゃないかとも思えてくる。皆、先っ走りしてしまっただけで。

しかし、それは、希望的な見方であることは葦原には十分にわかっている。さまざまなデータを彼自身も目にしているのだから。

台風のときが、そうだ。

台風接近の予報を聞いても、とても信じられない。風もなく、穏やかで、やや暑い程度。しかし、台風が襲ってきたとき、初めて、予報通りだったと実感するのだ。

今度も、そうなのかもしれない。ある日、突然灼熱地獄に襲われて予測が正しかったことを知る。その日、その時までは半信半疑で……。

もし、母がいなくて、自分に家族がいたら……転送を選んでいただろうか？

わからない。そんな仮定の話など。

そんな連想が浮かんだのは、一週間前に、母が言ったことからだ。

「幸一は、新しい地球に行っていいからね。最後の日に施設の人は、皆、あちらに行けるんだろう。私は、自分のことは自分でやれるから、気にしなくてもいいんだよ。幸一はまだ若いんだから、もったいないじゃないか」

葦原は、「馬鹿いうんじゃないよ、母さん」とたしなめたのだが。

葦原は、住宅地に入った。そこに葦原の家があるのだ。だが、まわりの家は、どこも雨戸が閉じられている。空家が、軒を連ねているのだ。住民たちは、ほとんど〝ジャンプ〟してしまったにちがいない。この住宅地では、地球に残る方が稀だったらしい。

車庫に自動車を入れて、葦原は我が家に入った。

「ただいま」

そう呼びかけたが、返事がない。母は眠っているのだろうか。大きな音をたてないように気を使いながら、母の寝室へむかった。

ドアを開いた。カーテンを閉めた薄暗い部屋で、その影を見たとき、葦原は、足から力が抜け、へなへなと腰を落とした。

その影は母親だった。

箪笥の把っ手に通した紐に、母親の首がつながって見える。母は正座して首を前に垂らすように座っていた。

這い寄って、あわてて葦原は母親の首から紐をはずしたが、すでに生命の気配は消え去っていた。

そんなはずはない、そんなはずはないと呟きながら硬直した母の身体を無理に伸ばし、布団に寝かせ、カーテンを開けた。

そこで、枕元に便箋が置かれていることに葦原は気がついた。あわてて手にとり、喰いいるように目を走らせた。

「幸一へ

私のことは、心配しないで、新しい地球へ行きなさい。幸一はまだ若いのだから、もったいないよ。

母」

日付は、二日前。葦原が帰宅する予定だった時間になっていた。

それから、葦原は、うずくまり、畳に爪を立てて号泣した。

ギルティヒル

ナタリー・アジソンは、ほとんど父親と生活をともにした記憶がない。ナタリーがものごころついたときは、すでに父親は上院議員の職にあった。母親さえも、頻繁に公共の場に顔を出さなくてはならなかった。だから、八歳下の弟であるテオドアとともにナニーであるメリー・ウッドラフとともに暮らしていたといっていい。

ナタリーが十三歳のときに、家族は皆、ワシントンのホワイトハウスへ移った。父親がアメリカ大統領に就任したためだ。父親は、フレデリック・アジソン。

大統領就任時、ナタリーは、ロサンゼルスのライトイヤー学園の中等科にいた。高等科までの名門学園である。選択により寮からと自宅からの通学が選べる。

寮は学園内に併設されている。ナタリーは学園に入学すると同時に、寮に入ることを選んだ。中途半端な家族の絆よりも、その学園でより一人でも多くの友人をこしらえることが自分にとって大事なことだと結論づけたからだ。

両親とも、転校してでも、一緒にホワイトハウスに住むことを強く希望したが、ナタリーは激しく抵抗した。そして、渋々ではあるが、父親の出身であるカリフォルニアのその名門校を続けることを了解した。

ナタリーは、あくまで平凡な少女であることを望んだのだ。

しかし、平凡な少女であることはナタリーにとっては許されなかったようだ。学友たちは皆、彼女がアジソン大統領の娘である事実を知っていたし、授業がないときに、学外へ遊びに行こうとしても、常に、目立たぬような影の存在がぴったりと彼女につきまとっていたからだ。それは、父親がさしむけたシークレット・サービスの連中であることはまちがいなかった。

ワシントンの母親に電話をかけて文句を言ったことがある。どうして、感じの悪い人たちに私を尾けまわさせたりするの？　と。

母親は、やさしく、喩すようにナタリーに言った。

「お父さまは、いつも完璧でいなくてはならないのよ。完璧であるためには、絶対に弱いものを人に握られてはいけないの。お父さまは、ママや、ナタリーたちをいつも本当に愛しておられる。だから、もしもナタリーたちの身に何かあったら、正常な判断ができなくなってしまう。今、お父さまは、アメリカの運命を預かっておられるのよ。そんなお父さまが、常に完璧であるために、そんな人たちのお世話になってでも、ナタリーの安全を守ろうとするのは当然のことではないかしら」

ナタリーには、それは詭弁に聞こえてならなかった。自分の身を愛しているから守るといっても、結果として、大統領としての身の保全のためではないのだろうか。自分を愛しているのなら、もっと子供の頃から私たちに父親として関わりあっておくべきだったと思うし。数ヵ月も子供の顔を見なくて平気な父親に愛されていると聞かされても、信用できるはずがないじゃない。

とにかく、絶対にやめて。変な人たちに私を尾けまわさせたりするのは。

そう言って、ナタリーは、うやむやなままに電話をそのときは切った。

ナタリーの要望は、かなえられなかった。

ただ、彼女への警備が、彼女にも悟られないように巧妙になっただけのことだ。

テレビで見る自分の父親はいつも公人の顔でいた。穏やかな笑顔で国民に手を振り、初めて会う被災地の幼児を愛おしげに抱きかかえ、国民に向って演説するときは、真剣な眼差しで、熱く、ゆっくりとわかりやすく語りかけた。ときおり帰宅したときの下着姿でだらしなくソファに寝そべって一歩も動こうとせず、一言も話しかけてこない父親とは、完全に別人だった。その二面性に、テレビを見るとき、いつも嫌悪感を感じるのだった。

アメリカの国民は、全員欺されている、と。

そして欺しているのが、自分の父親なのだ。

親しい女の子にも、そんな話はしなかった。それは、言うべきことではないという分別は持っていた。

「ナタリーのお父さんって、素敵よね」と問いかけられると、「普通の父よ。あなたのところは？」と逆に問い返す。

「うちは、サイテー。不潔で、気持ち悪い。そばに寄らないでって感じだわ。どうして、あんな奴の娘に生まれちゃったんだろうと思うわ」

口調も声音も明らかに変えて自分の父親を糾弾することに驚いた。それも彼女だけではない。

他の友人たちも、自分の父親がいかにでたらめで情けなくて、そばにも寄りたくない人物かということを主張した。

ナタリーと同世代の女の子は共通して父親に対してそのような認識を抱くものなのかと思ったのだが。しかし、自分の父親だけは人格を隠して全国民を欺いている。罪はずっと深いと考えていた。

ナタリーが十六歳のとき、父親は二期目の大統領になった。そのとき、ナタリーは、学園の女子寮を出た。

自発的に寮を出たのではない。

「もう、ナタリーもわかってくれると思うけれど、どうしても寮にいると、ナタリーの警備がやりづらいらしいのよ。お願いだから、こちらで用意する屋敷の方から通って」

そう母親は言った。お願いだからと言っても、それは強制的なものだった。ギルティヒルにある高台のアジソン邸の留守宅に住まわされるのだ。そこが、〝警備しやすい〟ロケーションであったらしい。ナタリーと年輩のメイドと二人で住まうには十分過ぎるほどの広さの家だったが。

そして学園への送迎には、大っぴらに警護担当者が登場した。大柄な海兵隊あがりのジョン・ブッファという黒人が。

「おはようございます」と「いってらっしゃいませ」そして「お迎えにあがりました」しか口にしない眼光の鋭いスーツ姿の男だった。笑い顔をけっして見せない……。

その頃から、何故か物価が上がり始め、防衛費予算が桁ちがいに計上されつつあるという世論の批判が、政府に対して国内で高まりを見せはじめた。

父親への国民の支持率がじりじりと低下をはじめ、ウォーターゲート事件後のニクソン大統領に匹敵するほどの低迷に至り、ナタリーでさえも、その原因が気になりはじめたのだ。そして、その支持率低下の要因が、防衛費の高騰にあるらしいことを知る。

寮を出て、両親が用意した屋敷に住むようになってから、友人たちとの交際が徐々に、稀薄になっていく。授業が終わると、そそくさとジョンの迎えの車に乗りこまなくてはならず、友人と交際を深める余裕もないのだ。仕方ないことだ。ナタリーは両親を呪った。

あるときから、ナタリーは、ある視線に、気がついた。

家を出て、学園へ向かう途中。

ジョンの迎えの車で、家へ帰る途中。

隣の家だった。その家のポーチに、ナタリーと同世代の男の子の姿があった。

通学時に、その男の子は、必ずポーチに立って、車の後部窓際に座っているナタリーを眺めているのだった。

最初は偶然かと思っていた。だが、男の子の視線を追っていると、偶然ではないと考えるようになる。

ひょろりと背の高い男の子だった。銀色の髪で、逆三角形の顎は、いかにも気弱そうな印象だったが、少くとも悪い人ではないなとナタリーは直感的に思うようになった。名前はなんというのだろう。どんな家庭の子なのだろう。そういうことも思いめぐらせるようになった。

学園へ行く途中、その家を過ぎて、ナタリーは、ジョン・ブッファに訊ねた。

「ね、ジョン。隣の家のことだけれど」

すると、ジョンはすぐに答えた。

「アダムス家ですか？　調査済です。ハリー・アダムスはロサンゼルス、ウェストウッドの法律事務所を経営しています。危険度は限りなく低いと判断されます。三人家族で、妻と長男ですね。家族構成は」

ジョン・ブッファにとって、情報とは「危険」か「安全」かのいずれかでしかないらしいと思った。

その日も帰宅時に、アダムス家のポーチには、男の子が立っていた。ナタリーは、思いきって窓を開け、運転中のジョンに気づかれないように手を振ってみた。笑顔をそえて。

男の子はスレンダーな身体を折り曲げるような仕草をした。驚いたらしい。両手を自分の胸に当て、しきりに首を振った。

ナタリーは嬉しかった。

男の子の視線が、やはり自分に向いていたことが、確認できたのだから。

それから、ナタリーは、通学のときに着ていく服を研究するようになる。そして、行きは後部右側の席に座り、帰りは後部左側の席に。

ジョンが前方を注視しているのを確認し、バックミラーに映りこまないように注意してナタリーは手を振った。しばらくは、男の子は、手を振られた瞬間に、うつむいたり、首を振ったりという反応だった。シャイなのだろうかとナタリーは思う。

だが、ある帰宅時に、男の子はおずおずと手を振り返してきたのだ。うつ向き加減ではあったのだが。

その手を振りかえす男の子のアクションが少しづつ大きくなる。

無駄口をけっして叩かないジョン・ブッファが、初めてナタリーに決まり文句以外に言葉を発した。

「イアン・アダムスは、お嬢さんに気があるようですね」

ナタリーは、そのとき初めて男の子の名前がイアンであることを知った。ジョンは、隣家の家族の一人づつについてまで調査を終えていることを知った。そして、とっくにナタリーがイアンに好感を寄せていることにも気がついていたらしい。

「どうかしら。まだ、話したこともないのよ。イアンと」

「まともな子だと思います。父親の教育方針でイアンは、高校の通信教育を受けていますが、かなり頭のいい子のようです。知能指数も高いし」

ジョン・ブッファが、そこまで喋ってくれるというのはナタリーにとって驚嘆すべきことだった。

「どうして、通信教育なの？　一般の高校にはいかないの？」

「けっこう専門的なものまで入っているようです。精神的な弱さのためではないようですね。来年は、大学へ飛び入学するのではないでしょうか」

「そうなの」

「お嬢さんの方も、イアン少年のことが気になられるんでしょうか？」

「ええ。話してみたいと思うわ。でも私、勝手に外部の人と接触してはいけないんでしょう」

「私の任務は、お嬢さんの身の安全を守ることです。しかし、屋敷の敷地を出なくとも、イアン少年と話すことはできますし、私も、警護の役割は果たすことができる自信はあります」

ジョン・ブッファの予想外の見解に、ナタリーは驚いた。

その翌日から、ナタリーとイアンは芝生の上で、低い垣根越しに話し始めることになったのだ。帰宅のとき、ナタリーは手を振る代わりに、庭の境の方角を、しきりに指で差してイアンに伝えたのだ。その主旨は、立派に彼に伝わった。

家へ帰ると、ナタリーは大あわてで淡い水色のシックなワンピースに着替えた。黄金色の髪と白い肌と蒼色の眼、そしてワンピースの組み合わせは、彼女自身、十分に魅力的で清楚な印象を与えるはずだと信じて。

庭に、ジョン・ブッファが両手を組んで立つ。ジョンに手を振ると彼は小さくうなずく。ジョンがいる場所から二十メートルほどで、アダムス家との庭の境になるのだ。

そこに、おずおずとイアンは立っていた。まるで自分の居心地の悪さを呪っているような様子で。それでも、彼はそこへ来ずにはいられなかったようだ。イアンは、ジーンズに真っ白いTシャツ姿だった。いつも、ポーチで立っている姿と変ることはない。だが、近くで見るイアンは、まだその表情に十分な幼さを残していた。

「こんにちはイアン。ナタリーよ」

そう言ってナタリーは、右手を差し出した。イアンは、何度か瞬き、照れたように肩をすくめながら、おずおずと右手を返す。イアンの右手は、まるでマシュマロのような感触だとナタリーは思った。

「初めまして、ナタリー……。でも、どうして、ぼくの名前を知ってる……？」

握手を交わしながら、イアンは不思議そうに首を傾げる。

「それは……」

ナタリーは言葉に詰まったが、イアンにとっては自分なりに答を導き出せたようだった。

「うん。だいたいわかるよ。ＣＩＡか……ＦＢＩか……すぐにわかることだろうし」

わかっているよ、というようにイアンは、視線を遠くに見えるジョン・ブッファに移した。

ジョン・ブッファはサングラスをかけて、あらぬ方角に身体を向けているのだが、視野の隅で、こちらを捉えていた。イアンの眼にはジョンのことは、ＣＩＡかＦＢＩの一員に映っているのだろう。

あの人は、大丈夫よという顔をナタリーがすると、安心したようにうなずき、二人は、芝生の上に腰を下ろした。

「いつも、ポーチで私のこと見ていたのね？」

「ああ、朝からきみのこと見ると一日気持ち良かったからね」

「どうして、一日気持ちよかったの？」

「うん。……今日も生きていてよかったたって思えるのさ。大変だね。大統領の娘っていうのは。窮屈じゃないのかなぁ」

彼は、すでにナタリーが、大統領の娘という事実を知っていたようだ。

「どうして知ったの？　そのこと」

「知ったって……。誰でも知っていることだよ。このあたりでは。アジソン大統領の娘が暮らしているってこと。ぼくは知らなかったけれど、後で、興味が出てきて調べたら、まちがいなかった」

「興味が出てきて……？」

「そう、君が誰かってことで」

「驚いたの？」

「驚かなかったと言えば嘘になるけれど。でも、君が大統領本人というわけじゃあない。そう、大統領を親に持ってはいるけれど、普通の素敵な女の子にちがいないと思った」

それはイアンの本音にちがいなかったのだろうが、その言葉はナタリーにとって嬉しいものだった。一人の女性として自分を認めてくれたのだから。

それから、のんびりと陽光の下で二人はいろんな話をした。ナタリーが知ったのは、イアンは、近場の学校では、現時点では何も学ぶべきものがないということ、来年の夏過ぎには、大学に進学すること。そしてこれから特待奨学生の申請に必要なさまざまな手続きに入ろうと考えていること。父は法律事務所を開いているが、自分としては、そちらの方面には何の興味もないことを、ぽつりぽつりと語った。

イアンが一番気にしていたのは、ナタリーにステディがいないかということだった。

「今のところ、誰もいないの」

そう告げると、イアンは半ば信じられないように、半ば嬉しそうに顔をほころばせた。

それが、二人が初めて交わした会話の内容だ。

遙か彼方のジョン・ブッファが三度咳ばらいをして、まだ伝えたいことがあったにもかかわらず、その日の二人は会話を打ち切った。

イアン・アダムスは、会話を交わす前と、別れ際では、百八十度、ナタリーに対しての緊張がちがっていた。

「話せてよかった」と何度も繰り返した。

屋敷の前まで付き添ったジョン・ブッファは、ぴくりとも表情を変えずに言った。「なかなかいい青年のようです。私見ですが」

「話が聞こえていたの？」

「いいえ。でも、私にはわかるんですよ。お嬢さん。見ているだけで」

「ブッファさんは家族がいるの？」

「いいえ」

「恋人や友達は？」

「いいえ。でも、お嬢さんやイアン・アダムスと正反対の人間は、もう反吐が出るほど沢山見てきましたから」

ナタリーは、そんな仏頂顔で遠くに視線を注意深く配りながら答えるジョンに好感を持った。

「ありがとう。ジョン」

「どう致しまして。私の仕事の範囲内のことですから」

ただし、ナタリーとイアンが限られた時間に会ったという事実については、メリー・ウッドラフに申し送りされていたのだが。ナタリーにとって幸いなことに、メリー・ウッドラフはその事実を咎めることはなかった。

「私の仕事は、ナタリーさんの自由を束縛することではありませんから。節度を持っておつきあいされるのでしたら、問題ないと考えます」

彼女は、そうナタリーに考えを告げた。

それから、ナタリーとイアンは頻繁に会うことができるようになる。

初めは、おたがいの敷地の境で。雨の降る日は、アジソン家の居間で。さすがに、ナタリーがアダムス家を訪ねることには、ジョン・ブッファは難色を示した。

「私一人の警備能力の限界を超えてしまいますので、お許し下さい」ということで。

二人が会って話すことは、その年齢に相応した他愛のないものだった。それでも、おたがいはそれぞれ、それまで別の人生を歩んできたわけで、おたがいの空白を埋めあうことで、親しさが薄皮を一枚づつ剝がしていくように増えつつあった。

それまでのナタリーの生きてきた道と、イアンとのそれは、まったく異なるものだったけれど、おたがいに、それを教えあって、いくつかの共通点が見つかった。

大好きなアニメ。「ファインディング・ニモ」

二人とも、ものごころつくかつかないかの頃に初めてみたアニメということになる。

ナタリーにしても、イアンにしても、クマノミの父親は、永遠に存在しない理想の父親像だったのだ。子供のために、危険を省みず万里の距離を駈けつけようとする。

ナタリーは驚いた。イアンの父親も、ほとんどイアンと過ごしたことがないらしいことを。

イアンの父親は、両親が〝ホワイト・トラッシュ〟であったために異常に努力を重ね一代でロスのダウンタウンの高層ビルに法律事務所をかまえるまでになった。悪い人間ではないが、家庭を守るためには、高収入を持続させなければならないという信念の持ち主で、顧客優先の生活を続けていると。その状況は、イアンがものごころついたときから、ずっと変化がないことを淋し気に話した。

「なんだか、中東のお客が多いみたいなんだ。オイルマネーで、こちらの優良企業を買収するみたいな。だから、外国まで出向くこともしょっちゅうみたい。悪い親じゃないけれど、いい親じゃないだろう。ぼくが問題児なら、考えも変るだろうけれど、まったく心配かけていないし」

この二年は、自分にとって大学で専門を追究するための猶予の期間なのだと話した。

「大統領の娘って、もっと警護がものものしいかと思ったけれど、そうでもないんだね。どんな気分？　大統領の娘というのは」

そのとき、イアンはやや悪戯っぽい笑みを浮かべていた。ナタリーにとっては、一番厭な種類の質問だった。彼女は笑顔を崩さずにこう答えた。

「私、父親の人格を引き継いでいるわけじゃないし、父が大統領でなければ普通の娘よ。そんな物差しで私を見ているの？」

ナタリーは、その答次第では、二度とイアンとは口を利かないと思っていた。

態度は変らないが、イアンはまずかったと気がついたらしい。

「ごめん、変なこと言ってしまった。気にさわったなら、謝る」

すぐに、驚くほど素直に彼は頭を下げた。その素直さにナタリーは好意を持たずにはいられない。

デートといえるものかどうか。二人の逢瀬はナタリーが学園から帰宅する午後四時から六時まで。イアンが大好きだという本を貸してくれたり、ナタリーがお気にいりの曲をコピーを録って彼にわたす。そして気が向けば、ナタリーが前日の夜に焼きあげたクッキーでの芝生の上のお茶会。

そんな、他愛のない、でもこれ以上ナタリーが幸福を感じることのない時間を過ごすのだ。

彼方に立つジョン・ブッファを手招きして紙コップに紅茶をいれ、自分の焼いたクッキーとともに手渡す。「どうも」とジョンは、笑顔を浮かべるでもなく、持ち場に戻る。イアンは自分には見えない存在であるかのようにふるまって。

「大学で、どんな研究をやるつもりなの？」

ナタリーが訊ねた。イアンが志望しているのは、知らぬものはない有名工科大だった。

「ギャラクシー・サガってテレビ知ってる？」

なんとも予想しない答が、イアンからもどってきた。ナタリーは、タイトルだけは聞いていたが通して観たことはない。銀河の果ての悪性宇宙生命と戦闘状態に入っている人類の宇宙空母が、辺境の星域で戦闘を繰り返す。そのエピソードが一時間もののテレビシリーズとして長年放映され続けている。熱狂的なファンがいるシリーズだということは、わかる。活躍するのは、空母の艦長、若くて失敗ばかりを繰返す士官候補生、頑固なコック長、予知能力のある女性戦略分析士、宇宙人の血が混った飯よりドッグファイトが好きな戦闘機乗りなどのキャラクターである。

ナタリーは、断片的に宇宙空間を滑るように進む空母ネバーサレンダー号の姿を思いだした程度だ。

「いや、あんまり見たことがないの」

イアンは、その返事に少しがっかりしたようだった。

「そのギャラクシー・サガで、未踏惑星を探査する装置が出てくる。テレンス・ポーターって機械なんだけれど、その機械で一瞬にして人や兵器を惑星の表面に送りこむんだ。なんといえばいいか、物質を電送すると言えばいいのかなあ。人間をいったん原子レベルに分解して、目的地で再合成させる。そんな原理なんだけど」

ナタリーは、その話を聞いて、ぞっとする。人間を分解するなんて、いくら〝再合成〟と言っても、その人は一度、そこで死んじゃっているっていうことでしょう。

そんな疑問を口にした。

「いや、個の情報はすべて備えているから、同一だよ」

イアンは、そう言いきったが、ナタリーにはよくわからなかった。

「そんな研究をやってみたいと思っているんだ。すでに、理論だけはいくつかあるんだが、実践的なものがないようで、できたらぼくがそれを形にできたらなと思うんだ」

照れたようにイアンは、そんな自分の願いを口にする。イアンは、自分の知識のストックについて喋るときは能弁だったが、これから、何をやりたいのかについて語るときは言葉が慎重になった。

ナタリーには、イアンがこれから研究しようとしている本質については理解できないと思った。しかし、研究の内容なぞ、どうでもいいということに気がついていた。自分は、イアン・アダムスという彼を気にいっているのだから。

「夏が過ぎたら、大学に入る」

イアンは、そう言った。

「ナタリーは、そのときは、ぼくのところに遊びにこないか？　できるだけ早く、ガイドを務められるようにしておくから」

「どこの州？」

「マサチューセッツ」

ナタリーは、ほとんどカリフォルニア州から出たことがない。家族で幼い頃、フロリダへ出かけたのが、一番の遠い旅行だ。だが、知らない土地でイアンが一人で暮らしているのなら、その様子を見てみたいと、彼女は素直に思った。

「たぶん、ぼくにはガールフレンドはできないと思うから。安心して来ればいい」

イアンは、空を見上げてそう言った。ひょっとして……ジョン・ブッファが遠くで見張っていなかったら。ナタリーはイアンを抱きしめてキスをしてやりたいという衝動に駈られていた。

ナタリーは、眠る前にぼんやりと夢想した。数年後、イアンが大学を出て研究者となり、自分がその妻になっているという空想だ。穏やかで、少しエキセントリックで、しかもやさしいイアン。そして自分はイアンとの間に生まれた子供を抱いて居間にいる。誰も、自分たちを見張るものはいない。イアンと自分と子供の完結した世界。

その光景は、ナタリーにとってなんと甘美なものであったか。

その夢見た話をナタリーがイアンに思いきって告げたのは、彼女の誕生日のことだった。その日は、たまたま日曜日で、ナタリーはイアンを昼食に招いたのだ。外はカリフォルニアには珍しい雨が降り、にもかかわらずハレの日ということで、イアンはネクタイにスーツという正装でアジソン邸の門を叩いたのだ。

両親から贈られた大きな花籠は部屋の隅に置き去りにされていた。

庭の見渡せる部屋で、二人はアルコールっ気のない二人っきりの誕生パーティを楽しんだ。ジョン・ブッファは、相変らずの黒スーツで、ポーチで庭に向いて座り、コーヒーを飲んでいたが。

「これ」

リボンがかけられた小さな白い箱をおずおずとイアンが差し出した。

「誕生プレゼント。ここからだと何も買いにいけないから……。ぼくが自分で作ったものだけど」

ナタリーが箱を開くと、指輪が入っていた。宝石の代わりに透明なプラスチックがついていた。

「何、これ。私の……指輪？」

「そう。こうすれば、いい」

　プラスチックの裏の小さな孔にボールペンの芯を差す。すると、指輪は、光りはじめた。淡い青から、紫、そして赤。

「何っ？　これ」

「発光ダイオード。ちょっと自分で工夫して。似合うかなって。作ってみた」

「キットがあるの？」

「ない。この一個だけ。つけないときは、またペン先で、電池を切ればいい」

　ナタリーは指につけてみた。きれいだと思った。イアンが自分のためだけに作った世界で一個だけの指輪なのだから。指輪は深紅からオレンジそして黄色へと変化する。こんなちっぽけなのに。

「気にいった？」

「もちろんよ。ずっと大事にするから」

　イアンは、その答で満足だった。いまの時間が永遠に続けばいいのに。そう願わずにはいられなかった。

　ナタリーなら、一生自分は愛していける気がする。彼女なら、何も、自分を飾らなくていい。

そのとき、電話が鳴った。ナタリーは立上った。電話に向って歩く身のこなしに、イアンは見とれた。揺れる金髪に、白い二の腕に。

彼女は受話器をとった。

「はい。……ダディなの。驚いた。私の誕生日をおぼえていたの？　そうよ。今日が、誕生日。やはり忘れていたのね。ええ。ありがとう。明日？　ワシントン？　何故？　学校があるのよ。急に言われたって……」

ナタリーの声が、だんだんといら立っていくのが、イアンにはわかった。電話の相手が、アメリカ合衆国大統領なのだ。そう考えると、イアンはそんな状況が不思議でならなかった。

しかし、父親としての大統領は、娘に何を言っているのだ。あんなに穏やかなナタリーが興奮する話というのは、いったい何なのだろうか？

ナタリーは受話器を置き、イアンに背中を向けたまましばらくそのままでいた。それから振り向いたとき、彼女の口角が悔しそうに下がっているのがわかった。

「どうしたの？」

イアンが訊ねると、ナタリーは頭を激しく振った。

「わかんないの。とにかく、明日、ワシントンに来いって。学校を休んでもって。理由がはっきり、わからないから。ジョンと一緒にって。もう。あの人ったら、自分だけの都合で世の中が動くって考えてる。私、イアンが大学に入るまで、一日も離れていたくないのに」

そう言い終えた瞬間、ナタリーの瞳から、大粒の涙が次々に溢れ出してきた。

次の日から、ナタリー・アジソンの姿は、アジソン家とアダムス家があるギルティヒルから消えた。

イアンが、ナタリーの通学時間にポーチに立っても、彼女が乗るメルセデスの姿はなかった。きっと早い時間にナタリーはワシントンへ発ったのかもしれないと考えた。

ナタリーは、すぐに帰ってくると言っていた。何日ほどかかるかはわからないけれど、できるだけ早く。

イアンは、待ち続けた。ナタリーが教えてくれた携帯電話の番号にも何度か連絡をいれてみた。しかし、電源が入っていないという空しい答を聞くばかりだった。

それほど長期にわたってナタリーが不在にすることはないはずだと、イアンは考えていた。彼女には、学校もある。きっと、何かの公式行事に一家揃って参列する必要が生まれたのだろう。

明日の朝……あるいは明後日の朝、ポーチで待っていれば、あの黒いメルセデスの後部座席で手を振るナタリーに会えるはずだ。

イアンは、そう考えていた。

だが、そのようなことは、なかった。

二日が過ぎ、一週間が過ぎた。きまった時間にイアンはポーチに立ち、ナタリーのメルセデスを待った。朝と夕方に。

他は何一つ、ギルティヒルで変ることはなかった。鳥の啼き声は、いつもと同じだし、アダムス家の芝生の上では蝶が何匹も舞っていることも同じなのだ。

イアンの態度が、自分でも気がつかないほど変化していたのは、母親の心配した問でもわかる。それは母親の直感なのだ。

「どうしたのイアン。すごく顔色が悪いわ。ずっと黙りこくって。何か心配なことがあるの？」

そう母親は声をかけた。

「何でもない。母さんの気のせいだろう」

イアンは、そうぶっきらぼうに答える。

しばらく経ってイアンの母親は、次の質問に移る。

「大統領の娘さん。最近、姿を見ないようだけど、どうしたんだろうね。イアンは、よく話をしていたんじゃなかったっけ」

明らかに、母親は、そこにイアンの不機嫌の焦点があるという確信的な問いかけだった。

「そんなこと、ぼくが知るわけないだろう。関係ないよ」

母親とは、そんな話題を語りたくない。そんな口調で会話を打ち切った。

朝からイアンは、大学へ行ったときに取組みたいと考えている学説のいくつかを学習し、検討する時間を日課に組み入れていた。

だが、ナタリーが姿を消して三日ほどしてからは、その学習に打ち込めずにいた。ナタリーに関する雑念が頭に渦巻くのだ。彼女の笑顔だったり、真剣にイアンに訊ねたりするときの表情だったりが思い浮かんでくる。そして、どんな理由で、彼女がギルティヒルに帰ってこないのだろうかと、思いめぐらせるのだった。

あれほど、ここを離れることを厭がって、涙さえ浮かべていたというのに。

大統領が急病になったという話は聞かない。ホワイトハウスで、日常どおりの業務をこなしているニュースしか流れない。ということは、彼女の母親の身に何かが起ったというのだろうか。病床の母親に付き添っているということか。ということであっても、ナタリーが教えてくれた携帯電話が四六時中つながらないというのは、おかしいのではないか。他に、思いあたる理由はない。

いや、ナタリーと自分のことが、いつの間にか両親の耳に届いたのではないか。自分とのことがナタリーの将来のためにならないと無理矢理に引き離された。そういうことかもしれないと。

だから、携帯電話さえ取りあげて、自分とナタリーの間を裂こうとしている。

そうも考えた。そう考えると腹がたってきた。何故、自分とつきあうことが、禁じられるようなことなのか。どこが、どうナタリーの両親の気にいらなかったというのか。

考えても仕方のないことである。それが、ナタリーが姿を消した原因かどうかも確定できないのだから。すべては、イアンの妄想の延長でしかない。

ナタリーの不在が、二十日を超えたとき、イアンは、絶対に何かが変だという結論に達した。

勇気を出してイアンは、アジソン家に電話を入れた。ナタリーが帰る日時を確認せずにはいられなかったのだ。

しばらくの呼び出し音の後に電話に出たのは中年の女の声だった。たしか、メリー・ウッドラフという名ではなかったか。今は、アジソン家の留守宅を預かっているらしい。

「すみません。お訊ねします。隣のイアン・アダムスといいます」

「はい。承知しております」

メリー・ウッドラフは、木で鼻をくくったような慇懃さで言った。

「ナタリーさんは、いつ頃、こちらにお戻りの予定でしょうか？ そちらでおわかりになればと思って電話しました」

「何か、お嬢さまに御用だったのでしょうか？」

そう問い返されて、イアンは言葉に詰まった。御用といって……ただ無性に会いたいだけなのだ。

「は。ええ。……お会いして直接伝えたほうがいいことが、いくつかあるもので」

イアンの答は、しどろもどろだった。

「お嬢さまは、しばらくギルティヒルにはお帰りになりません。奥さまから、そのように連絡を頂いております」

「それって……転校したっていうことなんですか？」

「うかがっておりませんので」

そんなやりとりの後、イアンは電話を切った。

何もわからなかった。ナタリーが戻ってくるのか来ないのか。転校したのかそうでないのか。極端な話、ナタリーの安否さえもわからなかったのだ。

電話を切って思ったのは、ナタリーが自分の前から完全に消えてしまったということだ。メリー・ウッドラフの応対は言葉こそ丁寧だったが、あくまで迷惑だという印象があった。イアンの立場になるという思いやりは微塵もなかった。

ひょっとしたらという、かすかな望みは、ナタリーからの手紙だった。周囲の眼を盗んでも、走り書きの手紙一通でも書けるはずだと。それをポストに投函するだけでいい。ロサンゼルス、ギルティヒル、イアン・アダムス。番地まで入れなくても、それだけで届くはずである。

しかし、姿を消してから一ヵ月を過ぎようとしている。ナタリーが、その気になっていれば、手紙は、もうイアンの手許に届いていても不思議ではなかった。

しかし、手紙は届かなかった。

イアンは、ナタリーにEメールのアドレスを教えていなかったことを心底、後悔していた。それまでは、Eメールを送らずとも、おたがい顔の見える距離で話ができていたのだから。

こうやって、離れてみて、初めてその必要性に気づくのでは手遅れなのだった。

一ヵ月が過ぎ、二ヵ月が過ぎた。

突然ナタリーの姿を見ることができなくなってから、その期間のことを考えると、イアンは信じられない思いになるのだった。芝生の上で、二人で語り合っていた日々は、毎日が当然のように考えていた。翌日も、その翌日もあたりまえのように続いていくものだと。

そうではなかった。

まるで、断ち切られるように夢のような日々が終結してしまったのだ。

もう、忘れよう。イアンは自分にそう言い聞かせるようにした。ナタリーとの出会いはなかったものと考えるのだ。

そう自分に言いきかせても、理屈では正しいのかもしれないが、現実には忘れ去ることなぞ、とてもできはしなかった。

このまま、ナタリーとは永遠に会わずじまいになってしまうのだろうか。そう考えると胸が焼きつくようなおもいに襲われるのだった。

初夏とはいえ、湿気の少いロスでは、郊外は陽が落ちると急速に冷えこんでしまう。

その夜も、そうだった。

イアンは、星空をぼんやりと眺めていた。一ヵ月前までは、再びナタリーが帰って来てくれることを星に祈っていた。それが不可能だという思いになると、願いの条件を変更した。元気な姿で通学しているのを、毎日見るだけでかまわないから。

その願いもかなえられず、イアンの星への願いは妥協に妥協を重ねた。

そして、数日前から、その願いは、あと一回だけでいいから、それ以上何も望まないから
ナタリーに会わせてください、と。

星に願っても、何もかなえられるはずがないことを、イアンはちゃんと知っている。それ
でも、かすかに心の隅で願わずにはいられないのだ。あと、妥協して願うとすれば、ナタリ
ーが元気でいることを一瞬でいいから、見せて欲しいということかなと思う。

隣家のアジソン邸では、居間のあかりがついているのが見える。メリー・ウッドラフがま
だ起きているのだろう。仏頂面で、本でも読んでいるのだろうかと思う。

あたりの虫の音が、やんだ。

イアンは不思議に思った。

何かの光が、闇の中で見えたような気がした。小さな光だ。それが、こちらに近づいてく
る。青から紫、紫から赤。ファイアーバグは、あんな光りかたをしない。

まさか……。

イアンはポーチに置かれた椅子から立ち上った。

ナタリーが駈けてくる。顔は闇の中で見えなくても、それはわかる。

ナタリーは、イアンがプレゼントした指輪をつけているのだ。それが、発光している。

イアンは小さくかすかな光に向かって飛び出した。

芝生の上をイアンが走り出す。相手の足音が止まる。かまわずイアンは走り続けた。

「イアン……！」

ナタリーの声だ。イアンはナタリーの手を握った。

「帰ってきたんだね。ずっと、……待ってた」

それに何も答えず、ナタリーは激しくイアンにしがみついてきた。イアンは、強くナタリーを抱き締める。

しばらく、そのまま二人は抱き合い、どちらからともなく唇を重ねた。初めてのキスだった。唇が離れると、イアンの耳にはおたがいの荒い息づかいだけが残った。

ナタリーが、やっと蚊の鳴くような声で言った。

「ごめんなさい」

何が、ごめんなさいなのか、イアンにはわからない。突然いなくなってから、連絡がとれなくなったこと？　他に何が……。

「でも、よかった。ナタリーが帰ってきたから。もう、どこにも行かないんだろう。すごく心配していたよ」

そのとき、月が、厚い雲から姿を見せた。イアンはナタリーを見た。すぐに答がかえってこない理由を知った。

ナタリーは泣いていた。

もう一度、ナタリーは「ごめんなさい」と言った。

「私がギルティィヒルにいられるのは、今夜だけなの。また、すぐ家族のところに戻らなきゃならない。どうしても、取りに帰らなければならないものがあるって言って、やっと今日だけ、時間をもらって。イアンに会いたくて。だから、来たの。もう一度、会っておきたいって」

　イアンは、それを聞いて、頭を殴られたような気がした。「今夜だけ」って。どういうことなのだ。あの星に祈った最低限の願いしか聞き届けられなかったということなのか。

「今日が……ナタリーに会う最後って。わからない。連絡もとれないし、ウッドラフさんも教えてくれないし。何があったんだ。

ひょっとして……ぼくのせいなのか？」

「ちがう。イアンのせいなんかじゃないの。私も、頭の中がぐるぐるで、信じられなくって。言えない。言っちゃいけないこと」

　それだけ言うと、ナタリーは激しく泣きはじめた。

「国家最重要機密って奴だな」

　イアンは、本気でそう言ったわけではない。それに、対してナタリーが、こくんとうなずいたので、彼は逆に驚いてしまった。

　何があるんだと問いたい気持ちが湧きあがるが、それを訊ねてはいけないことなのだというおもいも渦巻く。

「だったら、もう、帰ってしまったら、二度と会えないってことなのか？」

「……」

　ナタリーは涙を流してうなずくばかりだった。そして喉をかすれさせ、やっと言った。

「もう、二度と会わないつもりだった。でも、私できない。イアンと二度と会えないなんて、考えられない」

「ボディガードの人は？」

「ジョンは、もう部屋で休んだわ。私、二階の窓から抜けだして、木の枝を伝ったの」

何と無茶をしたのだろうと、イアンは舌を巻いた。そんな無茶をしてまで会いに来てくれたなんて。

そのとき、まだ大人になる前のイアンの青い決意が燃えあがった。突然にそうしようと決めた。

「二人で逃げよう」

「え？」ナタリーが信じられないという声を漏らした。

「いま、決めた。ナタリーにもう会えないなんて、ぼくには耐えられない。もし、ぼくと一緒にいたいなら、それしか方法ないだろう？」

ナタリーは数秒間だけ右手の甲を額に当てて考えた。そして言った。

「逃げるわ。イアンと一緒に。でも、どこへ？」

「どこかわからない。貯金を持ってくる。とにかく逃げるだけ逃げて、二人で暮そう」

そのときの二人には、それしか選択の道はなかった。何もあてはない。しかし、このままだと、二人は遠くに引き裂かれてしまう。

「大学に行くんでしょ？」

「ナタリーがいないなんて、何をやる気もおきないさ。ナタリーは、後悔しない？」

「後悔しない」

少年と少女は結論にたどりついていた。

二人はうなずき合った。イアンは一度、家の中へ入った。母親が、どうしたのと尋ねる声がする。ちょっと出てくるとイアンが答える。すぐにイアンは飛びだしてきた。ガレージから父親のバイクを引っ張り出す。

エンジンをかける。爆発したように排気音が轟いた。

「ナタリー！　乗って！」

ナタリーが後部に乗り、イアンのベルトを掴んだのと、イアンの母親が表に飛び出してきたのが同時だった。

イアンの右手が回った。急速なGがかかりバイクは猛スピードで道に飛び出した。

ときどきは、イアンは父親のバイクに乗ったりはした。しかし、これほど思いきったスピードを出したことはない。事故を起さないように。誰よりも大事な人を後ろに乗せているんだからという思いで。

フリーウェイを使うことは避けた。出口で検問に引っかかる可能性があるからだ。ルート405に沿った道をとろとろと南下して、サンディエゴまで行ってみよう。机の中にあった現金は全部持ってきた。百ドル札が十三枚と二十ドル札が数枚。それで、どのくらいしのげるだろうか。

一時間半ほども走り続けた。まだ、ロスから出てもいない。中心部からは、かなり離れたはずだ。バイクを走らせている間、二人はロクに会話もできていない。

一番、イアンが怖れたのは、深夜のパトロールカーの職務質問だった。もうかなり夜も更けている。若い男女がバイクの二人乗りで人気《ひとけ》のない道を走っていれば、必ず目立ってしまう。

もし、職務質問を受けたら、そこでゲーム・オーヴァーだ。

店も道沿いでまばらにしか見かけなくなっていた。

モーテルが見えた。その先の道路に明かりらしいものは見えない。

バイクをその「ベイツ・モーテル」に乗り入れた。

「今日は、ここに泊ろう」

そうナタリーに言って、自分の考えを話した。二人乗りでこの時間に走っていたら目立ちすぎると。ナタリーも疲れていたようだ。イアンに素直に従った。

中年のモーテルの主人は、二人の姿を頭から爪先まで舐めるように眺めて、料金だけを口にした。イアンが百ドル札を出すと、釣り銭と一緒にキーをカウンターに置いて言った。

「この時間はシャワーの音が響くから、静かに使ってくれ。あ、車のキーは預かっとく」

備品を盗られでもしたら大変だということらしい。バイクのキーを渡した。

カビ臭さのある部屋で、疲れきってはいたが、二人は、抱き合ったまま眠りに入れずにいた。

「どうして、ワシントンに戻らなくちゃならなかったんだ？　今まで何をしていたの？」

それまで、会えてよかったと口にしていたナタリーの口が、また閉じた。

「もう、ナタリーもぼくも、国家機密と縁がなくなったんだよ。話してくれてもいいじゃないか」

ナタリーは枕に顔を突っ伏した。

「もう……人類は滅んじゃうんだって」

顔を上げたナタリーが、そう言った。突然何を言いだすのかと思えば……。

「五年後か十年後かわからないけれど、太陽の炎が広がって、地球を呑みこんじゃうんだって。そしたら、人間は、誰も生き残れない」

「誰が、そんなこと言ったんだ。大統領？　ナタリーのお父さん？」

ナタリーは、うなずく。

「で、皆にそのことを隠してるんだな？　でも、そうなったら、ギルティヒルにいようが、ワシントンにいようが同じじゃないか。地球が燃えてしまうのなら。そのことは、誰にも教えないつもりなのか？　政府は……」

「政府も一部の人しか知らないはず。でも、父は、人類を滅亡させないために地球から逃げ出すつもりでいるの。この事実は父が大統領就任直後に知らされて、それからすぐにノアズ・アーク計画に入ったって言ってたわ。

父は、今、私に〈ノアズ・アーク〉の中で生活するための環境適応訓練を受けさせているの。母も弟も私も……父は一緒に連れていくつもりでいるのよ」

「一緒に連れていくって……どこに。地球は全部燃えてしまうのに、どこに逃げるっていうんだ」

ナタリーは、何度かまたたきして、それから右手の人差し指を天に向けた。

「まさか……。宇宙に？　火星？　木星？」

ナタリーは、ゆっくり首を横に振った。

「太陽系っていうんでしょう。そんな惑星。ちがうわ。太陽系の惑星では人間が移住して生きていく環境のある場所はないんだって。もっと、ずっと遠くの惑星。はっきりわからないわ。名前もない星らしいから」

「何年かけて、その星へ行くんだ。どのくらいの人間が……」

「わからない。何万人かって言っていたから。正確には教えてもらっていない……。でも、目的の星へは、ちょっとやそっとの時間では行けないだろうとは、わかるの。父が言っていた。この計画は、神が与えたものだって。人間を絶やさないことが、一番重要なことだからって」

にわかに、イアンが信じられる話ではなかった。そんな数万人が乗り組んで新しい星を目指す。それほどの巨大宇宙船が建造可能なのだろうか。建造できたとしても、射ち上げるに必要なエネルギーは？

イアンが、まず連想したのは、噴射推進体のロケットタイプの宇宙船だ。

不可能だ！　と思う。それほど長距離の燃料をどうやって確保する。数万人の宇宙船に搭乗する人々の食糧は……。水は……。数万人が宇宙船内で生活するというのは、それは、もう一つの都市ではないか。

どう考えても、現在の科学技術では、無理が多すぎる。スペースシャトルで、月や火星軌道までやっと往復している程度の人類にできるのだろうか。

「絶対に、誰にも言わないで。イアンだけよ。このことを皆が知ったら、必ずパニックになるって」

「でも、大統領一家が突然にいなくなったら変に思うんじゃないか。国民は」

「それは……知らないけれど、大丈夫なんだって」

「信じられない」

「イアン。誰にも言わないって、誓って」

「ああ、誰にも言わない。言ったところで、誰も信じはしないさ。そんな、話。まるでハリウッドの大作映画みたいだしね」

するど、ナタリーは、少し眉をひそめた。

「信じないの？」

「信じる。でも、ぼくと一緒にいたら、せっかく生き延びられるチャンスを、ナタリーは失ってしまうことになるんだよ。それで、いいのか？」

ナタリーはコクンと大きくうなずいた。

「いい。イアンと一緒に死ぬ。芝生も青空も小鳥の鳴き声も、なにもない宇宙船の中で、イアンとも会えないでこれから過ごすなら、限られた時間を、最後までイアンといる。好きな人と同じ時間に一緒に死ぬことになるなら、ちっともかまわない」

それから、二人は、限られた時間を一緒にどう過ごすかという話題に移った。サンディエゴで、部屋を借りて二人で暮そうと。そこで口座を持って著作料をその口座に振りこんでもらおうと。

なんと、イアンは、二年前から自分で組んだパソコンのソフト著作料を受けとっているというのだった。

「その口座のことがばれなければ生活の心配はいらないから」

それから、二人は激しくキスをかわした。もし、ナタリーの言うことが真実であれば、あと残された時間が、どれだけあるものかもわからない。その限りある時間、悔いがないほど愛しあうべきだと二人は気がついていた。

イアンもナタリーも、完全な熟睡の時間を持った。窓から差し込む陽光が二人の瞼にあたり、おたがいが同時に目を醒ました。

目を開くと、愛する相手が隣にいることを知り、昨夜のできごとが夢ではなかったことを喜び、唇を重ねた。

すでに太陽は高くに昇っているようだった。その太陽が、ある日、突然狂暴化してしまうということは、そのときの二人には、とても信じられることではなかった。

「今日の夕方は、もう、サンディエゴね」

「ああ、できるだけ早く着きたいから」

二人は、希望に満ち、手をつなぎ、バイクのキーを受取るためにフロントへ向かった。

カウンターの前の椅子に男が座っていた。両掌の指を組んで、石のように静かに。

ナタリーが立ちすくんだ。

そのガッチリしたスーツの黒人は、ゆっくりと立上った。

「ジョン！」

ナタリーが掠れた声をあげた。

「お嬢さん。心配をかけないで下さい。ずっと明け方からここでお待ちしておりました」

ジョン・ブッファは何の感情もこめずに、そう言った。部屋に踏みこもうと思えば、ジョンはそれができたはずだ。それをやらなかったのは、せめてもの思いやりということか。

「お願い。ジョン！　見逃して」

ジョン・ブッファはゆっくりと首を横に振った。

「お嬢さんが失踪されたことは、ご両親にもまだ報告しておりません。私の警護のミスになりますから。どうぞ、私の立場も、ご理解ください。誰も気付かなければ、誰も傷つきません。イアン・アダムスも、イアンのご両親も。今なら、すべて修復が可能ですから」

ジョン・ブッファの言った意味を、二人は瞬時に理解した。もし、二人の失踪をナタリーの両親が知るところになれば、イアンの両親にも危険が及ぶことになるだろうと言っているのだ。

少年であるイアンは、その言葉に凍りついた。

「さあ、お嬢さん、車に乗ってください。言い訳けのきくギリギリの時間ですから」

イアンが外を見ると、まぶしい光の下に、あの黒のメルセデスが駐まっているのが見えた。

イアンの頭の中で、イアンが黒人の警護人に跳びかかり、押し倒すと、ナタリーの手を引いてすさまじいスピードで逃げ去る姿が、浮かんでいた。

身体が、凍りついたように動かなかった。それが、現実だった。

「きみは、自分のバイクで帰りなさい」

黒人は、イアンに、そう言った。それだけ言うと、イアンが存在しないかのように、ナタリーを誘導しようとする。

ナタリーは、上目づかいに悔しそうにイアンを見た。それから、向きなおると、外のメルセデスに真直ぐに歩いていった。一言も発せず。一度も振り向かず。

そうして、イアンとナタリーの新生活への計画は終った。

イアンは、ギルティヒルの我が家に帰った。

敗北感にまみれて。

何故あのとき、何もできなかったのか……。自分でもわからない。その場面を一生引きずっていくことになるという予感を持っていた。ナタリーも悔しかっただろう。信じてついていった男が、あんな軟弱者だったと知ることになって。

アダムス家では母親は何も言わずに、イアンを迎えてくれた。一夜を外で過ごしたことも、ジョン・ブッファという黒人が、何かを問い合わせてきたかということも、一切、口にしなかった。

それが、イアンの惨めさに、輪をかけた。イアンは、それから大学に入る二ヵ月間、家でまったく口を利かない無口な若者になった。

ガレージにこもり、一日中、イアンは自分の研究テーマに取組むことになる。

工科大学に入学した月のことだ。

全世界に衝撃のニュースが走った。

アジソン大統領暗殺のニュースだった。

フロリダ州ジャクソンビルのコンベンションセンターで演説中、暴漢に襲われ、至近距離で多くの聴衆が見守る中、射殺されたというのだ。犯人は、二十二歳の海兵隊あがりの無職の若者で、その場で自分の口に弾丸を撃ちこみ自殺した。アジソン大統領は、即刻、市内中央部救急医療センターに運ばれたが、到着後、すぐに死亡が確認された。

そのニュースを、イアンは、寮のカフェテリアで聞いた。学生の一人が駈けこんできて、そう叫んだのだ。あわてて部屋に戻り、パソコンの画面をテレビに切替えて確認した。

あれから、もちろんナタリーからは何の連絡も入ってはいない。しかし、あの夜のすべてのできごと、ナタリーが語ったすべての言葉を克明に記憶している。

ナタリーが言っていたこと。自分が訊ねたこと。

「でも、大統領一家が突然にいなくなったら変に思うんじゃないか。国民は」

「それは……知らないけれど、大丈夫なんだって」

そうだ……。とイアンは思う。この暗殺劇はシナリオ通りなのだ。数万人の人間の地球脱出のための。これこそ〝大丈夫〟な方法だ。

どうしてフロリダ州なのかということも、直感でイアンには答が出た。

ケープ・ケネディの近くであれば……。

〈ノアズ・アーク計画〉がスタートしたのだ。これで、アジソン大統領は世の中の表舞台から隠れることができる。

全世界の人類が欺かれている。

ルーム・メイトのフレッドが部屋に戻るなり言った。「見たか？　アジソン大統領暗殺の決定的瞬間を！」

興奮していた。イアンも興奮してはいたが、それはまったく別の意味でである。アジソン大統領の地球脱出計画が、そこまで進行しているという興奮だった。

だが、イアンはフレッドに一切、そのことについては触れなかった。もしも、それが事実だとしても、口にするべきことではないと思えたからだ。

国葬が終った数週間後、イアンは母親に電話を入れた。近況を報告した後、母親に訊ねた。

「隣のアジソン家の家族は帰ってきた？」

ずっと、明かりが消えっぱなしだという返事が、母親から返ってきた。

やはり、そうなのだという思いで、イアンは電話を切った。

数万人の人々を連れ、アジソン大統領は、すでに星間の旅に立ったのだろうか？　そしてナタリーも。

その瞬間、自分とナタリーは永遠に引き裂かれてしまったのだと実感していた。腹の奥をぐっと締めつけられるような思いで。

それから、イアンは、とめどない罪悪感と自己嫌悪に陥るのだ。

ナタリーの警護を担当する黒人が、自分の前に現れたときの記憶とともに。

何故、身体をすくませた。生命を投げうってもナタリーを守るつもりだったのに。やれるところまで、何故やらなかった。ぼくはチキンだ。何もできなかった。

ナタリーの顔は見えなかった。どんな表情を浮かべていたかは、わかる。ぼくに失望して、すべての望みをなくし、あのときナタリーはナタリーの抜け殻になったのだ。そんなことになった一番の責任はぼくにある。

自分には、もうナタリーを愛していたと言える資格なぞ、あるはずもない。

イアンは、そう思いつつ自己嫌悪の心の隅にナタリーの笑顔を思い出す。どのように閉じこめようと思っても、そのイメージを消しさることはできない。

イアンに出来ることは、必死で自分の研究テーマにグループの連中と打ちこむことだけだった。

転送装置。

それが、どんな役に立つのかは、わからない。しかし、それに形を与えることだけが、唯一、その時点でイアンに打ち込めることの総てだった。

試作品の完成、そして実験。

コーヒーカップを十メートル離れた位置に〝ジャンプ〟させたとき、立会った人物は誰もいなかった。四人のチームメンバーだけが、歓声をあげたにすぎなかった。

その結果を、担当教授に報告し、実験を披露した時点から、全米のマスコミの取材攻勢を受けることになる。

転送部分は、四十センチ四方で、それに動力部、分解部等が周辺装置としてあるが、そちらの方が、かなりの空間を必要としていた。が、基本的な構造としては同一なので、転送部分を広げるだけで、大容量まで利用可能であると、イアンは確信していた。

だが、彼は、その〝発明〟にもあまり執着をもてなかった。

試作品の完成とともに、ナタリーのおもかげがイアンの脳裏に亡霊のように蘇ってきたのだ。

第三者の口から、その都市伝説がイアンの耳に入ってきたのが、その頃だった。

「アジソン大統領は、生きている」

そんな話だった。

イアンは、黙って友人の話を聞いた。

最近の異常気象、天変地異は地球終末の予兆である。アジソン大統領は、いち早くその情報を得て、三万人の搭乗者を選定し、超巨大宇宙船を建造し、地球をすでに脱出している。

すべて、ナタリーの話と合致する。都市伝説というのは、根も葉もない噂ばかりではないことをイアンは実感していた。

このような話が流布しているということはすでにナタリーは地球を離れたということの証しではないのか。

三万人が搭乗する宇宙船とは、いったいどのような大きさになるのか？　一隻だけだろうか？　数隻に分かれて飛んでいるのか？　何処が目的地なのか？

その都市伝説には、一番重要な情報は含まれていないのだ。

その後、イアンたちのチームの転送技術はイアンの希望どおり、大学を窓口として、希望する企業、国家すべてに公平かつ安価に公開された。

イアンが驚いたのは、提供を希望する組織及び国家がこれほど瞬間的に集中するかということだ。

それから、太陽のフレア化予測が公けになりはじめた。イアンは各国ともが、その情報をすでに保有していたのだと思いあたる。

ただ、各国とも、その情報を公表しようにも、何の手だても打てずにいた。国民に対して死刑宣告を行うに等しいのだ。ただ、それまでは、ひた隠しにするしかなかったはずだった。

イアンの技術は、溺れるものが掴む藁にも等しかったのだろう。

もちろん、技術を求める国家や組織は、具体的な用途については、文書の中では何も伝えてこなかった。ただ、口頭で伝えられる情報の中でイアンには、国民向けの救済策の目玉として、各国とも使いたがっていることは見え見えなのだ。

その頃は、国の技術者から、イアンに直接、疑問点を問合せてくる例も増えていた。メールでは問い合せづらい内容については、イアンの父親ほどの年齢の技術者が面会を求めてくることもしょっちゅうだった。

「どこへ、どう転送しようと考えておられるのですか？」

問いかけても相手の担当技術者のほとんどは、それを知らなかったが、一人だけ、真剣に問合わせてきた男が転送限界について口にした。

計画されている転送距離で、その転送の成功の確率を知りたがっているのだった。

「距離は関係ありません。月だろうと、火星だろうと、望む位置がわかれば、正確に転送されます」

イアンは、その質問にそう答えた。だが、その後に、こう付け加えた。

「だいたい、どのくらいの距離を転送場所に想定しておられるのですか？」

初めの頃は、口を濁していたその担当者は、ある時点を境に、はっきりと口にするようになる。

「百七十二、三光年先の惑星ですよ」

数字と記号でしか表わされない恒星をまわる名前もついていない惑星だった。

どうして、その惑星に候補が絞られたのかという理由がふるっていた。

その〈約束の地〉と呼ばれる惑星は、アジソン大統領にもたらされた地球と環境が酷似しているという情報に基いて検討されたものだというのだ。

「それは、アジソン大統領が目指している惑星と同じということですか？」

その質問は、アジソン大統領は生きている？という都市伝説が、真実であるという前提に立ったものである。

「そうです」

あっけなく、答は返ってきた。百七十二、三光年。

その距離が、文字どおり天文学的な距離であることは、イアンにはわかった。

距離は関係ない。正確な数字だけが問題です。イアンは、そう言い放ったものの、そのイメージだけで眩暈《めまい》を起しかけていたのは事実だ。

しかし……、ナタリーは確実にその惑星に行こうとしていることがわかった。眩暈を起しかけるほどの惑星に。

「その惑星の軌道図とか、恒星の位置とか正確に知る方法はないでしょうか。自分でも、測ってみたいと思いますので」

駄目でもともとという気持ちで投げかけてみた。すると、あっさりと、拍子抜けするほどにあっさりと、ボールは戻ってきた。

「あります。次回、うかがうとき持参します。かなり、部厚いものですよ。アジソン大統領宛に残されていた論文のコピーですから」

それから数日後に、〈ノアズ・アーク計画〉の全貌が、トップニュースとして流れ、全人類が、アジソン大統領の行為に仰天することになるのだ。

約束どおり、〈ノアズ・アーク計画〉の抜粋されたコピーは、イアン・アダムスの手許にもたらされた。部厚いコピーだが、それでも、全体の何分の一くらいの量らしく、ページの表示では、〈約束の地の推定される環境〉という章で、一三七〇ページから一七二〇ページまであった。他の章では、どのような点に触れてあるのかは、わからない。また、この章は最終章ではなく、この後に他の章が延々と続くのかもしれなかった。

どうやって、その惑星が、割り出されたのかも、この章ではまったく説明が省かれていた。その点については前の章で触れられていたのかもしれない。

ただ、驚くほど克明に百七十光年先の恒星と、目的の惑星の情報が記されていた。銀河系に於ける恒星の位置から、惑星の描く軌道図。数式による時系列で位置を算出する手法に至るまで、図解を加えて記されていた。

イアンは、この計画が、個人による思いつきで記されたものなどではないことだけは、確信した。

すべての情報を目にしたアジソン大統領にしても、側近のブレインに真贋を判定させた挙句、信頼せざるを得なかったもののはずだ。

ただ、位置は確認できたものの、〈ノアズ・アーク号〉が、どのような航宙法で、どのくらいの時間をかけて〈約束の地〉へ到着するのかはわからない。そこまでは、ニュースの中で触れられていなかったのだから。

長い時間の航宙が必要だとナタリーが言っていたことを思いだした。どのくらいの時をかけて〈ノアズ・アーク〉は目的の星へたどりつくというのか？

その情報が、まったく欠落している。

光速を超える宇宙船の建造は、今の技術では不可能なはずだ。

とすれば、コミックに出てくる宇宙船がよく利用する〝空間のひずみ〟を使ったワープ航法……。

それも、想像の中だけの技術としか思えない。

あるいは、搭乗者を冷凍睡眠で移送する方法。このケースが、一番、現実的に思えた。目的地寸前で、冷凍睡眠から解除する。搭乗したときの肉体年齢で目的地に到着できる。

だが、無事に正常な状態で解凍できるというのだろうか。

イアンの想像だけは膨らむのだが、その解答は与えられない。堂々巡りするだけなのだ。

ただ、一つの考えにイアンは執着した。

その惑星に行けば、ナタリーと再会できるかもしれない。

イアンにとって、都合のいい思考の連鎖だ。

〈ノアズ・アーク〉が、もし、自分の知らない技術で空間を無視した航宙法により〈約束の地〉にたどり着くとしたら。

全世界の人々も、これから自分の転送技術で大挙して〈約束の地〉に〝ジャンプ〟することになる。

その前に、到着するナタリーを、約束の地で迎えたい。

ナタリーとの別離は、自分のせいだ。それを償うためには、この方法しかない。

誰よりも早く、約束の地へ旅立ち、そこでナタリーを迎える。

彼女は、喜んでくれる。許してくれる。このまま、地球で太陽のフレア化を待つよりはずっとマシな考えではないか。自分には、約束の地の正確な位置データがある。

こうして、イアンは、世界最初の星間転送者になる道を選んだ。

世界各国の転送施設建設が発表される寸前に。

使用した転送装置は、自分たちでこしらえた実験装置に、転送部分の容量を増やしたものである。シンプルだが、原理は変らない。

ただ、到着位置の計算に、より慎重になった。再構成位置次第では、イアンの生命にかかわりかねないからだ。宇宙空間や、惑星の上空で再構成された場合は、即、死を意味することになるのだから。

慎重にはなったが、未知の場所であることには間違いない。最後に願うのは幸運の女神の助力でしかない。

イアンが〝ジャンプ〟を試みたのは、真夜中。学内のテニスコートに学生の研究仲間と転送装置を持ちこんだ。

友人たちは、不安そうに、思いとどまるつもりはないかと問うたが、そのときはすでにイアンの決意は固まっていた。

「大丈夫だ。うまくいくと信じてる」

イアンは、皆に、笑ってそう答えた。もうすぐ、ナタリーの目指す星へ行く。それだけで、イアンの頭の中は、いっぱいだった。

そこで、イアンはナタリーに詫び、許しを得て、それから以前の二人に戻るのだ。もちろんナタリーは大喜びでイアンを受けいれてくれる……。

仲間が、転送装置の秒読みを開始したときに、イアンは思わず呟いていた。

「ナタリー。きみを驚かせるよ」

ゼロカウントになり、テニスコートは、まばゆい程の光で覆われた。

「行っちまった」

誰かが、そう呟くのが聞こえた。転送部分には、何も残っていなかった。

イアンは、約束の地に誰よりも早く、旅立ったのだ。希望に胸を膨らませて。

アジソン大統領たちの〈ノアズ・アーク号〉が世代間宇宙船であったという詳細が全世界に報道されるのは、それから三日後のことになるのだが。

スナーク狩り

巨大なモノは、夜にしか現れない。

闇の中で、突然に現れる。

モノが発する異音とともに。

その音は、粘液で溢れた膜が激しくこすれあうような音だ。

その音が、遙か頭上で聞こえたときは、すでに遅い。

誰かが必ず犠牲になっている。

篝火《かがりび》をたいていても、効果はない。

皆が、頭上で、そのずるるるっという音を聞いた瞬間、薄あかりの中で、黒っぽく、てらてらした細長いものが降ってきて、人体に巻きつき、上空の闇の中へとさらっていく。

さらわれた者は、例外なく苦痛を伴った悲鳴をあげ続け、その悲鳴は、ある瞬間に突然にやむ。

最初の犠牲者から、どれほどの位置まで離れていたら安全かという法則も成り立たない。二番目の犠牲者は、最初の犠牲者から数十メートルも離れていたということもあるのだから。

「一匹じゃないのかもしれないな」

そう、シュンが、言ったことがある。だがその言葉は、証明されてはいない。

足跡が残されていた。

足跡は、人間よりも少々大きいくらいの三つに分れた円形だった。一つの足跡の数十メートル先に、次の足跡があった。ということは、その支点を探そうとすれば、ビルよりも大きな生物だということになる。

そのとき、九死に一生を得た男がいる。イェルドという北欧系の白人だ。皆に、カタコトで興奮して語った。イェルドの横で逃げていた男が、イェルドの目前で、鞭状の触手に捕まったのだ。

そして、その直後、巨大なモノの足を見たというのだ。

集落の共通語は、まだ完成されているわけではない。だが、イェルドの片言の表現でも、その怪物の想像もできない不気味さが、伝わってきた。

イェルドは、そのとき篝火の横を走っていた。岩穴に向かって。そして、何かにつまずき転んだ。その瞬間、あの、ずるるるっという音が大きくなり、「背中、風が吹いた」見ると黒いロープが振子のように飛んでいき、走っていた男の全身に瞬間的に絡みついて、「連れ去った」黒いロープは、とてもとても細いものだが、その先端は「無数のムシがいて、うごめいているようだった」

そして、次の瞬間、炎の手前におりてきたものを見たという。

「柱が落ちてきた。ディープなブルーの柱。細い柱。濡れたような。黒に近い。すべてが硬い。ずっと一直線」

イェルドには、それが怪物の足であることが結びつかなかったようだ。何か、全然、別のものであると。着地する時は硬く見え、地面から離れるとき、大きくしなったように見えたらしい。それで、初めて彼はその濃紺の柱が、生物であるという認識に達したという。見たのは、瞬時のこと。

その柱の上空に続く彼方は、闇の中で、何やらもわからなかったと。

マサヒロが、その地で暮らすようになって数ヵ月が経過する。

だが、集落の全員が、夜、眠りにつけるのは、相変らず岩穴の中だけなのだ。

シャドーカラオケだけなら、見張りに立ったものが、その音の接近で危険を皆に伝えることができる。

だが、その巨大なモノは、まったく予想不能だ。その生理的に嫌悪感を催す音を聞いたときは、すでにそいつは、真上にいるということなのだ。

そいつは、夜行性だ。だから、夜は人間が岩穴の中に隠れるしかない。

夕食の前に、シュンが戻ってきて、マサヒロに言った。

「あれに、名前がついた」

「あれって……」

「触手で人間をさらっていく、あれさ。まだ、名前がついていなかったろう」

マサヒロが、この集落で生活を始めたと同時にあれは出現したという。だが、シュンの言うとおり、あれには名前がなかった。

ただ、皆、こう言っていた。闇に現れる、「巨大なモノ」と。

「ポールが、今日、あれに名前をつけた。名前がないと、何かと不便だからって。シャドーカラオケは、自然発生的についた名前だが、あれをよく見た奴がいないからな」

「何という名前ですか？」

シュンが肩をすくめて、それに答えた。

「スナーク」

「スナーク」マサヒロも、シュンが言った後、確認するように発音した。「変な名前ですね。あまり怖い感じがしない」

マサヒロは、名付けたというポールの顔を思い浮かべた。真っ黒くガッチリした男で、やたら明るいが、リーダーシップには秀でている。

「けっこうポールは読書好きだったらしい。本の中に出てくる架空の怪物の名前からとったらしい。何とか……キャロルって作家の話に出てくるそうだ。鮫のシャークと蛇のスネークを合わせた造語らしい」

マサヒロは、瞬時に、鮫と蛇を合わせたイメージを思い浮かべようとしたが、うまく思い浮かべることはできなかった。たしかにあれは、人を巻きあげる触手は蛇を連想させるかもしれないが鮫の相似性として結びつけることはできない。だが、そう言われてみるとスナークという響きは、忌わしく獰猛なイメージに変化していくような気がした。

ヒデとマコトが、やってきて話に加わる。

「ヒデたち、何か獲れたの？」

マサヒロが訊ねると二人はうなずいた。

「ああ、罠に、カーペット・ビーフがかかっていた。五人がかりで長槍で突ついて、息の根を止めるのに、三時間かかった」

そうヒデが言った。

「だんだん馴れて、誰もけがをしなくなりました」

マコトが、何度もうなずきながら、感慨深げに言った。

カーペット・ビーフはこの界隈に棲息する。名前がついたのも最近のこと。

畳二枚ほどの大きさの四足獣だ。ただ、地球の生物とは、まったく概念が異なる。地面と見分けがつかないほど、ひらべったい。餌になる小動物がいると、その〝生きたカーペット〟は小動物を身体で包みこむ。腹側の毛がめくれあがり、粘膜から分泌する消化液で溶かしはじめ、そのまま体内に吸収する。だから、カーペット・ビーフと名前がつくまでは、〝包みこんで溶かす奴〟としか呼ばれていなかったという。その餌のとりかたとは裏腹に、身体の大きさからしても相当臆病な生きものらしい。小動物が来れば即、包みこんで消化するが、自分より大きな生きものが近付くと知ると、包みこむ状態、つまり球状に身体を変化させ、すごい勢いで転がり去る。自分より大きな敵がいないときは、カーペット状の四隅についている足で、ゆっくりと前進していく。

そんな臆病さで逃げる生きものでも追いつめられて反撃するときは、凶暴さを発揮する。人間に対しては、身体をバウンドさせて広げ、頭を包みこみ、溶かし去るまで離れない。

だが、このカーペット・ビーフの肉は、調理しやすく、しかも味が地球の霜降り牛肉にそっくりなのだ。臭みもほとんどない。貴重な食材になり得ることは早くからわかっていた。

だから罠を仕掛ける。

罠は、木の枝をたわませ、ロープでカーペット・ビーフの身体の一部をはさむようにしたものだ。殺傷力のある罠ではないから、カーペット・ビーフは身体を丸くして暴れまわる。断末魔では、消化液を吐いてまき散らす。だから、初期では、運の悪い奴は跳びかかられて上半身を溶かされたりもしたが、長槍を使うようになっても、消化液で火傷状態の怪我が猟にはつきものだった。マコトとヒデも右腕や左足に大きくはないがカーペット・ビーフの消化液の痕が残っているのだ。

カーペット・ビーフの味がまずければ、おたがい干渉しあわず、カーペット・ビーフもすぐに逃げ去り、人間も被害にあわないというバランスが保てるのだろうが、そうはならない。

一度、人間はカーペット・ビーフの味を覚え、好物になってしまったのだから。

一頭分の肉があれば、この集団の二日分の食糧に匹敵する。

「他の罠でも、もう一匹、カーペット・ビーフが獲れている。他にもオカガニが三匹」

それだけが、〝厨房〟に運びこまれていたらしい。

「へえ、今日は大漁だったんですね」

「ああ。二、三日降られても大丈夫と思います」

マコトも嬉しそうだった。

ヒデが言った。

「マサヒロの方は進んでいるのか？」

「ええ、シャベルの使い方にやっと慣れたくらいですが」

マサヒロは、この数日、農地の開拓作業に従事している。集会で、これは決定された。現時点では、集落の周囲から食糧となり得るものを集めてくるという原始的狩猟集団だが、いずれは、継続性のある食糧確保の手段として、農地で農作物を栽培し、供給できるシステムを作っておくべきだという結論が出て、数人の農業経験者の指導で、交替で開拓にあたっている。

作業にあたるといっても、農機具は、手造りのものだ。地球からの大量転送の実験段階で送られてきたものを不器用に加工したものばかり。金属板を切り分けて木の枝と合わせシャベルや鍬にしたもの。おそろしく効率の悪い作業の進展ぶりだが、確実に耕地は拡がっていく。最初は猫の額ほどだったものが、この数ヵ月で三百平米ほど迄にもなった。

まだ、何を栽培すると決まったわけではないが、これから試行錯誤を繰り返しながら、最適な耕作物が見つけられていくことになるはずだった。今は、とりあえず、畑の一部に芋の一種らしきものを植えてある。

まず、最初の目標は、米や麦に匹敵する穀物類を生み出すことだ。そこへたどりつくのに、何ヵ月あるいは何年かの月日が必要とされるのだろうが、開拓の責任者たちは、そこに期待をかけているようだった。

適性、不適性を問わず、誰もが一定期間づつ開墾の労働力を提供している。この一ヵ月は、マサヒロが、その当番にあたっているのだ。

だが、今日は、その作業も早目に切り上げられていた。

全体集会の日だからだ。夕食前に集会は、開かれる。そして、その前に、小グループをまとめている者ばかりが集まり、〝委員会〟が開かれる。シュンが、その委員会には、いつも出席している。

その委員会で、巨大なモノに「スナーク」という名前が与えられたということは、全体集会の議題が、「スナーク対策」ということになるのだろうなとマサヒロは、ぼんやりと思った。

シャドーカラオケを追って、巨大なモノ、「スナーク」が初めてこの集落を襲ったのが、マサヒロがこの星に到着して初めの頃だった。

それまでは、誰もスナークの存在を知りはしなかった。

だから、あの頃は、木を切り出して住まうための小屋を作ろうという作業も、そこここで行われていたはずだ。

今は、その作業もストップしている。

あれから、スナークは、人間の味を覚えたのか、頻繁に、しかも何の規則性もなく、集落を襲うようになった。集落へ行けば食欲が満たされると学習したのかもしれない。

最低、わかることは、スナークは昼に現れないということだけだ。

ほぼ完成しかけた丸太小屋に逃げこんだ数人がいた。翌朝、明るくなって岩穴から出てみると、丸太小屋は、完全に破壊されており、小屋に隠れていた数人の姿は跡形もなくなっていた。

スナークは、雑食性のようだった。とにかく生きものなら何でも食べる。シャドーカラオケだろうが、解体前のオカガニの死体だろうが、奴がやってきた後は何も残らないのだ。

集落の人々にとってできることは、スナークが現れたら、岩穴の中へ逃げこんで、ひたすら、奴が去ってしまうのを待つしかないのだ。

その前日も、陽が落ちてほとんど間もない時間にスナークは出現していた。

すぐに、あの生理的に不快感を感じる音は消え去り、スナークは諦めて立ち去ったと思われた。そこで、気の早い男が一人、様子を見に岩穴から這いだしたのだが。

実は、まだスナークはいたのだ。じっと気配を消して獲物が姿を現すのを待っていた。

岩穴で隠れていた全員が、その男の悲鳴を聞いた。遠去かりながら、うら哀しくか細くいつまでも響くその声を。

ある瞬間にスイッチが切られたように聞こえなくなるまで。

前日のスナークの犠牲者は、その男一人だけだった。だが、すでに、二十数名がスナークの犠牲となっているのだ。

ユミ、エニシ、ミツの三人が、小走りに〝厨房〟の方から来る。それぞれ腰に下げている魚籠は空っぽのようだ。今、獲物を〝厨房〟に納めてきたらしい。三人は、いつも同じ行動をしている。主に、先週は、三人とも食事を担当していた。この数日は、海岸で食糧の調達をやっている。主に、磯の池状の水溜まりで、水棲動物を集めてまわっているようだ。海草や、軟体動物、それに両棲類の一種だろうか。おとなしい山椒魚のようなベージュ色の生きものを捕まえてきたこともある。岩にへばりついているというピラミッド型の貝や、ハゼに似た小魚が主だ。

「遅えぞ！」

と、ヒデが三人に言った。

「今日は、砂浜のところで、二枚貝を見つけちゃったのよ。エニシちゃんが！　それが、地球のアサリとかハマグリとかにそっくりでね。少し深く掘らなければいけなかった。一個だけ、砂の上に突き出していてね」

エニシが照れたような笑みを浮かべ、ぺこりと頭を下げた。自分でも二枚貝を発見したことが、嬉しかったらしい。ユミが、エニシが言うべきことを代弁してやっているつもりらしい。

「六十センチほども掘ったらね、そこに、あの貝が、ぞくぞくいたんだよ。四人で掘って集めて、気がついたら、あっという間に岬の丘のところに日が落ちちゃってね。それで、大騒ぎの大あわて。集会だよ。集会だよってね」

ユミが、大きな目をくるくる動かしながら説明する。三人が獲ってきたという二枚貝の実体は、マサヒロたちには想像することしかできないが、それほどに興奮して語るということは、立派すぎるほどの食材だったのだろう。

「四人って？」

「クリスって、カナダから来た女性も一緒だった」

「クリス？」

不思議そうに、シュンが問いなおした。

「クリスって人も一緒に？　ユミたちと？」

「そう、十日ほど前に、夜に二人やられたでしょう。あのジュルジュル音をたてるやつに。恋人のデビッドも、そのときだったみたい」

「喰われたってことか？」

スナークの犠牲になったらしい。

「じゃあ、恋人とここへたどり着いていたのか？」

シュンにユミとミツが大きく首を横に振った。

「クリス、ここに来て、デビッドと知りあったみたいです。すごく哀しい過去をあの人は持っていて、なんで、自分がよりによって、この星にたどり着けたんだろうって。自分は死んでいて他の誰かがたどりつけばよかったのにと悔やんでいたくらいですから」

ミツは、かつて、旅行代理店で添乗員の仕事をやっていたから、語学力はあるらしい。おかげで、他の小集団ともうまく意思の疎通が図れる。クリスとは、早い時期から、時おり話をしていたらしい。

「それで、ここへ来て、やっとデビッドと知りあって、これからこの人とうまくやっていけるかもしれないと実感しはじめたばかりのときに、やられてしまったらしいの。だから、ずっと姿を見ていなくて、今朝、クリスのいる岩穴から引っぱり出して連れていったんです。病人みたいにして、座りこんでいたから。このままにしていたら鬱で衰弱してしまうだけだって思えたから」

ユミとエニシが、そうだというようにうなずいていた。

「クリスさん。笑顔は淋しそうだったけれど、貝を見つけたときは、少し元気が出たみたいに見えましたよ」

エニシが、そう発言した。そう言うエニシも、初めてマサヒロが会ったときと較べて、ずいぶん明るさを取り戻したように思える。

「それで、その……クリスって人は？」

「すぐに、集会には顔を出しますって言ってました。自分のところに籠を置いてくるって」

「他に、仲間はいないのか？」

「そんなことないのよ。でも、こちらでは、デビッドと出会って二人はすぐに完結してしまったから、他の仲間からは、妙な感じで距離を持たれてるみたい」

ユミが、そう解説した。

音が乾いた響きでリズミカルに鳴り始めた。ポールが叩く集会の合図のパーカッションだ。

「さあ、皆、行こう」

七人は、塔へ向かって歩き始めた。すでに周囲の岩穴からも、人々は姿を現し、同じ方向を目指す。

丸太を組んだ塔の上の舞台には、二人の男の姿が見えた。白人の男がジャンで、東洋系がヤンだ。

二人の男の表情が読める位置に、皆が腰を下ろした。

「あの三人が話し合うときは、何語で話しているんだろう」

ヒデが、そう漏らした。

「それぞれ、自国の言葉だ。だが、三人とも、おたがい相手が何を言っているか理解できる。ヤンは中国人だが、イギリスに留学経験があるし、フランス料理を習っていた。ジャンは傭兵経験者で、同じ傭兵に色んな国籍の人間がいたらしい。黒人のポールは、学者だ。ああやって、リズムをとっていてもな」

シュンが、そう説明した。

周囲の空間も、コミュの人々で少しずつ、うまってきていた。

「ハーイ」

そう、声がした。マサヒロが振り向くと、三十代半ばの白人女性が、笑顔を浮かべて立っていた。プラチナブロンドの、年齢を感じない愛らしい顔をしていた。

「はい！　クリス」

そうユミが言った。この人が、クリスなのかと、マサヒロはあらためて知った。イメージよりも明るそうな人ではないか。それより驚いたのは、シュンやマサヒロたちに、「クリスです。どぞよろしく」と日本語で自己紹介して腰を下ろしたことだ。

「え、日本語しゃべれるの？」

マコトも驚いたようだった。

「少しね。聞くはわかるけど、話すは少しね」

クリスが、ゆっくりと答えた。

「クリスの御主人は、日系カナダ人だったんですって。だから、御主人と一緒に日本語をならっていたんだって」

それで日本語が話せるのかとマサヒロは納得した。ミツの語学力は関係なかったのだ。だからこそ、日本人にはクリスは親密感を覚えているのかもしれない。

だが、そのとき、クリスの表情が、一瞬曇るのがわかった。その理由を、マサヒロはミツたちから後ほど、教わることになる。

「例のテロリストたちのハイジャックで、クリスは御主人を亡くしたのよ。空軍戦闘機で撃墜されて未遂に終ったけど、あの旅客機に乗っていたんだって。御主人」

そのときは、その理由を知ることはない。

シュンが、オカガニのハサミの殻を膝の上に置いた。そろそろ集会が始まるのだ。

小グループ毎に、そのオカガニのハサミが渡されていることを、マサヒロは知っている。

コミュの全員に発言権があるのだ。三百人を超えようというコミュの一人一人に。

その発言を秩序だてようというルールが、オカガニのハサミだ。発言しようという者は、その小グループの〝委員会〟のリーダーからオカガニのハサミを受け取り立ち上る。そしてポールから骨を向けられた者が、発言する。発言を終えると、かざしていたオカガニのハサミを下ろし、「サンキュー。アワー・ファミリー」と感謝の言葉で締める。

ジャンが、足場の中央に移動する。それから両手を大きく広げた。

「アワー・ファミリー」

そして短いフレーズを、いくつかならべる。その中で、はっきりマサヒロは「スナーク」という言葉を聞いた。次にポールが話す。

シュンと、ミツが、同時に言った。

「夜に訪れる鞭状の触手で人をさらう怪物に対して、どういう手を打つべきかを、皆に相談したい。

すでに、怪物には、このコミュで十七人も連れ去られている。我々は、そろそろこの怪物に対して根本的な対策をとるべき時期を迎えている。このままであれば、我々は岩穴から出て生活することがかなわない。つまり、文明生活を得るための復興策が停滞してしまうということを意味する。

正直なところ〝委員会〟でも、安全な防御方策を見つけられないままでいる。できれば皆の総意で方向性が見出されることを願っているのだが」

シュンとミツの同時通訳は、非常に硬苦しい印象を受けた。同時に通訳するために、ほとんど直訳で表現されるので、仕方ないのかもしれないが。

だが、〝委員会〟でも良い案が出なかったというのに、このコミュ全体の集会で、名案が浮かぶのだろうか？　マサヒロは、そう考えざるを得ない。

「ちなみに、この怪物は、〝委員会〟でスナークと名付けられた」

周囲から、どよめきが広がっていく。

マコトも、「変な名前だなあ。なんか意味あるのかい？」と漏らす。

「ほんとに、〝委員会〟じゃ、何の策もないのかい？」続けて、シュンにそう問いかけた。

シュンは、ためらいつつ、それに答えた。

「いや……ないことは……ない。さっき、ポールが言っていたろう。〝安全な防御策〟はない……と。いろいろなアイデアが出されたのは、出された。だが、どの案も、必ずリスクがつきまとうんだ。ひょっとすれば、その方法のいくつかは、新たな犠牲者を生み出す可能性がある。そのような重大なことを、〝委員会〟で勝手に決定するわけにはいかないだろう」

あ！　とマサヒロは思った。やはり、〝委員会〟では、スナーク対策のいくつかの案は、出されているのだ。だが、リスクというのは……。

ざわめきが、少しづつおさまっていく。しかし、誰もオカガニのハサミを振り上げようとするものはいない。

ポールが再び叫んだ。

「誰か、いい意見を持っている人はいませんか？」とミツが訳した。

全員が、ひとつの方向に視線を移した。オカガニの赤いハサミが振りまわされている。持っているのは、中年の肥満体の白人だった。頭は禿げているが、代わりに赤毛の髭が長く伸びている。

「あれは、〝委員会〟に出席するリーダーの一人だな」とシュンが評した。

男は、立上って話し始めた。英語だが、マサヒロにも強い訛りがあることがわかる。

「〝委員会〟でいくつかアイデアが出たでしょう……そう言っている。スナークの正体……実体を誰も見ていないんだ。それを知ることから始まるのではないのか？……」

今度はシュンは訳さなかった。ミツだけが男の言葉を訳した。

シュンは、自嘲的に漏らしただけだった。

「デキ・レースという奴だな。シナリオどおりだ」

白人の中年男が腰を下ろすと、しばらくの間、あたりは沈黙した。その後、じわじわと波紋が拡散するように、ざわめきが広がっていく。

これが、今のこのコミュの情報の伝達速度の状態なのだ。

そのざわめきが静まると、次のオカガニのハサミが上った。

立上ったのは、韓国人の若者だった。マサヒロはこの男をてっきり日本人と思い話しかけたことがあるので記憶している。彼は英語で答えてくれた。人あたりのいい印象だった。だが、このような場での発言では、韓国人の若者は、まるで喧嘩を売るように語気を荒らげた。シンプルな英語であるが故に、マサヒロにも、その意味は十分に摑むことができる。もちろん、ミツが訳してくれたが。

「リスクがあろうとなかろうと、そのアイデアについて全員に公表し、その実現の可能性についで検討するべきではないのか。この場で、新たなアイデアは生まれる可能性は低いはずだし、この集会の時間も限られている。効率のよい議事進行をお願いしたい。すべてのプランに、リスクが伴わないなどとは考えていない」

マサヒロは、これも予定された発言だったのだろうかと考えたが、自分もまったく同意見なのだ。

韓国人の若者が座ると、数十秒の後に、誰かが手を叩いた。それが合図になったかのように、拍手がみるみる広がっていった。

今度は、ヤンが塔の中央に立った。東洋系の発言者には、東洋系が答えるということなのか。

ヤンが両手を上げて広げると、あたりは水を打ったように鎮まった。マサヒロが連想したのは、何かの宗教儀式の会場だ。

ヤンは、一つ大きく咳ばらいをして、ゆっくりと今回は英語で話しはじめた。やはり、東洋人の英語は、聞きとりやすい。

「では、スナークに対して我々が、どのような対策をとるべきか〝委員会〟で出されたアイデアを紹介しよう。

まず、最初の選択肢としては、現状を維持するということ。つまり、何も策をとらない。穴居生活を続け、日暮れと同時に岩穴に避難していれば、犠牲は少なくともこれ以上は増えない」

それは、ミツの訳を聞くまでもなく、マサヒロにはわかった。

ヤンは、そこで一度、言葉を切り、人々を見回して反応を待った。

誰かが、ブウーウと口を鳴らし、それに伴って、他の数ヵ所からもブウィングが漏れる。

その選択は、問題外ということだ。つまり、これ以上の岩穴生活は、耐えられないらしい。

そして、その選択に同意することは、いつまでも、コミュの人々が原始人の生活を送らなければならないということだ。小屋を建てるために切り出された丸太は、使われることなく、コミュの周囲に積まれたままになっている。これからも、その丸太は使用されないまま放置されることになるのだ。スナークのおかげで。その放置された丸太を見るたびに、誰もが苦い思いをするはずなのだ。

ヤンが再び手を上げ、話を続ける。

「次に出されている案。我々は、スナークという怪物の生態をまったく知らない。そのため対策をとれずにいる。だから、万難を排してスナークを捕獲し、その実体を知ることが優先するのではないかという意見が出た」

そこで、再びヤンは言葉を切り、見回して反応を見る。

今度は、拍手だった。拍手の半ばで誰かがオカガニのハサミを振り上げた。拍手がやみ、ヤンが、その男を手に持った骨で指した。

さきほどの白人の中年男だった。

「いいアイデアだと思う。自分も方法を他に思いつかない。だが、ほとんど姿の見えないスナークを、どうやって捕獲するつもりでいるのか教えてくれ。リスクが伴うというのはこのことなのだろう？　それから、捕獲するという話だったが、生け捕りにするつもりでいるのか？　生け捕りが可能だと考えているのか？」

男が座ると、すぐにヤンは答えた。

「捕獲は、デッドオアアライヴと考えている。スナークが、どれほどの生命力を持っているかも不明だから。

できるだけ、スナーク捕獲は安全な方法をということで案を練ったつもりだ。

最低二十名の男で、事にあたろうと考えている。最悪の事態は避けたいと考えているがなにしろ我々の誰もが初めて体験する作戦だ。どのような不測の事態を迎えることになるかわからない。そこで、志願者を募りたい。スナークの捕獲作戦に参加しようという者は立上って貰いたい」

誰も立上らない。沈黙がその場を支配した。オカガニのハサミを上げたのは、韓国の若者だった。

「どうやって捕獲する考えなのか、具体的に教えてもらいたい。二十名が適切な数なのかも判断がつかない」

ヤンは、ジャンとポールの方を振り返り、それから、大きくうなずいて口を開いた。

「スナークを、罠にかけて、フィッシングの予定だ。フィッシャーマンに二十名が必要だという判断だ。詳細は、捕獲チームを組んでから打合せる」

ヤンは「罠にかけてフィッシング」と表現した。釣るということなのだろうかと、マサヒロはぼんやり思う。しかし、どうやってスナークを釣るというのだろうか。

だが、韓国の若者は、納得したように、大きくうなずいていた。上げていたオカガニのハサミを下ろした。だが、座ろうとはしない。そのまま立ち続けている。

やっとマサヒロは、その意味を知った。若者は、スナーク狩りに志願しているのだ。

シュンが続いて立つ。あちこちで男が立ちはじめていた。

自分にもできるはずだ。そう直感で思ったマサヒロが立上るのと、マコトが立上るのが同時だった。マサヒロとマコトは顔を見合わせて、照れたような笑みを浮かべた。

そのとき、ユミが叫ぶように言った。

「お願い！　みんな行ってしまわないで。誰か残って！　みんな行っちゃったら」

泣き声に近かった。見おろすと、エニシとミツがうなずいていた。激しく。心細いのだ。

立上りかけていたヒデが腰を下ろした。

マコトが「シュンは残ってくれよ。一番頼りになるんだから」

シュンは、冷静な計算をしたようだ。素直に「わかった」と腰を下ろした。

志願する男の数は、すでに二十人を超えていた。

そこで、ヤンのストップがかかった。

「志願者が、予定の数に達した。志願してくれた方たちの勇気と献身性に感謝する。何の見返りも与えられることはないだろうが、志願者の方々の行動は、永く皆の記憶に刻まれることだろう。それだけが、志願者の方々の報酬になる。本当にありがとう」

そこで拍手がいっせいに起った。いつまでも、やむことなく、拍手は続いた。

マサヒロとマコトは、闇の中で、息をひそめて待つ。マサヒロのチームは六人だ。東洋系と二人のアラブ系。チームは四つに分けられた。そして三チームが一本づつのロープを受けもっている。残り一チームは待機になる。

集会があった翌朝、スナーク狩りの志願者たちは、〝委員会〟に同席して、作戦の詳細を知ることになった。

コミュは、四方を岩場に囲まれたような窪地にある。その岩場に、いくつもの岩穴がある。人々が夜間に隠れて過ごすのは、そこだ。ある岩穴の中は数十人が入れるような空間があり、ある岩穴は、人ひとりがやっと身を隠せるほどの深さだったりする。

そして、岩場に囲まれた一隅に〝厨房〟がある。スナークが出現しはじめる前は、広場の中央近くだったのだが、避難に適した位置に〝厨房〟は移動して、その裏の岩穴に食糧を保存するようになっていた。

今回は、広場の一番目立つ位置に餌を仕掛ける。エサは、オカガニの死体を使うことになっていた。そして、地球から転送されていたパイプ椅子を加工して針金状に変え、オカガニの体内にひそませる。その針金は三方からのロープに留められている。スナークが、オカガニを触手で巻きあげて、口に（あるとすればだが）入れたと判断した時点で三チームがロープを引く。そして、スナークを動けないようにした時点で待機していた一チームが、足に攻撃を加える。

そのような段取りが説明された。

ロープは、森の細目の蔓を縒り合わせて作ることになった。三十メートルは必要ではないかということになった。

チーム分けがあり、そのチームメンバーが共同で、そのチームの持つロープをこしらえることになる。同じチームには、あの韓国人の若者もいた。ペ・ウンヨンという名前だと彼は自己紹介した。二人のアラブ人は、オマール・エッフェンディとモハメッド・バーバルといい、オマールは英国籍のパキスタン出身者で、モハメッドは、パキスタンに住んでいて、まったく英語は話せないと、オマールが説明した。二人とも正義感の強そうな濃い眉と大きな目を持っていた。ただ、作業中に数度手を休めて、礼拝を始めるのだけは、マサヒロは理解できなかった。それは、イスラムの儀式のようだった。

夕方近く、シュンたちが様子を見にやってきた。ユミたち女性も連れて。その中にクリスの姿もあった。シュンがマサヒロとマコトを激励して去った後、オマールがマサヒロとマコトに訊ねた。

何を訊ねようとしているのか、最初わかりかねたが、やっとその意図を理解した。クリスを紹介して欲しいと言っているのだ。

「ワンダフル・ウーマン」と訛の強い英語でオマールは、何度も繰り返した。「誰か、つきあっている男はいるのか？ さっきの男がそうか？」シュンのことを、そう思ったらしい。

「ちがう。いない」そう答えると、オマールは嬉しそうに目を細めた。

名前を訊ね、どこの国から来た女性なのかをしつこく知りたがった。クリスという名を教え、カナダから跳んできたことを告げた。

オマールが、彼女が何故日本語ができるのかも知りたがった。仕方なく、マサヒロは片言ながらクリスの夫が日系カナダ人であったこと、彼女の夫が、イスラム原理主義過激派のテロリストによるハイジャックで死亡したことを教えると、初めてオマールは頬を強ばらせた。その反応は、マサヒロがうすうす予想していたことではあったが。

窪地の崖に沿うように、三ヵ所に丸太を縦に埋めこみ、その丸太に蔓を縒り合わせたロープを結びつけた。ロープの先には、オカガニの餌がある。スナークが餌をくわえこみ、パイプ椅子の針がくいこめば、ロープでできるだけ低い位置まで引き寄せる。そして四番目のチームが長槍で攻撃をかけるという作戦になっていた。

スナークは、いつも東側から、出現し、東の方向へ去る。その習性はだいたいわかっていた。その翌日は、朝から雨が降り、スナークの出現率が高くなると思われた。何故か、スナークは昼間、雨が降るとその夜に出現することが多い。だから、その日は朝から全員が丸太置き場から運びこんだ丸太を埋めこんだ。絶対に抜けないように、穴深く横組みまで施して。その丸太が「釣り竿」になるのだから。

そして、今、マサヒロたちのチームは、息をひそめて、北側の崖の下にいた。すぐにロープを摑めるように、丸太杭のまわりで。

あたりは真の闇だ。この星にも月が三つあるのだが、空を厚く雲が覆っているのだろう。月の光も見ることはない。陽が落ちてしばらくは、緊張感も手伝って誰一人咳ばらいさえたてなかった。

待つ時間は長く感じられる。身動きすらしなかったチームの連中も小声で雑談をかわし始める。マサヒロの前にいたマコトが大欠伸をした。マサヒロは、まだ緊張が抜けるところまではいかない。左手を蔓製のロープにあてている。いつでも、次の行動に移れるように。マサヒロの左には、オマール・エッフェンディとペ・ウンヨンがいた。表情までは見えないが、その二人であることはわかる。

オマールが、マサヒロに話しかけてきた。

「さっき、クリスと話をした。いい人だった。マイ・フェバーだ。恋人をスナークにやられたらしい。仇を必ずとると約束しておいた」

オマールは、クリスの恋人のことを何処で知ったかは言わなかった。クリスが自分のことを話したのだろうかと思う。

「彼女は、地球の夫をテロで失ったと言っていた。あんたは、イスラムだろ。そちらのつながりはないのか？」

そう、ずばりと訊ねたのは、ペ・ウンヨンだった。正義感の強そうな目の光だけは、マサヒロも確認した。そちらのつながり、というのが、テロ集団のことだということは、マサヒロにもわかった。オマールは、何も悪びれた様子はなかった。二度の戦闘訓練には参加したことがあると言った。やはりイスラム原理主義過激派のとあるグループのメンバーで、他グループとの調整役をやっていたという。

「仕方がない」とオマールは答えた。「聖戦《ジハード》なのだから。クリスには、包み隠さずに自分から話した。これから、クリスと交際するためには、すべて知ってもらうべきと思ったし。ここは、もう、地球じゃない。この星のこれからの生き方だから」

マサヒロは、やはりオマールを異人種なのだと思った。その神経は、マサヒロには理解できない。それを聞いてクリスは、どう思ったのだろう。だが、それをマサヒロが訊ねる勇気はない。

それを訊ねたのは、ペだった。

「それを話したら、彼女の反応はどうだったんだ？　私なら、あんたに、絶対、怨みを抱くと思うな。一生、忘れないだろうな。殺してやりたいと思うかもしれない」

ぺは、すべてを本音で話す男かも知れないと、マサヒロは思った。オマールからは、すぐに答は戻ってこなかった。ただし、数瞬の空白だけだが。

「クリスは、今、考えている。だいたい、彼女は言葉は少い。それだけ考えることの多い人だ。結論を彼女が出すまで待つことは何でもない……」

やはり、マサヒロにはオマールの神経が理解できないままだ。

そのとき、じゅるるるっという音を聞いた。突然、何の前触れもなく、その音は上空で聞こえた。

スナークだ。

東側から奴はやってくるはずではなかったのか。なのに、何故、こちらに？

いくつもの疑問符がならぶ。同時に、マサヒロは地面に身を伏せた。

オカガニのところへ、早く行け！　餌を掴め！　早く通り過ぎろ！

マサヒロのすぐ前で、悲鳴があがった。

マコトの声だ。

スナークの触手に巻きつかれている。またしても、マサヒロは何故？　と思う。状況そのものが信じられない。こんなはずではない！

何も考えずにマサヒロは、マコトに飛びついた。

ぬらりとした固い感触があった。マコトの身体にはスナークの触手が信じられないほど幾重にも巻きついている。瞬間的に、逃げられぬようにとこれだけ巻きつけるのかとマサヒロは驚く。

マコトと共に宙吊りの状態になった。マサヒロがぶら下がったことで、触手の上昇が止まったかのようだった。だが、二メートル以上は吊り上げられたはずだ。マサヒロは、触手に必死で摑まっていようとするが、表面の粘液でずるずると落ちかける。マコトは、悲鳴をあげようとするが、締め上げられて笛のような音しか出ない。

そのマサヒロの横で新たな悲鳴が響く、誰かは、わからない。ただ、これだけは、わかる。スナークの触手は一本ではなかったのだ。

その誰かの悲鳴は、急速に上昇していき、唐突に途絶えた。

誰かが喰われた。マサヒロは、直感で知った。数秒後、次の悲鳴が。

この作戦は、大失敗だ！　とマサヒロは思う。マサヒロの身体が大きく揺れた。まるで振子のように。スナークは触手を垂らしたまま、移動している。しかも、触手は少しづつ上昇を続けた。マコトは、すでに絶命したのか、失神しているのか。呻き声さえもたてない。

右腕が耐えられなかった。粘液で腕がすべる。

次の振幅が来たときに、あれほど強く抱き締めるように摑んでいた手応えが消えた。

マサヒロは触手から、振り落されたのだ。

そこでマサヒロの意識が途絶えた。

エニシの顔が、まずわかった。その横にクリスとミツの姿があった。三人とも心配そうに、マサヒロの容体を見守っていたのだ。

岩穴の中だった。

貝殻の中に溜めた油の炎が、ゆらゆらと揺れて薄明かりを放っていた。

あわてて、マサヒロは身を起した。

「マコトは？」

それには答えず、ミツがマサヒロを覗きこむように「気がついたの？　大丈夫？」と言った。

「大丈夫です。マコトは？」

再び、そう訊ねると三人が顔を横に振った。哀しげな表情で。

振り返ると、シュンとユミが座っていた。

「スナークは、どうなったんです？」

シュンが苦々しそうに答えた。「作戦は失敗だった。全部で三名が餌食になった。皆マサヒロのチームだ。マコトと、韓国人の若者、ぺといったか……。パキスタン人のモハメッド。今回は、スナークは北側からやってきた。そこから、誤算が始まっている」

「何故、北側からスナークはやってきたんですか？」

「それは、わからない」

「我々が襲われている間、他のチームは何もやらなかったのですか？」

マサヒロは、怒りを抑えてそう訊ねた。

「作戦の想定外だからね。作戦に参加していた者までパニックに陥ってしまった。それぞれが身を守ることで必死になってしまえば収拾はつかない……」

シュンの答は、あくまで歯切れが良くなかった。

「餌にしていたオカガニは、どうだったんです?」

「スナークは触手さえ伸ばしていない。三人を餌食にした後、さっさと退散したんだ」

振り落されたマサヒロは、砂地に投げ出され失神したという。そのままスナークは、満腹して退散したということらしい。

マサヒロが意識を失ったのは、一時間くらいのことだったようだ。

「根本的に、やり方を変えないと駄目なようだな」そう、シュンは口にしたが、力がなかった。マコトの死という事実が、シュンの心を責めたてているのが、マサヒロには痛いほどにわかったからだ。

翌朝、マサヒロが岩穴から出ると、外にはオマールが立っていた。クリスを待っているのかと思ったら、ちがった。シュンと会いたいと言うのだ。シュンが出てくると、オマールが言った。

「友人のモハメッドがやられた。こちらの若者も、スナークにやられたと聞いている。一緒にリーダーたちのところへ行こう」

「行ってどうする」とシュンが答えると、「あのやり方じゃ駄目だ。ある作戦を考えた。この作戦でいくべきだと思う。それをリーダーに伝えたい」

翌日も、集会は開かれた。夜明けと同時に委員会が開かれ、その閉会をうける形で、全体集会となった。

参加者の誰もが、無駄口ひとつ叩かない、重苦しい雰囲気に包まれた集会となった。

先ず、ヤンが登場して、犠牲となったマコト、ペ、モハメッドへの哀悼の儀式を行った。全員で黙禱を捧げるのだ。東洋系の二人が犠牲になったことで、ヤンが音頭をとることになったのかもしれないと、マサヒロは思った。

厳粛な沈黙の時間が終り、議長は、ポールに代わった。まず、前日のスナークによる悲劇のレビューから始まった。ゆっくりとポールが簡易な英語で経過を語ると、あちらこちらで押し殺したような啜り泣きの声が聞こえてきた。

マサヒロも、マコトの笑顔を思い出し、涙が溢れてくるのを抑えることができなかった。ひょっとすれば、触手に巻きつかれるのは、自分だったかもしれないのだ。マコトは、自分の身代わりになったという思いも加わった。ユミもエニシもミツも肩を震わせている。クリスは突っ伏して声を抑えていた。

スナークの罠が失敗した理由が、続いて述べられる。理由は聞かなくてもわかる。スナークの真の習性を皆が読み誤ったからだ。

今回は、これからの作戦をどう展開させるかという問いかけは省かれた。代わりに、〝委員会〟で出された新たな案が、提示された。

今回も、スナークを〝釣る〟という発想は同じだ。だが、スナークに触手が二本備わっているということは間違いないらしい。そしてスナークがコミュに全方向から出現しても対応できる方法でのぞむべきであると。また、オカガニでは、餌としての魅力に欠けている。スナークは、人の味を覚えて、優先的に人間を襲っているようだ。そんな事実を踏まえて組み立てられたものだと前ふりがなされた。

マサヒロは思う。ここでやめるわけにはいかない。ここで諦めたら、マコトの死は無駄になってしまう。モハメッドもペも……犬死になる。

その思いは誰もが同じだったはずだ。オカガニのハサミを振り上げて異議を唱えるものは誰もいない。

ポールが、その〝委員会〟で採択された方法について、ゆっくりと語る。それがオマールが考えた〝方法〟なのかどうかはわからない。

ミツの同時通訳を通してその内容を知り、マサヒロは驚愕した。

スナーク狩りの主な変更点は、二つあった。三方に分散してのロープわきでの待機はやらない。スナークの出現場所が確定できないからだ。代わりに戦士はスナーク出現までは、岩穴内で待機することになる。それが一つ。

そして、もう一つ。

餌を広場の岩穴よりに二ヵ所に仕掛ける。そして、その二つの餌は、地面に固定され、持ち上げられないようにしておく。二つの餌に二本の触手が〝喰いついた〟ときに、岩穴に潜んでいた戦士が、攻撃をかける。触手を使っている間のスナークは新たな攻撃は出来ないはずだ。そして、二つの餌には、志願者を募る……。それが、いちばんスナークが喜ぶであろう餌になるはずだから。

マサヒロは、耳を疑った。

生き餌を使うということか。それも人間で。

それしか方法はないのか？

ポールは、〝餌〟になる人間をどうやって守るかの説明も付け加えた。

ドラム缶二本の底を抜き、四方から、ロープでドラム缶を持ち上がらないように固定して杭につなぐ。そして〝餌〟の志願者は、そのドラム缶の中へ入ってもらうというものだった。触手はドラム缶に巻きつき、志願者は、その間にも脱出できる。そんな説明だった。

しかし……。マサヒロは思う。そんな、あやふやな安全性は、まったくあてにならない。たしかに、触手はマコトを巻き上げるときに飛びかかることで、持ち上げる力が限界に達したようにも思えた。しかし、……。巻きつける力はどうだ。ドラム缶で耐えうるのか。何の保証もない。マコトは締めつけられて失神状態にあった。どれほどの力なのか。ロープさえ引き千切られてドラム缶ごと瞬間的に喰われてしまったら。ドラム缶の底から逃げようにも、触手がドラム缶の底を覆っていたら……。いや、器用に触手がドラム缶内に入ってくる可能性さえあるではないか。

志願者は、まさに死を覚悟する必要があると思った。スナーク捕獲作戦に参加する志願者を募ることとは、まったく意味がちがってくるのではないか。

「これは、最悪の、一番やりたくなかった作戦だ。もし、〝餌〟の志願者がない場合は、この作戦は中止となる。誰を選ぶということはできないから」

前回、志願者を募ったときとは、人々の反応は明らかにちがっていた。立上る者がいない。そのリスクの高さに、誰もが躊躇しているのだ。

マサヒロは、あのぬらりとしたスナークの触手の感触を思い出していた。あの感触を知っているのは、このコミュで自分だけだ。武器を携行すれば、何とかなるのではないかと一瞬考えた。

「では、志願しようという方は、いるだろうか?」

ポールが、塔の上から、全員に呼びかけた。マサヒロは反射的に立上りかけた。

その腕を誰かが凄まじい力で引いた。驚いて振り返ると、エニシの端正な日本人形のような顔が、泣きそうに歪んでいた。

「マサヒロさん、やめて下さい。いかないで下さい。お願いします」

マサヒロは、動きを止めた。ヒデもユミもエニシも、大きく首を横に振っている。志願しないで欲しいと。マサヒロは迷った。自分は、必要とされている。ふだん、感情を表に出さず哀しげな表情を見せているだけのエニシからそれほど懇願されたことも、驚きだった。

遠目に男が立つのが見えた。

多分、この作戦の発案者であるオマール・エッフェンディだった。発案者として、また友人であるモハメッドの意趣返しとして、志願しているのだ。

「彼は自分が志願すると主張していた。殺られても、来世で自分の幸福が約束されるからと言っていたからな。自爆テロの連中と言うことは変わらない」

シュンが、そう言いながら首を振ったときだった。

シュンの向こうで誰かが立つ。

クリス。

マサヒロは信じられなかった。何故クリスが。

「クリス・サカモトです。志願します」

塔の上で、ポールが、「クリス、ありがとう。だが、あなたは女性だ」と叫ぶ。

「餌に戦闘能力は、不必要です。これは、私にもできる役割です。スナークには、私の大事な人も殺されました。私は今、生きていても何の希望もないのです。であれば、この役割を果してコミュのために役立ちたいと思います」

続いて、二人の男が立上った。志願者は四名。その中には、マサヒロを止めたはずのヒデもいた。

遠くから、オマールが叫んでいた。「クリス。辞退しろ。女には無理だ。三人でやる。頼む。やめてくれ」

オマールの呼びかけをクリスは無視した。代わりに、こう言った。

「戦う能力のある人が、残って戦ってください。私は餌としてしか、皆さんに貢献できません」

何という女性だと、マサヒロは目を見張った。あれほど瞳から哀しさを放っていたというのに、今はそれが消え、鬼気迫る執念の光を放っているように見えた。

生き餌を志願する真意というのは何なのだろうか。恋人をスナークに奪われた復讐心？　生き甲斐を喪失した自暴自棄？　あるいは、本当にコミュへの献身的な気持ちから？

わからないが、その意志は固い。絶対に曲げようとしない。

その二名の選考に手間どることになった。オマールがクリスを必死に辞退するように説得したにもかかわらず。

そこで、集会は、いったん解散となった。あらためて、委員会が開かれるということで。委員そして、四人の志願者が、その場に残った。

ヒデが言った。「あのとき、志願しなくて、ずっと罪の意識を感じていた。マコトに申しわけないんだ」

その結論についてマサヒロが知るのは、後のことだ。

ミツが詳細を知っていた。委員会が終った後、委員の一人である女から聞いたという。

生餌が決まった。

委員会で人選が進んだが、志願者の誰もが一歩も譲らず結論にたどりつかなかったという。

最終的に、〝餌〟を決める方法は籤引きになった。ポールが木の枝で籤を作り、短い二本を引いた者の意思を尊重するということになったという。

そして当ったのは、クリスと、ヘルベルトという男の二人だった。

それで決定されたということだった。オマールは絶叫したそうだ。自分の提案の延長でクリスが餌に選ばれたことの衝撃からだろうとミツが言った。

その後、岩の上で、ぽつんと一人座っているクリスを、マサヒロは見かけた。彼女は、何の表情も浮かべずに、ぼんやりと遠いところを眺めていた。あれほどの主張をした女性と同一であるというのが、そのときのマサヒロには信じられなかった。何を考えているのだろうか。スナークに喰われた恋人のことか、地球にいたときにテロで犠牲になった夫のことか。

夜は、ミツの誘いでクリスが同じ岩穴にやってきた。そこでは、クリスは穏やかないつものクリスと変りなかった。

ただ、オマールがクリスを訪ねてきた。クリスの決心を変えさせようと考えたのだろう。オマールはクリスを岩穴の入口近くへ連れていき、説得を重ねたようだ。

マサヒロの耳にも、オマールの声がかすかに届いた。しかし、クリスの声は一切聞こえない。オマールの問いかけにも何にも答えていないようだった。

オマールに連れられ、しばらくしてクリスは戻ってきた。オマールは、口角をへの字に歪めて大きく首を振って諦めたように立ち去ったのだった。

すでに、北東の位置にドラム缶の仕掛けは作られたが、雨が降ったのは四日後だった。

誰もが、スナーク日和だと感じていた。

マサヒロたちの岩穴からは、クリスが入るドラム缶は一番近い位置にある。そのドラム缶は四本の杭のロープと繋がれている。触手が、ドラム缶を一メートルほど持ち上げるとそこでロープが伸びきってしまう。

今回は、志願した戦士たちは、岩穴の中で武器を持って待機するのだ。普段は農耕に使っている粗末な鍬やシャベルまでもが武器として携えられていた。

陽が山蔭に落ちるとき、クリスとヘルベルトはコミュの人々の激励を受けた。

「触手がドラム缶に絡まったら、すぐ逃げだすんだ」オマールがクリスに、そう何度も念を押したが、クリスはそれにうなずくだけだった。

マサヒロがクリスと握手を交わした後、マサヒロにミツが言った。

「どうして、命を投げ出すようなことを、引き受けるの？　って私、クリスに訊ねたの。そしたら、彼女、何と答えたと思う？　私……もう死んでいるのと同じだから。……って」

やはり、そうなのかとマサヒロは思う。クリスの心の中には空虚な闇しか存在しないということなのか。

今回はドラム缶を囲むように、四方に篝火がたかれていた。その炎で少くとも攻撃はかけやすくなるはずだ。スナークが光を怖がることはない。それは、これまでの攻撃でもわかる。ただ篝火は、すぐにスナークによって消されてしまうのが常だが。スナークの全貌を知るには、いずれにしても光量が不足する。今回は遠近合わせて八ヵ所の篝火だ。瞬間的に消されてしまうことはないだろうと思われた。

五メートルほど離されたドラム缶に、クリスとヘルベルトがそれぞれに入る。戦士たちは分れて近場の岩穴の中から、罠の様子を見守る。

再び、長い時間が始まった。スナーク待ちだ。

マサヒロたちの岩穴では、六人ほどが武器を持ち、顔突きあわせて、〝生き餌〟たちを見守っている。すべて志願した戦士たちだ。前回とは比較にならないほどの緊張が張りつめていた。オマールも、マサヒロとともに同じ岩穴にいる。誰よりも早くクリスのところへ飛び出せるように岩穴の入口近くに待機していた。オマールは、いつの間にそのような得物を作りあげていたのか、抜き身のだんびらを握りしめていた。マサヒロも、ダッシュで駈けつけるつもりだ。右手には長槍を持って。

「クリスは、私に一言も答えてくれなかった。何故だ？」そうオマールは小声でマサヒロに訊ねた。「イスラムのテロリストだからということか？」

マサヒロは答えようがない。

「こんな結果を招くなんて、思いもよらなかった。まさか、彼女が志願するなんて。悔んでも悔みきれない。私は身代わりになってでもクリスを助ける」

オマールは、そうひとり言を呟き続ける。

二時間ほども経過したろうか。前回なら、すでにスナークは出現している時間帯のはずだとマサヒロは考えていた。そしてオマールは気がついているのだろうか、クリスは、すでに生きる意志を喪くしてしまっていることを。

いや、気がついているはずだ。

外に霧が出てくる。離れた場所にある篝火が、ぼんやりとかすみはじめた。まさに、スナークが喜んで出現しそうな条件が揃ってきたとマサヒロは思う。しかし……何故、スナークは、夜、しかも雨上がりの日に好んで出現するのだろうか？　あの触手の粘液といい、スナークが出現するためには、湿度が関係しているのではないかと思えるし。

「来たぞ！」

オマールが叫んだ。「東から来た。篝火が一つ消えた！」

その横の篝火も消える。火の粉だけが舞い上るのがわかるが、スナークが踏み潰したのか、跳ね飛ばしたのかはわからない。

マサヒロは、ドラム缶のクリスを見た。疲れて、ドラム缶の中でうずくまっているのか、彼女の姿が見えない。「クリス、もうすぐ来るぞ」とオマールが大声をかけると、彼女は肩から上を見せた。

だが、例の生理的に不快感を持つ鳴き声は聞こえない。粘膜のこすれるようなあの音は、スナークが頭上にいて初めて聞こえる死の音なのだ。

仄明りの中で、素早い動きの触手が伸びるのを全員が見た。触手は直線で中年のドイツ人の首を狙った。ヘルベルトがぐえっという人が発するとは思えない呻き声を発する。

「クリス！　頭をドラム缶の中へ隠せ！」

オマールが叫んだ。

ヘルベルトは首と肩を触手に巻きつけられ引きずりあげられていく。ドラム缶の防禦は何の効果もなかったのだ。

次の触手が、降ってくる。凄まじい速度で。

マサヒロは見た。クリスは、ぼんやりと上空を凝視していた。胸から上はドラムから出ている。

触手は、瞬間的にドラム缶に巻きついた。触手の先端は、ドラム缶の底部でのたうっていた。そのままクリスはドラム缶ごと持ち上げられようとする。ドラム缶が宙に浮く。だがクリスはドラム缶に入ったままだ。

底にも触手がある！　足に巻きつかれている！　そう、マサヒロは知った。

宙に浮いたドラム缶は、上昇が止まった。

ロープのおかげだ。だが、激しく前後左右に揺すられる。

「クリス！　ドラム缶から飛び降りろ！」

オマールが駆け出しながら叫んだ。だが、クリスは脱出できない。

かわりに、クリスは大声で悲鳴をあげた。

マサヒロは意外だった。クリスが悲鳴をあげるなんて。彼女は生きる意欲を喪くしていたのではないのか。

マサヒロは、オマールの後に続いた。オマールは、すでに左腕をドラム缶の縁に伸ばしていた。杭に繋がれたロープがぎしぎしと軋んでいるのがわかった。

クリスがオマールにしがみついていた。悲鳴はあげていない。オマールは伸び切った触手にだんびらを振り下した。一回、二回、三回。

そのとき、マサヒロの目の前に突然柱が降ってきた。直径四十センチほどの黒い柱だ。

これが、スナークの足だ！

篝火の光を受けてその足がぬめぬめと光っていることがわかった。何もマサヒロは考えなかった。ひたすら夢中だった。

長槍をかまえ、そのまま黒い柱に向かって大声をあげながら突進した。確かに突き刺さる感触があった。スナークの足の奥深くまで。何かの液体が噴き出し、自分の胸を濡らすのが、はっきりとわかった。

これは、スナークの血だ！

そう思った瞬間、マサヒロは激しい勢いで跳ね飛ばされた。スナークの足は槍を突き刺したまま、闇の空に消えた。

オマールが、その向こうで、まだだんびらを振り下していた。杭につながれたロープのほとんどがもう千切れていた。残り一本のロープでドラム缶はつながっていた。ドラム缶に巻きついた触手も、五、六人がかりで鍬やシャベルの攻撃を受けていた。

激しい音とともにドラム缶が落ちる。オマールが触手を切断したのだ。

マサヒロが見上げてもスナークの行方はわからない。逃走したのは、間違いなかった。

スナークの捕獲こそできなかったが、明らかにマサヒロたちはスナークにダメージを与えることができたのだ。

嵐が去った後のように、コミュは静けさを取り戻していた。

八つの篝火のうち、四つは完全に消えていた。だが、残りの篝火の明かりの中、マサヒロは、オマールがドラム缶の中からクリスを出してやる姿を、続いて意外な光景を見た。

クリスは、そのままオマールを抱き締めた。彼女が、どのような心の変化を経たのかは、わからない。しかし、クリスは変ったのだ。さきほど触手に襲われ、彼女が悲鳴をあげた瞬間に。

生きるとは、どういうことだったのか。人生でやり残したことは、何だったのか？　そのようなことを、触手に襲われた数瞬で、クリスは劇的に悟ったのかもしれないとマサヒロは思った。

クリスのオマールに対しての抱擁は、まだ続いていた。オマールは、危機を乗り切ったことでの放心状態でいたのだが、クリスの抱擁を拒むことはせず、彼女の気がすむまで立ちつくす覚悟でいたようだ。言葉さえ交わさずに。

それが契機となり、クリスは生活の場をオマールとモハメッドがいた岩穴に移した。モハメッドがいなくなった今、実質的にオマールとクリスの蜜月の場所である。イスラム原理主義過激派であった男と、夫をそのテロで失った女の。

スナークは、それ以来、姿を見せることはない。ドラム缶に絡まったスナークの触手は残された。径が八センチほどもある弾力性に富んだ濃紺の残骸だった。内側には、獲物を逃さないようにする小さな無数の吸盤を見ることができた。表面は、時間が経過するに従い粘着力を増していった。

だが、翌日、陽光の中では、触手は見るかげもないほど萎えしぼみ、ドラム缶の表面にまるでナメクジが這ったようなてらてらした痕跡を残したような状態になっていた。

しばらく、スナークの襲撃は途絶えた。しかし、傷を回復させたスナークが、いつまた再びコミュを襲わないとも限らないということは、誰もが不安に感じていたにちがいなかった。

ある昼下がり、パニックに陥ってコミュに帰ってきた女たちによって、新たな情報がもたらされた。

その女たちは、海岸線に沿って食糧を採集していたという。コミュの北にある海岸が、主にその場所なのだが、磯の収穫がそれほど得られなかったので、東の岬の向こう側まで足を延ばしたという。そこまでは、まだコミュの人々は足を延ばしていない、未踏の場所だった。

そこで、見たという。

忌わしい場所を。

パニックに陥ったスロベニアの女たちの言うことは、抽象的でかつ恐怖にとらわれて、かつ言語的にも理解しづらい内容だったが、調査の必要があるという判断で、緊急にコミュ内で作業をしていた十名ほどが調査に行くことになった。

開墾にあたっていたマサヒロにも声がかかった。シュンがマサヒロにも同行しろという。未知の場所を目差すということで、それぞれが武器になるような農機具や長槍を持っての遠征となった。

発見者の女が激しく嫌がるので案内者はなく、位置関係だけを頭に叩きこんで出発した。

北の海岸に到着し、そのまま砂浜に沿って右へと果てしなく歩くと磯になった。以前、マサヒロは遠景で海岸線を眺めたことがあったのだが、磯から向こうの岬は切りたった崖になっていて、とても岬の向こうへは船でも使わない限り回れないなという印象をもっていた。まだ、コミュには船を建造するという余裕は生まれていない。

だが、その日は様子が違っていた。マサヒロの海の印象とは大きく異なる。

女たちが、岬の向こう側まで足を延ばしてみようと考えた理由がわかった。

見事な大潮なのだ。遥か遠くまで砂浜が続く。引き潮が、これほど迄とは。

磯も干上っている。岬の切り立った崖の下は水位が下がって、岩場が点々と出現していた。その岩場をたどれば、岬の向こうへ行くことが可能な状態になっていた。いつも食糧確保の場にしていた磯が使えなければ新たな漁場を探そうとすることは無理もない。

岩場を一人づつ、ジャンプを繰り返しながら岬の向こう側へとまわっていく。

風景が、がらりと変化した。

砂浜は、まったくない。視界の彼方まで、そそり立つ岩壁が続いていた。

「あれだ！」

そうシュンが長槍で示した。岩壁の手前。そのあたりは潮が満ちていれば水面すれすれの高さにあるのだろうか。岩穴が七つ並んでいた。その一つ一つが、馬鹿でかい。

「どの穴なんですか?」

「真ん中あたりと言っていた」

全員が、岩をよじ登っていく。次に、このように岩穴を目指せる機会がいつ巡ってくるものかはわからないとマサヒロは考えつつ。

最初の岩穴は、予想外に浅かった。長年の風雨と波によって穿たれたものらしい。十メートルも行けば壁になった。貝殻をかぶってせわしなく動きまわるが、地球のヤドカリとは似ても似つかないクモのような多足動物がいるだけだった。とても食用にする気にはなれない。

二番目の岩穴にシュンとマサヒロが入ったときだった。外から皆を呼ぶ声がする。出てみると四番目の岩穴の入口で呼んでいる。そこへ入った三人のようだった。

マサヒロが、あわてて駈けつけると、納得した。

女たちが忌わしさを感じた場所がそこであることを。

その岩穴は、それまでの岩穴と比較しても大きく深さもあるようだった。十メートルも入ったときに、皆が顔をしかめるようなものが転がっていた。

人骨だった。真っ白な髑髏は、ぴかぴかに研磨加工されたようだ。それに、砕かれた骨々。どの部分の骨かはわからないが、いずれも肉の一片も付着していない。それも一体ではない。あちこちに点々と転がっていた。

マサヒロは髑髏の数を数えた。一つ……二つ……二十個を超える。そして骨は人間の骨だけではない。マサヒロの知識にもない奇妙な形の頭蓋骨まで入れれば……。

それが、何を意味するのか、マサヒロは、すぐに悟った。

これは、スナークの犠牲になった人々のなれの果てなのだ。

「ここは、ひょっとして……」

マサヒロが、シュンに言った。

「ああ、今、同じことを考えていた」

シュンは、そう答えた。マサヒロは、急速に喉がカラカラに乾いていくのがわかった。

ここは……スナークの……巣？

そう思考が芽生えると、背筋を冷たいものが走っていく。

昼間は、この岩穴の中でじっと身を潜め、陽の光から隠れる。そして夜の闇の中で捕食活動を開始する。まるで、吸血鬼のように。

誰もが申しあわせたように手にした武器や得物をかまえ、不安気な表情で岩穴の奥の闇をうかがった。

まだ、その場所は、外の光が届く。この岩穴がどの深さまで続いているのかはわからないが、この奥のどこかにスナークが腹を空かして待ちかまえているのかもしれないと思うのは当然だった。

マサヒロは、あたりに転がる髑髏をひとつづつ、見ていく。このうちのひとつが、マコトにちがいないのだと。それはどれだろう。自分の骨もひょっとしたら、こうして転がっていたかもしれない。

岩穴は、十数メートル進んだあたりから、ゆるやかに右へと折れていく。マサヒロの後方から「用心しろ!」と声がする。そんな大声は出して欲しくない。言われなくても十分に注意をはらっているつもりなのだ。

外の光が、届くか届かないかという位置になった。それ以上は、明かりがなければ進むには無謀すぎるように思われた。

もし、スナークがそこで襲ってきたら、十人だろうが、ひとたまりもなく全滅させられてしまうのではないのか。

そんな不安が押し寄せる。

天井も低く、横幅も狭くなっていくようだった。

不安と同時に、疑問も生じた。

あれほど巨大な、闇の中で全貌もわからないような怪物が、これほど狭くなる岩穴の中で、どう隠れるというのだ。

あれほど長い触手を自在に操る怪物にとっては不利すぎる環境ではないのか?

そのとき、先頭を進んでいた男が、驚きの声をあげた。

「何で、こんなところに長槍が……」

窪んだ場所に、その長槍はあった。マサヒロは、その長槍を見た瞬間にわかった。

「これは、ぼくが……」

スナークがコミュを襲ったとき、マサヒロ自身が、スナークの足に突き刺した長槍に間違いなかった。

「マサヒロが使っていたものに間違いないか？」

「調べてみます」

シュンに言われて、マサヒロはその窪みにある長槍を掴んだ。

手応えがあった。

長槍に何かが引っかかっている。重い。

長槍そのものは、あのときマサヒロが使ったものに間違いない。握りの具合でわかった。

ゆっくりと持ち上げる。

真っ黒い、細長いものが、だらりと長槍の刃のあたりに垂れ下がっている。海草の類とは明らかに異なる。その異物を槍からはずそうとするが、干物状態に乾燥していて、強ばりつきどうしてもとれない。

ふと、マサヒロは思い当たった。

「これって……。スナークの触手の残骸と似ていませんか？」

スナークの触手も日光の下で、どす黒く小さく変形していたことを思い出していた。そう、これは、マサヒロが反射的に長槍を突き刺したスナークの……足なのだ。

皆が、スナークだ！　と漏らす。

マサヒロがそれ以上長槍を引くには、力が不足していた。シュンが手を貸すと、正体のわからないミイラ状の物体がずるずると窪みから引き出されてきた。誰かが、「明るいところまで引きずり出そう」と言いだす。

十人がかりで、その物体を岩穴の入口あたりまで、引き摺っていく。足は干からびている が、本体は、ゼリー状の直径一メートルほどの卵型をしているようだった。

陽の光の下で、その物体はまったく動こうとしない。卵型の下に四本の足。

人々は、顔を歪めながら観察した。

「巨大なクラゲだな」と誰かが評した。だが、クラゲには、無数の小さな牙はついていない。そして、ゼリー状の卵型の内部はかすかに脈動していた。それが、スナークが休眠状態でいる証しだった。

誰が言い出すでもなく、人々は手にしていた武器で、休眠状態にあるスナークを切り刻んだのだ。それが、スナークであることは、もう間違いなかった。卵型の中から、ベルトのバックル部分だけが現れたのだから。

こうして、最初のスナークは退治されたのだ。あっけないことではあるが。

スナークは、ある種の気象条件が揃うと、活動可能になり、捕食を行う。それは、湿度を大気から一定以上、吸収することでスナークの体内でスイッチが入るように思われた。

コミュへのスナークの侵入を止めることは出来ないが、出現した際は、根城を探しスナーク狩りをやることで、しばらくはスナーク被害を最小にできると学習できたことになる。

スナークはヤドカリに似た多足生物が棲息する近くにいるということもわかった。理由は不明だが、なんらかの共生関係にあるらしい。ただ、人々にとっては、潜んでいるスナークを探す目安になる。

巨大なモノは、スナークという名前を与えられ、そして、おぼろげながらも生態を知られたことで、その怪物性を失った。コミュのスナークの恐怖は、飛躍的に軽減されたのだ。

これが、スナーク騒動の顚末である。

だが、この騒ぎを通じて、明らかになった真理が、もう一つある。

クリスとオマールのことだ。

あれから、二人は、オマールの穴居で生活を始めた。

はたから見ていても、その睦まじさは伝わってくる。いつも寄り添いあうように行動し、オマールはクリスのことをかばい、クリスはオマールのやることを気遣う。

オマールの話にクリスは声をあげて笑い、クリスの浮かべる笑みにつられてオマールも笑みを浮かべる。

誰もが、その二人の仲の良さに驚き、呆れた。

クリスは、夫をイスラム原理主義過激派のテロによって殺されたのではなかったのか？

オマールはアメリカに代表される全世界のキリスト教なるものの破壊を望んでいたのではないか？

ミツが、あるとき、クリスに素直にその質問をぶつけたことがある。

彼女は、こう答えた。

「オマールとは、宗教的な話も思想的な話も一切やらないわ。私が、わかるのは、オマールが、私のことをいつも考えていてくれるということだけ。それでいいじゃないかと思えるようになったの。いくら、信じる神がちがうといっても」

シュンも、オマールに訊ねた。

クリスとうまくいっているようだなと言うと、オマールはこう答えたそうだ。

「本当に愛しあって生活するのに、二人にとっては、宗教や、肌の色や、思想や政治は関係ないんだ。それが、クリスといるとよくわかる。日々におたがいのことを想いあっていれば、フィーリングがぴったりあえば、他のことは皆、許しあえてしまうのさ」

そう……。

そのような真理が存在することを、コミュの全員が気付かされたのだ。

ノアズ・アーク

宇宙船ノアズ・アーク号が宇宙の深淵に向け航宙を開始してから八ヵ月目を迎える。

ノアズ・アークの腹の中には、二万九千八百名が生活をしている。

ノアズ・アークの建造そのものが、ほぼ奇跡に近かった。世代を超えて耐えうる宇宙船だ。

しかも、乗員が世代交替を繰り返し、人口の増減も起る。人々が生をつなぐために、食糧も生産しなくてはいけないし、三万人に近い人々が、宇宙船が正常な航宙を続けるための秩序だった労働に就く必要もあった。

巨大宇宙船は、極秘裡に衛星軌道上で建造された。

その費用の捻出には、アメリカという一国家の力をもってしても不可能で、ユダヤ系多国籍資本の総帥グレアム・ランバート率いるランバート財団の力を借りることができて、初めて可能になったのだ。

ノアズ・アークの全長は千二百メートル程だが、超高層ビルをリング状に連結した形状を持つ。

いかに極秘裡に、かつ宇宙空間上とはいえ、それだけの規模の宇宙船を建造しようとすれば、未確認情報として自然漏洩が起るはずである。それを最小限に喰いとめることができたのも、全世界のマスコミに影響力を持つランバート財団の力があったからである。

よって、このノアズ・アークには、ランバート一族の三十五名は、全員搭乗することができた。

ノアズ・アーク号内の組織は、だから、やや歪曲したものになっている。

頂点には、フレデリック・アジソンが、大統領としての立場で君臨し、その下にギルモア補佐官と、ノアズ・アーク号の船内技術をすべて掌握するアンダースン船長がいる。

そして、ギルモア補佐官の下には、十八の区画に分けられたそれぞれの区画長と、宇宙船内での必要な業務毎に作られた十の庁長がいる。

アンダースン船長の下には機関担当や技術担当、航宙路担当、無任所など、ノアズ・アーク航宙のために数百名が割かれていた。

そんな組織だが、表面に名前こそ出てこないものの、アジソン大統領の執務室にアポなしに自由に出入りして苦言を呈する人物が一人だけいる。

グレアム・ランバート。

ノアズ・アーク号に乗り込んだ最長老。

八十七歳。

もちろん、出発時に発表された区画長の名簿には、ランバート一族が半数以上、名を連ねているのだが。

アジソン大統領のところへ訪れたグレアム・ランバートが最初に口にするのは、たいてい次のような科白だ。

「元気そうだな。フレディ」

グレアムはアジソン大統領に、そう呼びかける。アジソン大統領は、グレアムが人前では、そう呼ばないことを知ってはいる。グレアムがそう彼を呼び始めたのは、ノアズ・アーク計画に、ランバート財団が全面的に協力すると表明して以来だ。だが、いかに親しさを感じて貰っていてもアジソン大統領としては、快くは思えない。

グレアムが自分の父親ほどの年齢だとわかっているつもりでもだ。

グレアムは、アジソン大統領の返事を待たずに、狭い部屋の隅の椅子に腰を下ろす。

アジソン大統領は苦虫を噛み潰したような顔にならないように両の口角を上げ、「おかげさまで元気ですよ。ミスター・ランバート」と答える。メール画面での決済の作業は一時中断せざるを得ない。

「水でも飲まれますか？」

すでに、限りある水は、宇宙船内ではおたがいに理解しあえている。いや、いらない、というようにグレアムは皺だらけの腕をふる。

ギルモアは、何処へ行っているのかと、呪いたくなる。隣の秘書室で止めてくれればいいのだが、生憎ランバート一族の娘が二人勤務しているため、グレアムについてはフリーパス状態なのだ。

「ところで、……のう」

とグレアムはいつもの調子で言った。

「何でしょうか？　ミスター・ランバート」

「地球は、燃えつきたかな？」

またかと思いつつ、無理に穏やかな表情を作ろうと、アジソン大統領は目を細め、目尻を下げてみせる。それは、大統領選のとき、大手広告代理店の戦略担当者からアドバイスされた〝アジソン大統領のいちばん好感の持てる表情〟のはずだった。

「幸いなことに、母なる地球は、まだ無事です」

それから、グレアムの繰り事が始まるのは目に見えている。

「ほほぅ。まだ無事だとな。まだ、太陽は、炎の舌を伸ばしてはいないわけだ。なんともな。

フレディ、最近、わしは、なんだか間違った選択をさせられたのではないかという思いにさいなまれてな。熟睡ができない状態なのだよ。地球が、このまま無事のままなんてな。わかるかね。わしの気持ちが。

智恵を借りたいんだよ。フレディ。どうやれば、わしが安楽な気持ちになれるものか。わかったら教えて欲しいと思ってな」

「わかります。ミスター・ランバートのお気持ちは。あなたは、確かに正しい判断をなさった。それも国益のためを思い……いや、人類のためを思って」

アジソン大統領は、自分でも歯の浮くような科白を口にしていることがわかっている。本音では、「いっそのこと、永眠した方が、熟睡できるでしょうに」だ。

フレデリック・アジソン自身にしてもそうだ。九割方は、太陽がフレア化することで地球は消滅してしまうという科学的予言を信じている。だが残りの一割は、これまでの数十億年と同じように地球は安泰に存在し続けるのではないかという希望とも恐れともつかない想いを抱いている。そして、そんな考えが浮かんだときは、血相を変えて、「まちがいない。地球は消滅する」と、そんな思考の泡粒を消し去るのだ。言われるまでもない。

あと、数年以内に……。

地球は消え去る。それを、まだ七ヵ月やそこらで、判断が間違っているのではないかと迷うなんて。

「もう、この年齢で、わしは、この旅に同行すべきではなかったかもしれないと、よく思うようになった。

あの頃は、考えにウロが来ていたのではないかとな。地球が消えるなら、母なる星と運命をともにすべきではなかったのかな」

まだ、決済事務が残っていますから。そうアジソンは言いかけた。それは事実だった。現職大統領の頃は、秒刻みで全世界を渡り歩かねばならなかった。そのようなことは、今はない。代わりに、ノアズ・アーク内のまったく予想もしていなかった案件に、正しい正しくないは別にして、決断を下していかなければならないのだ。

「もし、フレディの判断が間違っていたとすれば、その見極めがつくのに必要な時間は、どのくらいかな」

この発言内容は、これまでグレアムの口から発されたことのないものだった。執務室に訪れるたびにグレアムの新しい発言内容が付加され続けていく。しかも増殖していく発言はマイナス・ファクターを備えたものばかりだ。前向きなものは、ひとつもない。

やはり、この環境のせいだろうかとも思う。

外の様子が、何ひとつわからない閉鎖空間。行動範囲も狭い。何の娯楽も与えられない。自分の寿命の間に、目的の地へ着くこともない。これで老人性鬱にかからない方がおかしいのかもしれない。

「判断に間違いは、ありませんよ。ミスター・ランバートは、正しい結論を選ばれている。私が保証します」同じことの繰り返しだ。

インターフォンが、隣の秘書室から鳴った。

「ギルモア補佐官が入室します」

渡りに舟という声で、アジソン大統領は答えた。

「ああ。こちらも補佐官の意見の欲しい案件にぶつかったところだった」

そう、グレアムに聞こえよがしに答える。

「レイと仕事をしなければなりません。よろしければ、お引取りになった方がよろしいかと思いますが」

　椅子の上でグレアムは不機嫌に顔をしかめた。

「わしは別にかまわないが。同席してまずいことでもあるのかね」

「同席されても、ミスター・ランバートには、退屈な案件ばかりです。こちらがおかまいできないことの方が心苦しく思いますので。どうぞ、お察しください」

　仕方なさそうに、グレアムは腰を上げた。

「退屈な案件だと。わしの日常より退屈な案件なぞ、存在しようもないだろうに。毎日毎日、何も見えぬ壁の中で、年寄り扱いしおって仕事さえも与えられん。晩年を、わしは監獄入りを選択したも同然のようだ」

　アジソン大統領は、その厭味には、何も答えなかった。グレアムと入れ替わりに、大統領執務室にはギルモア補佐官が入ってきた。

「よろしかったのですか？　大統領」

　短い銀髪のギルモア補佐官が尋ねた。彼は度の強い眼鏡をかけているので、ときとして、まったく感情がうかがえないときがあり、またあるときは、巨大な目で不気味さを感じさせることがある。

　アジソン大統領は、このギルモア補佐官にだけは、全幅の信頼を置いている。太陽のフレア化情報を委員会も通さずにデータをもたらしたのも、ノアズ・アークというプランを机上の計画だったものを形にしたのも彼だ。そして、アジソン大統領の「暗殺計画」さえも作りあげ、出資者としてのグレアム・ランバートに、アジソン大統領を引き合わせる機会を作った。学者としての知恵と、戦略家としての才能と、実務家としての行動力を併せもつ稀有の人材なのだ。

貧相で控えめな外観から、それをうかがい知ることはできない。

「ああ、おかげでランバートにお引き取り願う口実ができた。感謝するよ」

ギルモアは、感情のかけらも見せることなくうなずいた。

「あの年齢ですから、閉じた空間の中でストレスを感じておられるのでしょう」

「その吐け口を、私に求められても困る。立場をわきまえてもらえればいいのだが。そこまで求めるのは、無茶なのか？　今日は、いつまでに地球が消滅しなかったら、地球へ引き返すのかと聞いてきた」

「どうお答えになりましたか？」

「必ず地球は、終末を迎える。そう答えたよ。迷わないでくれ……とね」

ギルモアは、深くうなずいた。

「適確なお答だったと思います。大統領。もう一つ付け加えられると、最高だったと思いますが。ノアズ・アークがもし、地球帰還を選択したとして、地球では、われわれを迎えてくれる居場所は、まったくありませんよ、とね」

アジソン大統領は、黒く濃い眉をぴくりと動かし、自分に言いきかせるように大きくうなずいた。そう、暗殺されて国葬された自分が、姿を現わせる場所なぞ、地球にはない。「区画長会議が近付いていますので、各区の区画長と面談を行っておりました」

「何か、重要かつ緊急性のありそうな問題点はあったかね？」

「ええ。でも区画長たちに会う前に、予想される問題点については、アンダースン船長や、各庁長官に状況をヒアリングしておきましたので、細部の疑問点については、その都度、潰すことができたと思います」

「そうか」

「先程の話と関連しますが、自殺者が数名、続けざまに出はじめています。カリフォルニアIとIIIで一名づつ。ワシントンIIIで一名。ニューヨークIIで一名」

ノアズ・アーク号は、四つの筒状の居住区と中央に航宙用推進装置が設けられている。四つの居住区は連絡パイプでつながれていてそこから、他の居住区へ行き来するのだ。一本の居住空間毎に、州の名前がつけられていた。たとえば、アジソン大統領が現在、執務をしているのは、ワシントンIである。それぞれ五区画があるが、オクラホマだけは、三区画で、二区画分は、食料生産用の宇宙農場、宇宙水産場となっている。

それぞれの筒の中で、区画毎に二重の連結ユニット構造になっている。それには、また別の意味があるのだが。

「五名の自殺者。やはり、閉鎖空間におけるストレスが鬱を招いたということかね」

「二人は、遺書らしきメールを残していました。年齢性別はばらばらですが、いずれも単独でノアズ・アークに招かれた者たちです。家族連れで乗り込んだ人々では、自殺者は出ておりません」

「遺書は？　確認したか？」

「ええ。一生を、このような場所で孤独に過ごすことは耐えられないという主旨です。いずれも」

何の変化もない。何の娯楽もない。狭く白い空間で一生を過ごさなければならない。寝起きするところさえも、白い壁だらけなのだ。

ワシントン、カリフォルニア、ニューヨーク、オクラホマのそれぞれの居住区の前方の頭上には直径六十メートルの外部観察用ドームがあるのだが、光速の十パーセント加速時までは、シャッターで覆われ、観察に供されることはない。

「この傾向は、どう分析する？」

アジソン大統領に、ギルモアは、しばらく黙していた。アジソンが机の上で指を二、三度叩き始めると、やっとギルモアの口が開いた。

「もっと、全乗員に頻度高く情報を流す必要があるかと思います」

「全員が船内ネットで情報を与えられているはずだろう。現在のノアズ・アーク号の位置、生活ガイド、居住区毎の広報。あれでは足りないというのかね」

「そう、この七ヵ月、宇宙農場、宇宙水産場の生産状況まで含めて、ネットで知ることができます。だが、鬱に陥り自殺した彼等にとっては何かが不足するのです。自分たちが、生き続けなければならないという理由が。ネットの広報では埋められない何かが必要なのです」

「それは何だ……。レイ。思いつくことがあれば、言ってみてくれ」

「アイデアはありません。しかし、これだけは言えます。全乗員に、この世代間宇宙船で目的地にむかわねばならない使命をはっきり自覚させることができれば、鬱による自殺は減少していくと思います。そして、秩序だった世代交替が行われるようなシステムを我々が構築していけば」

「何もアイデアはないのか？」

「アジソン大統領。あなたは、船名からいえば、聖書に登場するノアなのです。ノアの方舟の絶対権力者なのです。いいと思われる考えは、何でも実行されてかまわない力を持っておられます」

「何か方法はないのだろうか？」

「フィルが言ったことを一つ思いだしました」

フィルというのは、フィリップ・アンダースン船長のことだ。

「なんだ」

「近々、ノアズ・アーク号の速度が、光速の十パーセントになります」

それは、アジソン大統領も、アンダースン船長の口から直接聞いていた。

「知っている。そこで、加速用タグボートを切り離すんだな」

地球の衛星軌道上を離脱するときは、まだ星間物質は集められていないため、ラムジェット機関は使用できない。光速の十パーセントを超えた段階で初めて加速用タグボートを切り離し、恒星間ラムジェット機関に点火することになるのだ。

それから先は、ノアズ・アーク号は地球へ引き返すことはできない。人体に影響を与えない一G加速を継続するだけだ。ノアズ・アーク号は光速を超えることはできないまでもひたすら光速に近付いていく。そして、約束の地までの中間地点にたどりついたとき……そう八十五光年の彼方……そのときから、一G減速に入るのだ。それまでの宙航体勢からノアズ・アーク号を九十度回転させ、コの字型になり、減速を続ける。

約束の地の星域で静止状態に入るために。

「ええ、ラムジェット機関に切替ります。これは、ノアズ・アーク号の最初の節目かと思います。これを利用するのも、ひとつの手かと思います。

それからは、地球に引き返せません。乗員全員の覚悟のときでもあります。うまく演出できれば、乗員の心を一つにまとめることができるのではないでしょうか?」

「演出?」

「まだ、少々時間があります。私も、考えておきます。大統領もこの機会をうまく利用できるように心の隅に止めおいて下さい」

「わかった」

そのとき、秘書室からインターフォンが入った。

「ギルモア補佐官。まだ、おられるでしょうか?」

「ああ」

「オクラホマⅡの区画長から、ギルモア補佐官に連絡が入っております。そちらでおとりになりますか？」

「ここで話す」

ギルモアが受話器を握る。と同時にインターフォンはアジソン大統領に呼びかけた。

「ジョン・ブッファ警護官が、大統領にお話しすべきことがあると、こちらで待っておられますが」

ジョン・ブッファ……その名前をアジソン大統領は頭の中で思い巡らせた。警護官……シークレット・サービスのジョンか。無口だが、職務には愚直すぎるほどの大男の黒人か。そう、彼には、娘のナタリーの警護にあたらせていた……。

その瞬間に、はっと思い当った。アジソンは大統領ではなく一人の父親として瞬間的に顔を充血させ、沸騰した状態に陥ったのだ。

娘のナタリーが、妊娠三ヵ月目だとわかったのが、ノアズ・アーク号が航宙を開始した直後だった。

それを妻のドロシーから聞かされたとき、にわかに信じることができなかった。

まさか、自分の娘に限って、父親が誰ともわからない子を孕むなんて。

誰の子かは、ドロシーにも答えなかった。父親として、フレデリック・アジソンは、二人っきりでナタリーに訊ねた。だが、十八歳を迎えたばかりの娘は、父親が誰かを答えるどころか、父親がまるで目の前に存在しないかのように一言も口をきかなかったのだ。

以来、ナタリーは大統領家族エリアの自室にこもり、まったく姿を現わさない。

ドロシーには、ときおり話をしているようだが、家族エリアにフレデリックがいるときは、ナタリーは自室に潜んだままだ。

もう数ヵ月、ナタリーを目にしていない。父と娘が狭い空間で生活をしていながら、姿も見ない、会話もないというのは、なにごとだろうかと、フレデリック・アジソンは思う。

どうしても、思いあたらない。

ナタリーは、ノアズ・アーク号計画の実行の前に、すでにホワイトハウスに呼び寄せ、完全な監視体制の下にあったはずだ。ナタリーが、どのように身籠ったのか？

それが、謎だ。

そして、ジョン・ブッファが、ナタリーの警護を務めていた。

ジョン・ブッファが父親？　まさか？　あれほど融通のきかない実直な男が……。

しかし、何故、今頃、面会を求めてきたというのか？

ギルモアが部屋を出てからジョンに会うか？

ギルモアは、まだオクラホマⅡの区画長から報告を受け続けているようだ。しきりに、うなずいていた。まだ時間をとるらしい。

「ジョン・ブッファ警護官を通したまえ」

アジソン大統領はインターフォンに指示した。

警護官の緑の制服を身につけたジョン・ブッファが入室した。手に持った帽子を厚く大きな左胸にあてていた。制服の胸にはカリフォルニアIという刺繍がある。ジョンは今、カリフォルニアI区の治安を守る仕事に就いているのだ。

ジョンは、アジソン大統領の前で直立した。

「ジョン・ブッファ警護官です。アポもとらずに面会をお願いした非礼をお許しください」

アジソン大統領は両の口角を無理に押し上げた。作り笑いはアジソン大統領の得意技なのだ。椅子から立ち上がり、自分より頭二つ高い黒人に握手を求めた。

「久しぶりだね。ジョン。元気そうで嬉しいよ。この制服もなかなか似合っているじゃないか。うまく職務をまっとうしてくれていて感謝している」

あたりさわりのない常套句だ。だが、ソファをすすめはしない。

「今日は、いったい何事だったのかね」

「はい。実はナタリーお嬢さんのことです」

来た！

やはり、そのことか。頬が引きつるのがわかる。まだ内容を確認するまでは、平静でいなければならないと、大統領は自分に言いきかせる。頬が震える。せっかく紅潮する顔をおさめたはずなのに、血液が顔面に充満していくのがわかる。抑制できない。

「ああ、地球では、随分とナタリーはジョンの手を煩わせたようだな。娘が、どうかしたのかな」

「はい」

それから、チラとジョン・ブッファは、ギルモア補佐官の方を見る。ギルモアは、まだ話し中だ。この場で話していいものか迷ったようだ。

「続けて」と大統領が眉をひそめた。

「大変、気にさわられるかもしれません。今、うちの区で、噂が飛びかっております。内容は、ナタリーお嬢さんが妊娠しておられるということですが……。

本当でしょうか？」

おまえの好奇心に満ちた下卑た質問に答える筋合いはないという考えが、まず大統領の思考に浮かんだ。

しかし、それは事実なのだ。ジョンは、それを訊ねるためだけにここへ来たのではないはずだ。

否定しても仕方がない、と自分に言い聞かせた。

「そのとおりだ。ナタリーは妊娠している。相手が誰なのか、頑なに口を閉ざしたままなのだがね。もう、そろそろ……なのだろうか。臨月だよ。恥かしい話だがね」

ジョン・ブッファは大きくうなずいた。

そして言った。

「申し訳ありません。私の警護ミスです。それを、大統領には詫びずにはおられませんでした。この噂を耳にしたときから、頭の中でずっと引っ掛かっておりました」

「警護ミス？　ということは、泥棒猫のような真似をした相手を、ジョンは知っているというのかね？」

「はい」

　アジソン大統領は、生唾を飲みこんだ。

「それは、誰だね？」

「イアン・アンソン・アダムスです」

　それは、大統領が初めて耳にする名前だった。

「大統領のギルティヒルの私邸の隣に住んでいた若者です。父親はハリー・アダムス。ロスで法律事務所をかまえています。その一人息子です」

「どうして、そいつが相手だと特定できるのかね？」

「お嬢さんは、イアンに好意を寄せていました。イアンも、お嬢さんのことを思っていました。これは、はっきりと私にはわかります。

　出発直前に、お嬢さんが私物を取りにギルティヒルへ戻られました。そのとき、実は、イアン・アダムスと数時間ですが、失踪してしまわれました。幸い街はずれのモーテルで数時間後に発見したのですが、もし機会があったとすれば、そのときかと思われます」

　大統領は、石のように、立ったまま硬直していた。

「申し訳けありません。真夜中に私が休んでいる間に、お嬢さまは屋敷を抜け出されたものですから。保護するのが後手になってしまいました。報告書には書いておりません。あらためて、お詫びしたいと思います」

ジョンはナタリーの火遊びが後世に記録として残らぬよう配慮したのだろうか。いや、地球が消えてしまえば、そんな意味はどうでもいいことだ。ジョンが、自分の失態を隠したかったただけということか？　いずれにしても過ぎたことだ。相手の男は、ノアズ・アーク号には乗っていない。滅びさる地球に、いるはずだった。

フレデリック・アジソンが怒りを向ける相手は存在しない。

一度、大きく息を吸って大統領は、ジョンに訊ねた。

「その、イアン・アダムスというのは、どんな人物なのかね？」

「はい。見た限りでは、素直そうで穢れのない若者でした。私には、お似合のカップルに見えましたが。ちなみに、マサチューセッツ工科大学への入学が決まっていました。ＩＱも高く、自作のパソコンソフトの著作料をかなりの額、受取っていたようです。たしか、大学へも飛び入学したのではないでしょうか」

いずれにしても、ナタリーは父親に相手の男性のことを一言も話さない。いや妻にも。そして、現実には、彼女の出産は目前に迫っている。そしてナタリーに関する噂が船内をさまざまに駈けめぐっている。

どう発表したものか？　いや、プライベートなこととして発表を差し控えるべきなのか？

噂は尾鰭《おひれ》がつき、増殖していくことだろう。

「お嬢さんの警護任務をまっとうできませんでした。申し訳けありません。いかなる処罰も甘んじて受ける覚悟です」

ジョン・ブッファの言葉には、その〝覚悟〟が見てとることができた。彼自身、ナタリー妊娠の噂を耳にして以来、ずっと彼なりに罪の意識を感じていたようだった。そして、その心の隅に巣喰い続ける罪悪感の澱を流すために大統領を訪ねたにちがいないのだ。

「話は、わかった」とアジソン大統領は言った。「人間には不可抗力というものがある。護衛される側が勝手な行動をとれば、守られるべきものも守れないだろう。それを私は責めるつもりはない。

ジョン。私は今の君の仕事ぶりにも十分に満足しているよ。持ち場に戻りたまえ」

「大統領」

初めて、ジョン・ブッファは感情をそのとき表情に出した。その目は感謝に溢れていた。

アジソン大統領は、それ以上言うなというように掌をジョンに向けた。

それでジョンは納得したようだった。

ジョン・ブッファは頭を下げ、くるりと踵を返してきびきびとした動作で退室した。

その瞬間アジソン大統領は軽い偏頭痛を感じていた。

振り向くとギルモア補佐官が立っていた。

すでに、オクラホマⅡの区画長との話は終っていたようだ。視線が合い、アジソン大統領は苦笑いを浮かべて自嘲的に言った。

「聞いただろう。この世には、何の悩みもない人間というのは存在しないということを実感したたろう」

ギルモア補佐官は、話題を変えた。

「今のオクラホマⅡの区画長からの報告です。ウィルコックス博士が自殺したそうです」

「ウィルコックス博士が？」

その名前は、誰もが知っている。農作物の遺伝子組替技術で、最小規模の耕作面積で最大の収穫を実現させる水耕栽培技術で、ノーベル賞を受賞している。その技術は、ウィルコックス博士の指導のもとに、このノアズ・アーク号の宇宙農場でも存分に活かされているのだ。

「何故？」

ギルモア補佐官は、首を横に振った。

「宇宙農場の方は……今後の生産に影響はないのか？」

「それは、大丈夫です。農水庁の技術者たちは、すべてウィルコックス博士の技術を習得していましたから。ただ、新たなやりかけの品種改良が一部滞ることはありえますが」

「原因は？」

「最近ずっと、周囲の人間とも話をしていなかったようです。沈みこんでいた様子で。区画長が言葉を交わしたとき、自分たちの選択は間違いだったのではないかと、まったく関係ない話題のときに、ぼそりと漏らしたようです。

遺書は残していません。特殊な肥料を溶液にしたものを体内に注射したということでした」

また、自殺者か……と、アジソン大統領は唇を噛んだ。この傾向は少しづつ広がっている……。何故、そんなに安易に生命を捨てたがるのだ。自殺者は、皆、頭がおかしくなっているというが、ノアズ・アーク号に乗っていると、気が変になってくるとでもいうのだろうか？

間違った選択……。

この宇宙船に乗ったことが……？

ノアズ・アークの中で、一番辛いのは、自分だ。人類を滅亡させないために、すべての責任を自分一人の肩に背負って。それを安易に抜けていくなんて。なんと気楽なことだろう。代わってもらえるものなら、すぐにでも、この立場を放り出して代わりたい。だが、自分がやらなければ、誰がやってくれるというのだ。誰も自分の立場をわかってはくれない。

「大統領」

「ん!?」

ギルモア補佐官が正面から、アジソン大統領の顔をのぞきこんでいた。

「イベントを開かれませんか？」

「イベント……。何の？」

「ノアズ・アーク号の乗員、全員の心を一つにするためのイベントです。先ほどお話ししていた加速用タグボートの切離しとラムジェット機関への点火を、祭として祝うのです。以降、地球への帰還は、不可能であり、我々には新しい希望に向かって進むしかないと認識させるのです」

「セレモニィか……。それだけで、効果はあるだろうか？」

「区画毎に設けられているミーティング・スペースに集合させ、そのセレモニィを放送します。当然、大統領の演説と、ラムジェット機関への点火。それがメインになります。

　まだ……弱いですね」

「それだけで、劇的に人々の心が掴めるとは思えないが」

「もう、一息ですね。それで……個人的な見解ということで提案があるのですが」

　ギルモア補佐官の眼鏡の中の眼玉が、いちだんと大きく見えた。

「気を悪くせずにお聞きください。

　先程、失礼ながら大統領とブッファ警護官のお話を耳にしてしまいました」

　アジソン大統領は鼻白んだ。何を今更、そんな話題を引っ張り出すというのだ。

「お嬢さまのお子さまは、この世代間宇宙船で誕生する最初の子供ということになるんです。それは、ノアズ・アーク号の未来に対しての希望を象徴していると思われませんか」

「私はナタリーの相手の男の顔さえも見たことがないんだぞ」

　わかっておりますというように、ギルモア補佐官は何度も大きくうなずく。

「しかし、失礼ながら、利用できる要因は、すべて利用すべきではないでしょうか？　演出としては、大統領演説、そしてノアズ・アーク号での二世の誕生のニュース、そして加速用タグボートの切り離しとラムジェット機関の点火という順になりますか……。もう一つとどめがあれば……。いや、これでも十分にイベントとしては効果があると思うのですが」

　その言葉をアジソン大統領は反芻し、さまざまな可能性に思いを巡らせた。

「ナタリーが、結果的に傷つくことになるのではないかと迷っている。ナタリーの出産までも父親は政治の具に使うのかとね。娘との関係が、まったく修復できなくなる可能性も考えてしまうのだよ」

「ただ、このまま娘さんの出産を許してしまえば、噂は噂を呼んで、娘さんのためにも、生まれてくるお孫さんのためにもならないのではないかと考えます。無責任な噂ほど、おもしろおかしいものに変化していきますから」

　まったくギルモア補佐官の言うことは正論だと思う。今だって、噂はどんな形で船内を走り回っているかわからないのだ。だからこそ、ジョン・ブッファは真実を話すために訪れたのではないのか。

「さしでがましいのですが、大統領。一度、その点を父と娘として話し合ってみられてはいかがでしょう。私もこのイベントの効果の駄目押しができないか、色々と方法を検討しておきますので」

「どのくらいの余裕があるか、アンダースン船長は言っていたかね。ラムジェット機関の点火まで」

「七百時間というところのようです。以降、できるだけ早いタイミングで点火して一Ｇ加速に入りたいということですが」

地球時間で一ヵ月弱といったところかと、アジソン大統領は考えた。ナタリーの正確な出産予定はいつだったのだろう。

ナタリーに会話を拒否されてから、意識的に執務に没頭し、私事から逃れようとしていたかもしれない。

ギルモア補佐官との打ち合わせは、このときは、それで終了した。あとの些事はギルモア補佐官が各担当者レベルとうまく運んでくれるものばかりだ。

アジソン大統領は、執務室を出ると、エレベーターへまっすぐに向かった。

ワシントンⅠの大統領家族エリアのフロアに着く。パソコンに向かっていた十歳の長男テオドアが、父親の顔を見て驚いて立ち上った。

「パパ。仕事は休みなの？」

長男は、父親の顔を見て戸惑った表情だ。ふだん接する機会のない人物に出会い、どう行動するべきかわからないのだ。

「いや、仕事の途中で抜け出してきた。テオは、ちゃんと勉強をやっていたか」

息子の腕を握り、頭を撫ぜるが、息子は、抱きついてくるでもない。拒否するでもない。中途半端な距離感を保っているようだ。

「やっている……。今も、やっていたところだけれど」

「そうか。ここには、今のところ、高校も大学もない。必要な知識は自分自身で修得するしかないんだからな。がんばれよ」

「わかった」

「母さんは？」

そう訊ねたとき、奥から妻のドロシーが、タイツ姿でタオルで汗を拭きながら現れた。奥の部屋でエアロビクスをやって、汗を流していたらしい。他の乗員たちの居住スペースからすれば、一人当りの占有面積は十倍以上もある。

ドロシーも、彼の顔を見て、驚きを隠さなかった。

「あら、フレディ！　何も連絡がなかったから驚いたわ。どうしたの？　身体の具合でも悪いの？」

いや、と首を振った。

「ナタリーは、部屋か？」

妻が大きく溜息をついた。「そう。こもったきり、出てこない。食事を運ぶと食べてはくれるの。お腹の赤ちゃんのためにも食べなきゃと言っているから」

まだ、部屋に引きこもったままなのか。彼も溜息をつきたくなるのを抑えた。

「ナタリーの身体の具合は、どうなんだ。医者は定期的に来てくれているのか？」

「ええ。さっきも、スタンセン先生が診に来てくれたわ。母子ともに順調なんだって。そのときだけは、ナタリーも笑顔を見せたわ」

「そうか」

娘が、笑顔を見せた……。娘は、まったく後悔はしていない……。

「男の子だって言っておられた。男の子よ。宇宙で誕生する初めての子供になるんだって。スタンセン先生が。

陣痛が始まったら、医療室へ行かなきゃならないって。さすがに産むときは、無菌室がいいだろうからって」

「予定は……？ それは聞いたのか」

「後、地球でいうなら二十日くらいみたい」

ナタリーの出産予定と、ギルモア補佐官が言っていたラムジェット機関の点火タイミングがアジソン大統領の脳内を激しく駈けめぐった。

そう。ノアズ・アーク号初めての宇宙ベビイということだけではない。人類初の宇宙で誕生する子供になるのだ。そう考えると、アジソン大統領の背筋を震えのようなものが、突き抜けていった。

「そうか……。ナタリーと話をしたい」

それを聞くと、ドロシーは両手で自分の口を覆った。

「意外だわ。フレディ。あなたは、ナタリーの話題を避けているとばかり思っていた。ナタリーに相手の名を訊ねたときも、あなたは自分の娘を、これ以上穢らわしいものはないといった目で見ていたのよ。自分で気がついていた？」

気がつかなかった……と思う。そんな目をしていたのだろうか？

それよりも、何故、ナタリーは一言も……その若者の存在を……イアンといったっけ……

話してくれなかったのか。

いや……その若者の存在を知ったとしたら若者をノアズ・アーク号に乗せたろうか？

いや、乗せていないはずだ。ノアズ・アーク号の情報は一人でも漏らさぬように完璧な情報管理を行っていたときだった。自分の叔父にも。ドロシーの老母にも、情報は漏らさなかった。

その若者だけをノアズ・アーク号に招くことなどできなかった。

生唾を飲みこんだ。

そんなことは、すべてナタリーは承知していたのだ。

だからこそ、ナタリーは詳細を話してくれなかった。自分が機密漏洩に敏感でヒステリックになっていたとき。他の何も耳に入らなくなっていたとき。家族のことなど、まったく眼中になくなっていたとき。ナタリーは、何を話しても無駄だということが、わかっていた。

ドロシーが、ナタリーの部屋の前で、呼びかけた。

「ナタリー。ドアを開けてもらえる。お父さまが、ナタリーと話をしたいって」

フレデリック・アジソンは、ひょっとしたら、ドアは開かないのではないかという予感があった。数ヵ月前に会ったときもナタリーは一言も口をきいてくれなかったではないか。

「私は入らない。

お父さまと二人で話をして」

そう言うと、ドロシーは、うかがうように夫の顔を見た。そして肩をすくめたとき、ドアが開いた。

フレデリック・アジソンは、ドロシーにうなずいてみせ、部屋へ入った。

入ると同時にドアが閉じた。

ナタリーは、壁の方を向き、ドアに背中を向けて、ベッドの上に座っていた。

ドアは開けてくれた。しかし、それが父親に心まで開いたということではないようだということはすぐにわかる。

「久しぶりだねナタリー」

フレデリック・アジソンは、そう声をかけながら、驚くほど自分の声が猫撫で声になっているのがわかった。

ナタリーの返事は返ってこなかった。

娘は、父親に心を開いたわけではないのだ。いや、娘は父親を赦してはいない……。

「身体の方も順調だと聞いた。安心したよ」

ナタリーは、少し、身体を傾け、左手でベッドを支えた。父は、そのとき娘の腹部の膨らみを見た。ほっそりした娘のその部分だけが、異物が取り憑いたように風船状に肥大している。

娘から答は返ってこない。娘は、壁の向こうの見えない何かを凝視しているようだった。

「座らせてもらうよ」

　父親は、ソファに腰を下ろした。立ち話できる話ではない。どうすれば、娘に心を開いてもらうことができるのか。はなはだ自信がなかった。

　しばらく、迷ったように父親は、部屋の中に視線をさまよわせた。ほとんど調度品らしいものが見当らない部屋。ベッドの横には、本が二冊。そして、壁に数枚の楽譜が貼られているだけだ。他は何もない。クローゼットと、ドレッサーが兼用になったような白いロッカー状のものが部屋の隅にあるだけだ。再び娘に視線を戻す。

　ベッドについた左手の指に、父親は見なれないものを見つけた。

　指輪だということはわかる。不思議な指輪だ。その指輪は淡い光を放っている。はじめ見た色は、真紅だったものが、オレンジ色に変化し、黄色い光へと変化していく。

　宝石ではないようだ。

　指輪の中に何かの仕掛けがあって、さまざまな色に発光するようだ。子供のおもちゃにでもありそうな。

　何故、そんなものを指につけているのだろう。ナタリーは、それを誰にもらったというのだ。娘の相手……たしか、イアン・アダムスと言ったか。

　彼が、娘にプレゼントしたものなのだろうか。

　父親は口を開いた。

「さっき、ジョン・ブッファと話をしたよ」

ナタリーの身体がぴくりと動くのが、はっきりとわかった。だが娘は何も言わない。

「ジョン・ブッファは、元気そうだった。今警護官をやっている。制服がなかなか似合っていたよ。

ナタリーも、彼のことは、よく憶えているだろう」

娘は、返事こそ返さないものの、下を向く。何かを思いだそうとするかのように。

「ジョンから、話を聞いた」

父親は、そう切り出した。

「イアン・アダムスという若者のことだ。ナタリーは、何も話してくれなかったが、なかなかかいい若者だったそうじゃないか。

ナタリーは、親しくしていたんだろう？」

うつむいた娘の肩が、最初は小さく、そしてだんだん大きく、小刻みに揺れはじめるのがわかった。

「父さんは、何も知らなかった。自分でも、駄目な父親だと反省している。もっと、子供たちが何を考えているのか注意をはらっていたら、と思うよ」

劇的な変化が起った。

ナタリーが振り返ったのだ。右手で膨んだお腹を支えながら。下唇を嚙んで、正面から父親の顔を凝視した。

頰には、幾筋もの涙がつたっている。父親は、娘の顔を数ヵ月ぶりに見て、たじろいでいた。これが元気そうなのか？　肌の色は抜けるほど白い。そして、頬骨が見える。

父親は、言葉を続けざるを得なかった。

「心の底から、今は思う。イアン・アダムス君に父さんは会ってみたかった。ジョンが言っていた。本当に彼はナタリーのことを真剣に愛していたのだとね」

少々は言葉の綾で、表現は異なる。だが、父親は何かを喋り続けなければならない。

「安心して立派な子を産みなさい。ノアズ・アークの全員が、おまえたちを祝福するはずだ。もっと早く知らされていれば、もっと早く知っていれば……。彼も、この船に乗せることができたのに。私の心も後悔でいっぱいなんだ」

ナタリーは、口を開いた。

「だったら、パパ」

「何だね。ナタリー」

「私は、思いちがいをしていたの？　もっと早くパパに相談していれば、イアンも、この船に、ノアズ・アーク号に乗せることができたの？」

それは、ひょっとして無理だったかもしれない。だが、この場でどんな科白を使うことも許される。

「たぶん、それで私も動いていたはずだ。確実に彼を乗せることができたかどうかは、なんとも言えないが、少くともナタリーと努力は共有できたのではないかと思う。ナタリーは、自分を責めることはない。責められるべきは私自身にある。娘が心を開くこともできないような態度を父親としてとり続けていたのだからね」

ナタリーの吊り上っていた目が、ゆるゆると緩んだ。ナタリーの中で何かが融けたようだった。

「思いちがいをさせたのは私だった。許してくれ」

「私が、イアンの子を産むことも、パパは祝福してくれるの？」

「もちろんだ。祝福する。私だけじゃない。ノアズ・アーク号の全員で祝福するよ。イアン・アダムスを救うことはできなかったが、父親がどんな人物であるのかも、皆に知らせようと思う。

それで、ナタリーは、かまわないかい？　今、私にできることと言えば、そのくらいのことのようだ」

そして、ナタリーは、納得したのだ。それを知ったドロシーにとっても、この急転回は奇跡だったのだ。

それから、四十時間も経たずに、ナタリーは、出産した。陣痛が始まり、すぐに医療室へ運びこまれた彼女は、二時間後には母親になったのだ。

すぐに、フレデリック・アジソンは母子を見舞った。無菌室で見る初孫は、彼にとっては、驚きだった。ナタリーのときも、テオドアのときも、出産時には立会えなかったのだ。産まれてすぐの赤子は、このような状態なのだということを初めて知った。誰に似ているとも言いようがない。何やら別の存在から人間へと移行しつつあるような……。

ナタリーは、満面の笑顔で父親の手に孫を抱かせた。父親は、長時間抱くことはできなかった。自分の手で壊してしまいそうな恐怖に襲われたからだ。

皺だらけの表情に、ふと、イアン・アダムスという見たことのない若者の表情を見たような気になっていた。

娘に祝福の言葉をかけた父親は、すぐに執務室へ戻った。

ギルモア補佐官との打合せが待っていたからだ。

父親は、すでにアジソン大統領の顔に戻っていた。

「区画長たちから、動議が提出されています」

ギルモアは、無表情にそう告げた。

「動議？」

ノアズ・アーク号が航宙を開始して以来、初めてのことだ。

「約半数の区画長たちからです。ラムジェット機関に移行する前に、議会を開催するように要求されています」

「グレアム・ランバートの指し金か……」

内容を聞くまでもない。ランバート一族の区画長たちが、グレアム・ランバートの意志どおりの行動を起そうとしているにすぎない。

ギルモアは、それには答えなかった。憶測で答えることを、よしとしないのだ。

「地球へ帰還すべきかどうかの議題だな」

ギルモアは、うなずいた。

「ラムジェット機関点火式典の二十四時間前の議会開催です」

アジソン大統領には、その議会の流れが、容易に予測することができた。

区画長の半数以上のランバート派に加えて、アジソンの腹心だった区画長の中でも、この環境で生活を続けるうちに、地球脱出の選択が正しかったかどうかという疑問の芽を育て始めたものがいる可能性は否定できない。地球がいつ、太陽の炎の舌に呑みこまれるのか、正確な日時を予測できるものはいないのだから。すべてのデータが、その傾向を指しているといっても、現実には、まだ正常な状態で地球は存在する。

アジソン大統領自身でさえ、自分が、今、この立場でなくノアズ・アーク号に乗込んでいたら、やはり地球への帰還を切望するのではないかと考えてしまうことがあるほどだから。

「これまでの、すべての努力を無にしてしまうつもりなのか」

アジソン大統領は、低く吐き出すような声で言った。

「あれから、式典の効果をいろいろと検討しておりました」

ギルモア補佐官は、スーツケースほどの大きさの薄い装置を広げた。

「なんだ。それは……」

スイッチを入れると、画像が写る。

一面の宇宙だ。何の変化もない。どの星系にカメラが向けられているのかもわからない。

映像に写っているのは、ケシ粒ほどの無数の星々だけだった。

「これは……？」

「ノアズ・アーク号の外部観察ドームに設置された観測用モニターカメラの映像です」

そう言うと、装置の一部にギルモアは触れた。映像に変化はない。

「三時間ほど、先送りします。……ここからです」

そして、映像の一部を指で示した。

「よく、ご覧ください」

その白く光る星が、光量を急速に増す。それまで、点だった光が、赤く色を変え、膨んだように見えた。膨んだと言っても、その状態の変化は、よほど注意をはらわねば、わかりかねる。

「まさか？」

「はい。この光の変化が、太陽がフレア化した状態です」

「地球はすでに滅んだのか？」

「大統領も、おわかりになりませんでしたか？」

「なに？」

ギルモア補佐官は、表情一つ変えずに何度かうなずいてみせた。

「アジソン大統領が暗殺に遭われたケースと似たような手法ですが」

アジソン大統領は、二、三度瞬きをした。

「この映像は、捏造ということか？」

「仰言るとおりです。最新の映像に加工を加えたものです。私の信頼している情報チームの連中に依頼しました。

許可頂ければ、この映像を使用して、〝中継映像〟ということで、船内に流します。どのような形で流すかということは、おまかせ頂きたいと思いますが」

ギルモアの狙いは、よくわかった。舌を巻いたほどだ。

「その映像が偽造されたものだと見破られることはないのだろうか？　三万人の乗員は、皆それぞれの道にくわしい人間ばかりだ。見るものによっては一目で見破ってしまうのではないか？」

「作った連中は、そのプロフェッショナルな中でも突出したものばかりです。言ってましたよ。この映像に限っては、そんな技術にくわしい連中ほど欺されるはずだと」

だからこそ、区画長たちから動議を出されたと報告したときもギルモア補佐官は、感情をゆるぎもさせなかったのかと、アジソン大統領は納得した。

まかせて欲しいというのなら、ギルモア補佐官の計画は完璧なものに仕上っているはずだった。

ギルモア補佐官は、スイッチを切り、スーツケース状の装置を、こともなげに閉じた。目的を果すために、このような荒技の試錬を、あと幾つ超えねばならないのだろうか……。

ギルモア補佐官が退出する姿を見送りながら、アジソン大統領は、ふとそう考えていた。

すべての船内モニターで、その映像が流されていた。静止したままの宇宙の映像。船内のすべての人々が、静かで何の変化もないその映像に釘付けになっていた。

それまでの放送が中断され、緊急連絡として、アナウンサーが伝えたのは「通常放送を中断します。太陽系でのスペクトル変化が観測されましたので、船外観測用モニターカメラの映像に切換えさせて頂きます」といったものだった。それが、何を意味するのか、詳細を伝えることはない。しかし、その意味はノアズ・アーク号のすべての人々が了解するものなのだ。

船内をアジソン大統領が歩くと、すべてのモニターの前に仕事の手を止めた人々が、不安気に集まっていた。

「いよいよなの？」

「さぁ、これまでにこんなことはなかったから、ひょっとしたら、そうかもしれない」

「全然なにも変化していないじゃないか」

人々は、それぞれに勝手な感想を呟きあっていた。その背後を歩く大統領の存在に気がつきもしない。

「宇宙的規模で発生する現象なんだ。その徴候があったから、中継に切り換わったんだろう？　見はじめたらタイミングよくドカンということにはならないだろう。徐々に起るのか、突然起るのか、一瞬で終るのか、半永久的に続くのか、そういうことも含めて、なんにもわかっちゃいないんだ」

そう、誰かが、したり顔で解説を加えていた。それが、偽の映像であると指摘するような者は誰もいないようだった。

「どれが地球なの？　私たちが住んでいた星はどこ？」

無数の白い点が画像で見えるだけだ。瞬きもせず、ただ白い点だけがある。

「ときおり、白い円で囲んだところがでてくるから、そのあたりが太陽系ということだろう。白いのは恒星ばかりだ。地球は映像には映っていないよ」

解説を加えていた男が、突き放すように言う声が聞こえる。

この偽造映像の事実をどこまでの人々にギルモア補佐官は知らせているのだろうか。広報庁の技術レベルまでは真実を知っているということなのか？　いや、それではリスクが高すぎる。

執務室に戻ると、すぐに妻のドロシーから連絡が入った。

「今、やっている宇宙の映像はなんなの？」

ドロシーは不安そうだった。

「いよいよ、始まるの？　地球が……。太陽が……」

「ああ、そうだ」

大統領は、短くそう答えた。

「こちらに戻ってこられない？　ナタリーが、大変なの。泣きじゃくって……。どうしようもないの」

大統領は溜息をつきたかった。ナタリーが平静でいられないのは、よくわかる。彼女の頭の中では、地球にいるイアン・アダムスの悲惨な状況が渦巻いているのだ。自分が行ってナタリーのためにできることは何もない。

「ああ、行ってやりたいのはやまやまだが、まだ、こちらではやらなければならないことが山積している。

ナタリーには、精神安定剤を与えてやってほしい。私もできるだけ、早く行けるようにする。すまない」

とても、家族と過ごす気にはなれなかった。他ではともかく、家族には、とりわけドロシーには、自分の嘘を見破られるような脅えがあったのだ。どんなに平常心を保とうとしても、気づかない仕草に、ドロシーは矛盾を感じとってしまうような気がした。

執務室のソファに身体を預け、アジソン大統領は、大きく溜息をついた。

執務室の巨大モニターは作り出された宇宙映像を流し続けていた。

画面の下方にテロップが流れる。太陽系からの急激なスペクトル変化を観測したので、太陽系方向の映像を流している旨のテロップだ。画面の左下では、アナウンサーと専門家の科学者が会話しているが、音声が消してあるために、何を話しているのかは、わからない。

そのとき、ギルモア補佐官が見せたのと同じ、光量の変化が画面に現われた。

あわてて、ボリュームを上げた。専門家は天文学のサウザー博士だった。

「今、光が少し膨らんだように見えましたね。これは、太陽の紅炎が拡大した瞬間と思われます。ほとんど瞬時に地球は呑みこまれたと考えて間違いありません」

そう、平然と説明した。聞き手の女性アナウンサーは平静を装おうとするのだが、声がうわずり、しきりと洟をすすった。

「ということは、地球に残った方々は、今、犠牲になられたということでしょうか?」

「そうですね。光の届くタイムラグがありますが、ほぼ同時と考えて間違いないでしょうね」

ギルモア補佐官が、そのとき、執務室に入ってきた。

「ご覧になっていましたか……」

大統領にそう言った。

「秘書室の方でも、皆が嗚咽を漏らしていました。完璧だと思います」

ギルモアは、珍しく笑顔を見せた。その笑顔に、大統領は、ギルモアの悪趣味を見たような気がした。

「いったい、この事実を何人が知っているのかね? とても、このアナウンサーが演技で泣いているとは思えないのだが」

「口をお慎みください、大統領。できれば、大統領もこの事実は知らないということにしておきたいのですが。すべて、私一人の個人の判断で行ったということに……」

なるほどと、アジソン大統領は思う。そうまでして、ギルモアは自分をかばってくれるというのか？

「仰言るとおりです。大統領。サウザー博士もアナウンサーも、この事実は知りません。観測装置に偽のスペクトル変化のデータを送り、船外観測用機器は、その映像を情報チームのところで、いったんすり替えてあります。だから、広報庁では、トップから技術に至るまで、誰もこの事実を想像もできないわけです。数人の区画長から、すでに連絡が入りました。動議を取り下げたいということでした。ランバート派の区画長も数人いますから、実質的に、臨時議会の開催要求が意味をなさなくなるのは、時間の問題と思われます」

完璧な演出だとアジソン大統領は、思った。これで、ラムジェット機関点火の儀式は、全乗員にとって意味深いものになるはずだ。もう、目的地を目指す以外、帰る場所さえもないはずなのだから。

「それから」と、ギルモアは、儀式の際の、大統領演説の草案を事務的に手渡した。

「一応、目を通して頂き、訂正が必要なところにチェックを入れて頂けたらと思います」

その三十分後に船内放送の「宇宙空間から中継」は終了し、通常のタイムテーブルに戻った放送が続けられた。

ドロシーから、連絡があった。ナタリーは薬を飲み、眠っているという報告だった。妻は、最後に、こう付け加えた。

「フレディ。あなたの判断は、やはり正しかったのね。

私は、あなたの妻であることを、これほど誇りに思ったことはないわ。だって、人類の滅亡を救ったのだもの」

裏をかえせば、ドロシーはこれまでも、大統領の判断に一抹の疑問を持ち続けていたということなのだ。妻の言葉に、大統領は、「ありがとう」とだけしか答えることはできなかった。

次に入った連絡は、グレアム・ランバート本人からだった。その声からは、生気が一段と失せているようだった。

「フレディ。ずっと、中継を観ていたよ。放送の間、一瞬も目が離せなかった。心の中で、こんなことは起るはずがない。これは、嘘だと、ずっと叫んでおった。

色々と迷いはあったが、やはりフレディの言葉に従っていてよかったと思っている。いろいろと、あんたを煩わせるようなことをやったかもしれない。どうしても、謝罪しておきたいと思ってな。こんな環境で身動きもままならん状態で考えごとばかりやっていると、後ろ向きな迷いも生まれてくるんだとわかったよ。どうか、許してほしい。

しかし、現実に、あの映像を見てしまうと寂しいものだよなあ。胸の中にぽっかり穴があいて北風が吹き抜けていくような気持ちだ。フレディにも、この気持ちは、わかってくれると思うんだが」

グレアム・ランバートが話し続ける間、アジソン大統領は、「そうですか、ミスター・ランバート」とか「それは私も同様の気持ちでいます」といった、あたりさわりのない受け答えに終始していた。

母星を喪くした男が、多弁でいるのは似つかわしくないはずだった。


セレモニイに先立ち、その特別番組は、船内で流された。

ナタリーと、その男の子の誕生の番組だった。医療室で、笑顔で新生児を胸に抱き授乳するナタリーの映像。そして、初のノアズ・アーク号二世の誕生を祝うナレーション。

その番組を、スタジオの控え室で、アジソン大統領は、ドロシー、ナタリー、テオドア、そしてギルモア補佐官と共に見た。

すでに、ナタリーに暗さはなかった。イアン・ジュニアと名付けられた男の子を胸に抱き、立派に育てあげるのだという強い意志が口元にあらわれていた。

ナタリーの少女時代の映像で経歴が紹介された。それに続き、父親であるイアン・アダムスの紹介に移った。

ナタリーが大事に持っていたものだろうか。ギルティヒルのアジソン大統領の私邸の庭だということがわかった。アジソン大統領も初めて見る写真だった。痩せ型で、やや神経質そうだが、レンズを見る大きな瞳は、知性を感じさせるものだった。

真面目そうだ。それだけは一目でわかる。今どきの奔放なつかみどころのない若者のイメージと明らかに一線を画していた。

両腕を組み、立っている写真。おどけてクッキーを頬張る写真。芝生の上に腰を下ろしている写真。

横目でナタリーを盗み見る。ナタリーは、笑顔のまま、涙を流していた。

イアン・アダムスは、法律事務所を営む親の下に生まれたこと。MITに飛び入学するほどの天才少年であったこと。幼い頃から、ナタリーとは将来を誓いあった仲であったこと。ノアズ・アーク号の出発に不幸な事情が重なり間に合わなかったことなどが、ナレーションで説明された。もちろん、アジソン家とアダムス家は、家族ぐるみの交際で、アジソン大統領は、イアン・アダムスを我が子同然に可愛がっていたことが紹介された。

後半については、アジソン大統領も知らない新事実だが、その作り上げられたイアンとナタリーの物語は、悲劇の別離として、全乗員の胸を深くえぐったようだった。

アジソン大統領が心配したのは、ナタリーが、この放送をどのように受取るかということだったが、様子をうかがった娘は、顔色を変えてはいなかった。

「あのナレーションは、誰が書いたものだか知っているか？」

演説草稿の打合せをする振りをして、アジソン大統領はギルモア補佐官に訊ねた。

「プロの放送作家ですが」

「資料は、渡したのか？」

「ええ、娘さんからすべて。ナタリーさんから、うかがったとおりのことですが。何か？」

「いや、いい」

こうして、イアン・ジュニアは、ノアズ・アーク号の第一子として全乗員の祝福を受けたのだった。

　この放送の反応は、即座に広報庁にフィードバックされた。どのように全乗員が心を動かされたかが数値として表わされる。九十パーセントの乗員が、〈満足した〉と答え、コメントに〈心から祝福する〉と添えられたものが大多数を占めた。ギルモア補佐官の思惑は、まさに大当りだったわけだ。

　この放送の内容については、以降、ナタリーからは話題として触れられることはない。もちろん、アジソン大統領からも、触れることはなかったのだが。

　その放送が終了して、三十分後に、ラムジェット機関点火式の式典中継に移った。

　アジソン大統領は、アメリカ国旗の前の演説台の上に、紺のスーツ姿で臨んだ。白のワイシャツに、青のネクタイで、あくまでもシックな印象を与えることを心がけた。

　演説台の後方ではドロシー夫人、赤ん坊を抱いたナタリー、テオドアがならんだ。

　好感度の高い笑顔を振りまき、明るい口調でアジソン大統領は、新天地へのステップとしてのラムジェット機関への移行を、このような儀式として迎えることができたことの慶びを伝えた。我々は、地球に残った人々の犠牲を無駄にしないためにも、我々自身の生を大事にしなくてはならない旨を訴えた。

　滑らかに、喋り続けながら、アジソン大統領は、本来の自分の職務をまっとうしているという充実感を感じていた。

　今、自分は、全人類を率いている。全人類に希望を与えている、と。

　これで、ノアズ・アーク号の全乗員の心を一つにまとめることができる。一人一人に、生き残った人類としての自覚が生まれる。そう願い、そう感じていた。

演説を終えたアジソン大統領は、そのまま隣室に準備された機械室へと移動した。そこには、ラムジェット機関点火パネルがあり、すべての庁長官と区画長たちが集まっていた。

秒読みの後、機関庁長官の手によって、加速用タグボートが切り離された。

完全な切り離しが確認された後、アジソン大統領の手によって恒星間ラムジェット機関が点火された。

機械室内は、割れんばかりの拍手で満たされることになった。

執務室で、ギルモア補佐官が報告した。

「自殺者は、劇的になくなりました」

「ラムジェット機関点火の後ということかね」

「そうですね。今は、区画長の要望としては乗員の生活プログラムの改善が一番多いと思われます。日常生活における行動選択肢を増やしてもらいたいというものでしょうか」

その要望も、全乗員のメンタリティが前向きに働いている表れだということがわかる。今、自分がやるべきことは、ノアズ・アーク号内の限定された環境の中で、どれだけ乗員たちに満足できる生活を与える施策をとることが可能かということではないのか？

今、ノアズ・アークの全乗員は、未来に目を向けているのだから。

各庁ごとの懸案事項の報告を聞きながら、アジソン大統領は、本来の手腕を発揮して、てきぱきと決断を下していく。

その一つ一つがノアズ・アーク号船内の諸事の改善・向上につながっていくはずなのだ。

だが、決断を下しながら、アジソン大統領は、心の隅で荒涼としたものを感じていた。

その正体はわかる。

自分とギルモアは、地球では、全世界の人々を欺き、今は、ノアズ・アーク号の全員を欺したのだ。治安のためとはいえ。

真実とは何なのだろう。

すべての人々が、よかれと思える方向に進める情報こそが、真実ではないのか？

だが、ギルモア補佐官の説明にうなずきながらも、大統領の心の中が晴れわたることはない。


地球であれば、約二年の時間が流れたことになる。

イアン・ジュニアは、立派に一人立ちで歩きまわることができる。人工重力のためか、宇宙空間という環境の故かはわからないが、標準よりも発育は早いということだった。

ナタリーの出産が契機になったのかはわからないが、あれから次々にアーク・ベビイが誕生しはじめている。数十年後まではノアズ・アーク号内での人口増加が続くはずだった。

世代間宇宙船を維持していくための知恵と伝えるべき地球の歴史を学ばせるシステムを整備しなければならないというのが、アジソン大統領の最近の課題だった。すでに教育庁も発足させ、各庁の協力も得てカリキュラム作成も進行しているはずだった。

ゆとりの時間があれば、アジソン大統領はイアン・ジュニアと過ごすことが無二の楽しみとなっていた。イアン・ジュニアは不思議に、アジソン大統領になつく。言葉さえ出ないものの、アジソン大統領にはしきりに笑顔を向ける。そんな孫が可愛くてならなかった。

だが、心の隅に残っていることがある。

誰にも話すことはできない。

ノアズ・アーク号の中で、唯一人、過去の自分の選択に迷いを持っている。

ギルモア補佐官から、連絡があったのは、そんなときだった。

「緊急です。執務室の方へおいで願えませんか」

執務室へ入ると、ギルモア補佐官ともう一人、眼鏡をかけた頭の薄い男がいた。唇をへの字に曲げた中肉中背の男だった。直立して胸をそらし、大統領への敬意を示していた。

「どうしたのかね」

そう問いかけるとギルモア補佐官は、男を紹介した。

「前にお話しした、情報チームのチーフのジャック・キングです。彼が知らせてくれました。ぜひ、大統領だけには、ご覧いただくべきかと思いまして」

「何をだね」

キングが、かつて見たスーツケースのような装置を大統領の前で開いた。

「約四十分前に、観測されたものです」

映像は、宇宙だった。かつて全乗員に公開された映像と寸分変らない。

「ひょっとして……地球が……？」

「そうです。先ほど。もちろん、彼らが徴候を見つけたので、データとしては即刻、消去されましたが」

しばらく、まったく変化のない映像が続く。

そして、徐々に、画面の一ヵ所が白く見え始める。その白色が拡大している。

「これか？　これが……太陽なのか」

「そうです」

ギルモア補佐官が指示して作らせた捏造映像よりも、遙かに規模が大きいように見える。

「確かに今、地球は、消滅しました」

膨張した白色の光が、いつまでも残り輝き続けていた。

「もう……。よろしいでしょうか」

アジソン大統領は、声も出せず、うなずいただけだった。

ギルモア補佐官が合図すると、男は、装置をてきぱきと撤収した。

「大統領の判断は、やはり正しかったのです。大統領は、人類の救世主です」

放心状態のアジソン大統領にギルモア補佐官は、まるで悪魔が囁くように言った。

補佐官たちが出ていき、執務室にはアジソン大統領一人が残された。

アジソン大統領は、一人、嗚咽を漏らし続けていた。

故郷を喪失した哀しみと、数十億人の生命を救えなかった罪悪感と。

そして、この哀しみを、たった一人でしか味わうことのない孤独感とを。

また、哀しみとは裏腹に、心の中で長い時間溜っていた澱のようなものが少しづつ晴れていくことに気付き、言いようのない自己嫌悪も感じていた。

ふと、アジソン大統領は、顔を上げた。

先ほどのモニター画面に映っていた全宇宙の中で輝いた光。

アジソン大統領は思いだしていた。自分の幼い頃、カリフォルニアの夜空を眺めていて見つけたもの。

願い星。

そう。あれと同じ光だったのだと、そのとき気がついたのだ。

ハッピーエンド

人口の七割がいなくなってしまった地球だが、以前と同じように社会は機能していた。ただ、街へ出るとわかるが、閑散としていてアーケードの中の八割方の店舗はシャッターが閉じた状態になっている。

そこは、店主が、〝ジャンプ〟の道を選んだか、一定の人口がないと採算のとれない嗜好品を取り扱う店であったか、あるいは、限りある地球の寿命までの時間を有効に使いたいと決断して店を閉じたかのいずれかだった。

日常品は、開いている残り三割程度の店舗で揃えることができる。人類の七割が地球を脱出した直後は、かなりのインフレ傾向が見られたが、今は安定している。

ただし、社会が機能するのは、週四日だけだ。残りの三日は、社会は休息する。

森田妙は、アーケードの中をリュックを背負って疾走していた。

時間に遅れそうだ。

アーケードを抜けたところに県道があり、そこにマイクロバスは駐まっていた。八人ほどが、バスの前にたむろしている。年齢も性別もばらばらだ。その中に長嶺謙治の姿も見えた。それぞれが、屈伸運動したり雑談に興じていたりと、のんびりしている。あの様子であれば、駈けてこなくてもよかったかなと、妙は荒い息を整えながら思った。謙治が、走って来た妙のことに気がついて嬉しそうに手を振った。

メンバーの中では、謙治が一番若い。謙治の家庭では、両親ともが、地球がフレア化するという予測を信じていない。だから、謙治も残ったのだと聞かされた。

「まぁ、地球が燃えつきちゃうにしろ、そうやって死ぬのと、交通事故に遭って死ぬのと、あまり変りはないだろう。地球に残っている人、皆一緒に死ぬんだから、それはそれで仕方ないんじゃないか？」

謙治は、妙と知りあってすぐの頃、そう話してくれたことがある。

地球に残ることを選択した人々の半数以上が、老人たちだ。妙や謙治のように若くして地球に残ることを選んだ方が珍しい。妙は身寄りが他にいなかったということ。地球以外のわけのわからない環境へ、どうしても行く気になれなかったこと。そして、職業的な責任上、職場を放棄することができなかった。

転送計画がスタートして、職場から歯が抜けるように勤務する人たちが一人づつ抜けていった。医者たちまでも。

妙は、市民病院の看護師だったのだ。

　転送計画が進行しているときは、一時期パニック状態に陥ったこともある。町の病院の院長たちがいなくなってしまったため、転院申請が集中した。もちろん、受け入れ施設には限界があるため、すべての申請に対応することはできなかったが、最大収容人員を受け入れたことになる。それを限られたスタッフで面倒を見なくてはならないのだ。

　正直、自分が地球を脱出するというところまで、考えを及ぼす余裕がなかったし、その病人たちを見捨てるという無責任なことは、妙にはできなかった。

　中には、家族全員が〝ジャンプ〟し、一人だけ取り残されたという哀れな老人もいた。妙は、その家族の神経がどうしても理解できなかった。

　しばらくの期間は死ぬほどの忙しさだった。勤務ローテーションは、激烈を極めた。妙は、そんな多忙の中でも、ひたすら職務を全うすることに努めた。無駄なことを考える暇など、まったくなかった。

　それでも、ふっと頭によぎるのは、市民病院が受入れることができずに、宙ぶらりんの状態になっている筈の患者たちのことだった。彼らは、どうなったのだろうと思うと、妙は胸が痛むのを感じた。

　今、地球に残った人々には、ある錠剤が配られている。一人三錠づつ。

　成分は、わからないが、瞬間的に苦痛なく死を迎えられるという錠剤だ。

「ヘルキルシン」という名称の錠剤だが、人々は「ハッピーエンド」と、その薬のことを呼んでいた。

どのような状況で、どんな時期に地球の終末が訪れるかは、わからない。じわじわと耐えがたい気温の上昇で始まるのか、あるいは突然に紅蓮の炎が灼きつくそうとするのか。いずれにしても、個人の判断で「ハッピーエンド」を服用する。

一錠飲めば、確実にその効果を発揮してくれるということなのだが、何故三錠づつ、公的な機関から配布されたのかは、わからない。

ただ、それを飲めば、死に至る寸前に、これまでの生涯で感じたことがない程の強い快感を感じるのだという噂だけは、誠しやかに囁かれていた。

その噂が、本当かどうかは知らない。だが、その赤い錠剤が配布されてから、妙の仕事は落着きを見せはじめた。回復の見込みがなく家族を転送で見送った老人たちは、こぞって「ハッピーエンド」を使用し始めたからだ。身体の自由を失い、生きながらえている老人は例外なく、脳の老化が進み、認知症傾向の高い人々だ。「ハッピーエンド」は、本人の自己判断でのみ使用できる。だから自己判断のできない症状の老人は残ってしまうということか。「ハッピーエンド」の使用は、ある種の流行という形で、集団ヒステリーのように病院内で使用された。その死に顔が、実に幸福そうな笑みをたたえていたという話が病院中を駆け巡ったのだ。一晩に、五十名を超える使用者が出るときさえ、あったほどだ。

そのピークを過ぎると、転送計画がスタートする以前よりも、妙の職務は楽になったと言っていい。

入院患者数が激減したのだ。おかげで、勤務は不規則ではあるが、週に三十五時間の労働で許されることになった。

このような社会状況になって妙が感謝すべきことが一つある。

長嶺謙治と交際できるようになったことだ。

謙治は、妙の高校時代の二学年先輩にあたる。だが、妙は高校時代は謙治と話したこともない。

謙治は、頭もルックスもいいだけでなく、スポーツも万能だった。しかも、性格もいいという話で、妙の友人たちは、皆、謙治に憧れていた。学園のスターという存在だったのだ。だから、妙は、謙治のことは、現実離れした近寄りがたい存在としてしか考えていなかった。話をすることなど、夢のまた夢だった。

妙自身も、意識していた。もし、社会に出ていつの日か男性と交際するとすれば、謙治のような男性を一つの理想と考えるようになっていた。

奇蹟が起ったのだと思う。

もし、あのような劇的な社会変動が起らなかったら、絶対にあり得なかったであろう種類のものだ。

その日、夜勤明けで、妙は、ぼんやりとした頭で、自分のアパートへと帰っているところだった。

通りの向こうをバイクが走っていた。

本来なら、通勤の時間だ。以前なら通勤の車で、その市電の通りは溢れ返っていた筈だ。

今では、走行する車はまばらで、渋滞している状況は、ほとんどあり得ない。だから、いくら頭の中にフィルターがかかっている状態といっても、妙は通りの向こうをバイクが走っているということは認識していた。

そのバイクが、Uターンし、線路を横切り妙の方へ走ってきた。妙は、それが自分に関係あることとは、まったく考えていなかった。

バイクが自分の前に止まったときには、まだ、道を訊ねられるくらいにしか考えていなかった。

「君、たしか西北高校だったよね。転送してもらわなかったの？」

意外な言葉に妙は、驚いた。同じ高校だった人らしい。

「え、え。そうですが」

そう答えると、バイクの若者は、自分のヘルメットを脱いだ。

「ぼくも、西北高校だったんだ。見覚えがあったから」

ヘルメットを脱いだ顔を見て、妙はあんぐりと口を開いたのだ。高校の頃、絶対に言葉を交わすこともないと憧れだけにとどまっていた長嶺謙治の顔がそこにあった。

「長嶺先輩……ですよね」

妙が、そう答えると、逆に謙治が驚いたような表情を浮かべた。

「ぼくの……名前、知ってるの？」

妙の眠気は、一瞬にしてふっ飛んでしまっていた。掌に汗をかいているのを感じたほどだ。

喉から声が裏返ってしまいそうなのもかまわず、必死で答えていた。

「知っています。高校の頃、先輩、有名でしたから。頭よくってカッコいいって、みんな言ってましたから」

妙がそう言うと、謙治は照れたような笑みを浮かべて肩をすくめた。

「いや、たしか、同じ高校だよなぁ、って走ってきて一瞬でわかったんだ」

謙治が、自分の顔を憶えていてくれた。話をしたこともなかったのに。それが、妙にとって、まず最初の奇蹟に思えたのだ。

妙は、感激のあまり、うなずくことしかできなかった。

謙治は、畳みかけるように尋ねてきた。

「これから……仕事なの？」

「いえ、今、夜勤明けで帰るところだったんです」

「あ、そうなんだ。ぼくは今、健軍《けんぐん》の伯母の家に、野菜を届けてきたところなんだ。あまり身体の調子のよくない伯母がいるんで、ときどき、うちで作ったものを届けてやるんだ」

そう謙治は屈託なく話した。

「じゃあ、時間あるんだ。どこかで話でもしないか？　ぼくは、今、友人たちが皆いなくなっていることに気がついて、ちょっとブルーだったんだ。同じ高校の人にめぐり合うなんて、すごく嬉しい気分なんだ」

妙にも異存はなかった。

「でも……先輩……いいんですか？」

謙治は大きくうなずいてくれた。

それから、謙治は妙をバイクの後部席に座らせて、江津湖《えづこ》のほとりまで走った。

二人は、まだ朝靄の立ちこめる江津湖畔のベンチで話をした。

妙にとっては、予想もしない夢のような時間だった。謙治と話しながら、何故もっとセンスのある服を着て、化粧の一つもしておかなかったのだろうと後悔した。

妙は、素っぴんで帰宅しようとしていたのだ。おまけに、ジーンズにトレーナーという、まるで男の子のような姿だった。

だが、そんなことはまったく意に介していないというように、謙治は笑顔でなつかしそうに喋り続けた。同世代の友人と話すことに餓えていたという様子だった。

妙は、自分も話そうと努力したのだが、昂揚感と緊張から、気の利いた科白のひとつも口にできない自分が、いら立たしかった。

「じゃあ、森田さんは、一年間しか高校では重なっていないんだ。でも、ぼくもよく顔を覚えていたよなぁ。可愛かったから記憶に残ったのかなぁ」

謙治は無邪気にそう言った。それを聞いただけで胸が高鳴り、自分の顔が真っ赤になるのがわかった。

「先輩は、進学されたんでしょう？」

やっと、それだけを訊ねることができた。

謙治は、うなずいた。

「大学を卒業して、就職した二年目に例の転送パニックになったからね。東京で音楽プロデューースの見習いだったんだ。ようやく、何人かミュージシャンを担当させてもらって、いくつかのイベントを仕切らせて貰えるようになったばかりのところだった。担当のミュージシャンたちも、〝ジャンプ〟してしまうし、とにかく産業として成立しない状況になった。会社も、とても回っていく状態じゃなくなった。労務倒産ということなんだろうけれど。

家族が、帰って来いというから、帰ってきたんだ。家族は、誰もそんなわけのわからない星に行く気はしないって。

親父の農業を手伝っている。こんな日々を送るっていうのもいいよ。毎日、うまいもの食っていてね、人間関係にうだうだ頭を使うこともなくってさ。東京の仕事をやる前は、農業なんて今更やれないよと思っていたんだ。親父の代で最後だと思っていたんだが、帰ってきて、手伝い始めたら結構奥が深くて、面白いんだ」

そう屈託なく白い歯を見せて謙治は笑った。そう言われれば、高校時代よりも色が黒くなっている、と妙は思った。その方が、謙治は、より男性的で素敵に見える。

「親父なんて、はなっから、地球が滅びるなんてこと信じていやしない。こう言うんだ。何千年も何万年も地球は続いてきたんだ。ここに来て、地球が燃えてしまうなんてことあるものか。みんな、誰かに欺されているんだ。そんなことくらい、少し考えればわかるはずだって」

少し、おどけて父親の口調を真似て、謙治は話してみせた。

「お父さんは、ニュースを見たり新聞を読んだりしていても、そうだったのですか？」

妙が、そう訊ねると、謙治は、肩をすくめて苦笑いした。

「親父は、わかりやすい人でね、新聞も読まないし、ニュースも見ない」

そう言って声をあげて謙治は笑う。つられて、妙も笑った。

「よかったら、ときどき会って馬鹿話をしようよ」

別れ際に、謙治は妙にそう提案した。もちろん、妙に異存はなかった。

それから、週に一、二回づつ、妙は謙治と会って話をするようになる。

それは、妙にとって何より楽しみな時間になった。高校時代からの憧れの人と、定期的に一緒に時間を過ごせるのだ。それも、二人っきりで、誰からも邪魔されることもなく。

謙治は、家業である農業をやりながら、地域のボランティア活動をやっているということだった。

転送計画がスタートしてから、かなりの住宅が所有者不在の空き家になっていた。その間に、点々と地球に留まり続けている人々がいる。それが若い健常者であれば問題はないが、独居老人や、病気などの理由で〝ジャンプ〟できなかった人々であれば、当人たちを、一つの町に集中させて世話をしようというボランティアだ。

かなりの独居老人たちは、「ハッピーエンド」を使用しているが、それでも身体の自由が利かなくても生きる意思を持ち続けている人たちがいる。そんな人々を、同じエリアに住むことを説得して連れてくる。

そのボランティアに加わって、謙治は、精力的に活動しているということだった。ボランティアの存在は、貼り紙で知ったらしい。メールアドレスが書いてあった。

「あとで、ネットで申し込んだんだ。リーダーは葦原さんっていって、草千里転送施設に勤務していた人でね、まだ若い。……でも四十歳くらいの人。いい人だよ」

人が最低限生きていくだけの物流は、まだ生きている。一時期は転送ショックによる大インフレが発生したが、残った人々が生きていくための物価は、すぐに沈静化した。以前の技術で少人数を維持することが、デフレ状態を引き起したのだ。生産に携わる人々には、地球に残った仲間に不便をかけたくないという誇りと意地もあった。

残っている人々の労働の意味は変化していた。組織が追求するのは利益ではない。自分の行動が、限りある時間の中で、人々にとってどれだけ有益であるかという基準にある。かつて、多くの企業が、地域の人々のためにと標榜してきたが、それが真実だったかどうかは疑わしい。だが、少くとも、この時代においては、労働の目的がそこに集約されているのだった。

だから、最低レベルの物流は機能しているし、利潤を無視した供給を継続できるぎりぎりの物価で推移することが可能なのだ。蓄えを後世に残さなければならないという意識もない。空き家には、必要とする使用可能な耐久消費材がごろごろと残っている。転送初期の頃には、〝ジャンプ〟する人々は自分の不動産、動産の所有物を律儀に所有権移転手続をとって旅立っていったものだが、計画終了の時機になると誰もが慌ただしく沈没船から逃げ出すネズミのように去ってしまったため、所有者不在のままの状態となってしまっていた。

誰が記したかわからないが、その不在の空き家の表には、黄色いペンキで○が書かれているので、すぐにわかる。

その家から家財を運び出そうとすれば、この時代でもやはり犯罪であることは間違いないのだが、今、それをとがめだてする者は、誰もいない。残された物は、残った者が使用しても何も問題はないというのが共通認識として、あるのだから。

妙が休みの日に、謙治が「ボランティアに連れて行く」と迎えに来てくれたことがある。そのとき、謙治が乗ってきた自動車はベンツだった。

驚く妙に、謙治はこともなげに言った。

「このベンツ。もう持ち主はいないんだ。車って使っていないと、どんどん朽ち果ててしまうからね。塗装は傷むし、バッテリーは上がってしまうから。ときどき使ってやった方がベンツのためにはいいんだ」

そして、連れて行かれた先で、葦原たちに紹介されたのだ。彼らは、市内中央部のビルの内部を改装して、老人や身体の不自由な人々のための共同生活施設を作りあげていた。それまでの民間の老人介護施設では、地域ごとに点在しすぎている。一ヵ所に集中させることで、より効率的に世話が行き届くという論理だった。

謙治は、葦原から地図を受け取り共同生活施設に入居することを同意した老人たちを迎えに行くことになっていた。そのために、謙治は、妙に加勢を求めたのだった。

謙治が、そのときベンツに乗ってやってきたのは、ただ単に高級車に乗りたくて借用してきたのではなく、老人たちを運ぶための、乗り心地を重視して選択した結果であることを、妙は、そのとき知った。

妙を誘ったのは、妙の看護師としての介護技術を謙治は求めたようだった。

「身体の不自由なお年寄りを扱うのは、正直怖いんだよな。どこに力を入れて移動させてやればいいか、見当がつかない。軽そうだけれど、ぐにゃりとしていて壊れものみたいで」と本音を吐いた。それでも、妙は満足だった。老人に笑顔で接している謙治を眺めているのも気持ちがよかった。

市内各地を七回も往復したろうか。中には、元気な老人が、謙治に問答を持ちかけてくる。何故、謙治たちのような元気な若者が、新天地を求めずに、残っているのだ？　と。新天地で子孫を増やすべきではないか。

それから、妙を指差して、こんな立派な連れ合いもいるではないかと。

妙は、顔を真っ赤にしてうつむいた。謙治は、それに大きな声で笑って答えた。

おじいさんこそ、そんなに元気なのに、何故、新世界を目指さなかったのですか？　と逆襲する。

老人は目玉を剝き、口をへの字にして憤然と答える。

わしは、何があっても、自分の目で地球の最後を見届けてやる。どのように地球が滅び壊れていくかを。だから、安楽死剤なぞは、絶対に使わん。それまでは、何が何でも生き延びてやる。

そう言った。聞けば、その老人は、体内に悪性の腫瘍を抱えているということなのだ。だが、何が何でも地球が燃えつきるさまを自分の目で見ようという強い意志に、妙は圧倒された。

この老人であれば、灼けつくされた地球で骨だけの状態になっても、その有様を見届けようとして立往生しているにちがいないと妙は思った。

夕方に、ボランティアの仕事を終え、謙治は妙に礼を言った。

「まだ、時間があるなら、ドライブでもしようか？」

もちろん異存はなかった。

そんな交際を、妙と謙治は続けていた。

あるときは、「いつも一人で食事しているの？」と謙治は訊ねた。そうだと答えると、「ときには、大人数で食べるのも楽しいよ」と謙治の家で食事をするようにと、誘ってくれた。

長嶺謙治の家は、金峰山《きんぽうざん》の直下にあたる、小島にあった。代々の農家のようで、そこで休みの一日を謙治の家族とのんびり過ごすこともあった。

不思議な気がした。謙治の父親が、畑で種子を播いている姿を見て。

何の種子かは、わからないが、きれいな線状に耕された畝に、等間隔に埋めこんでいく。いつ、突然に太陽からの炎が地球を呑みこんでしまうかもわからない。それは、今日の一瞬後かもしれないし、明日かもしれないのだ。

なのに、謙治の父親は、こともなげに当然のように種播きを続けている。

謙治からは、父親は地球が燃えつきることなど信じてはいないと聞かされていた。しかし、信じてはいなくても、心の隅では、そんな情報は残っているはずだ。

「どうしたの？」

謙治が、妙の横に立って訊ねてきた。

「いえ。あのお父さんが播いている種子。あれが芽を出して、花を咲かせて実をつけるまで、地球は大丈夫なのかなあって」

謙治は、一つ大きくうなずいた。

「親父は、信じてないかもしれないし、少しは、ひょっとしてと思っているかもしれない。でも、それでいいんじゃないか？　人間には、それぞれの生きかたがある。あれを見てごらん」

畑の向こうを指差した。そこには細い小枝ばかりの樹が植えられていた。

「あれは、先週に親父が植えた梨の木なんだ。梨の木は実を結ぶほど成長するまでに十五年以上かかる。だから、一般的な予測では、梨の実が成るのを見る前に、地球は滅ぶ筈だ。それでも親父は植えた。

それが、親父流の生きかた、考えかたということさ。ぼくは深くは理由を訊ねないし、親父も言わない。それはそれでいいと思っている」

妙は、謙治の家で家族揃っての夕食をご馳走になった。謙治の両親、祖母、謙治の七歳下の妹が食卓を囲んで賑かな食事となった。身寄りのない妙にとっては、夢のような時間だった。謙治の妹は本来であれば高校生くらいの年齢の筈だった。謙治と同じように利発そうな顔立ちをしていて、妙のような若い女性が訪ねてきてくれたのが余程嬉しいのか、妙に「お姉ちゃん」と呼びかけ、さまざまな話題を振ってくるのだった。

すでに高校は閉校になっていると、聞いた。生徒がいないため、学校として成立しないし、職員もいない。そのため、彼女は、謙治から習っていると言っていた。

「トマトとニガウリは、俺が教えたな」と父親が愉快そうに言い、また笑い声に包まれた。料理は、母親の手作りだった。妙を招いたから絞めたという鶏をダッチオーブンでローストしたものをメインに、サラダは自家製という新鮮な野菜ばかりで作られていた。

謙治の祖母が、しきりと妙の生いたちや、これからどうするのか、と聞きたがり、「そんなに、婆ちゃんは人の詮索するもんじゃないよ」と謙治にたしなめられていた。

謙治の祖母のように、今、このように家庭で過ごすことができるのは恵まれていると妙は思ったが、それは口にはしなかった。

そんな楽しい時間を過ごすことができたのも妙は嬉しかった。帰る頃には、すっかり家族にも馴染んでしまっていた。地球に危機が近付いていたとしても、このような家族のあり方も厳として存在しているのだということを知って、妙は嬉しくてならなかった。

暑い夏が過ぎて、そして夏の終りのけじめも感じない暑い秋が訪れた。秋といっても日中は三十度を超える日が、あたり前のように続いた。すると最近は急な冷え込みに変る。

人々は、そんな不規則な気象が、地球温暖化影響の延長なのか太陽のフレアの拡大を予兆するものかという話題には、あえて触れることはしなかった。

妙と謙治の交際も淡々と続いていた。妙は謙治がつきあってくれるのは、異性としてではなく、気兼ねせずに話のできる同窓の友人としてだろうと考えていた。妙もそれ以上のことを望みはしない。謙治と親しく過ごせ同じ時間を共有できるなら、それでいいではないかと満足していた。それ以上の関係を望んで、どうなるのだ。地球がこれから燃えつきようというときに。これ以上の幸福な時期は、今までの人生でなかったではないのか。

このまま、或る日突然、太陽のフレア化を迎えても後悔はしない。

そう本気で、妙は考えていた。

その日も、誘ってくれたのは、謙治の方からだった。

「グループの有志で、キノコ狩りに行こうって話になってる。森田も一緒に行かないか？」

これだけ謙治とのつきあいが続いていても謙治が妙を呼ぶときは、「森田」のままなのだ。同級生の男友達の名を呼ぶように。

妙は、それでかまわないと思っている。もちろん、謙治の申し出を二つ返事でＯＫした。謙治も、ちゃんと妙の休日がいつになるのか知っているのだ。

マイクロバスの前で手を振った謙治は、それまでボランティア・グループの葦原幸一と雑談していた。葦原が、妙に声をかけた。

「森田さん。キノコ狩りは初めてだって？」

葦原は、嬉しそうだった。彼の趣味がキノコ狩りということは謙治から聞かされていた。この日の企画も、葦原によるものだそうだ。

以前、葦原は、草千里転送施設の職員をやっていたと、謙治に聞かされたことがある。そのような仕事をやっていたのに、何故、葦原は、地球に残る道を選んだのだろうと、妙は不思議に思ったりもした。紺屋の白袴というやつだろうか。それとも、転送施設に勤務していれば、さまざまな転送システムの欠陥を知ってしまい、とても自分の身体でやってみる気にはなれなかったということなのだろうか？

「ええ、初めてです」

そう答えると、葦原は、嬉しそうに破顔した。

「おもしろいよ。けっこうツボに来たらはまってしまうかもしれない。山の中は気持ちいいしね」

葦原は四十歳くらいということだが、外見は、それより五つほども若く見える童顔だった。謙治は、そんな葦原を心から尊敬しているようだった。

「葦原さんみたいな人が存在するってことそのものが奇跡みたいに思えるんだよな。私心みたいなものが、あの人にはまったくない。皆のために、自分に何ができるかってことばかり口にするからね。

　葦原さんは、誰か大事な人を喪くしてしまったということは知っている。はっきりとは聞かなかったけど、そんなことを言葉の端に感じたことがある。たぶん、そのことが、今の葦原さんがやっている活動の動機づけになっているんじゃないかと思う」

　そんなことも言っていた。妙は、いったい大事な人とは誰だったのだろうかと思ったりする。愛しあった女性なのだろうか？

「葦原さんは、こんなことも言っていたよ。今、地球にいるのは、全員が、突然死病にかかっていることを宣告された患者たちみたいなものだってね。そうなると、皆が限りある時間をどう生きるべきかと、真剣に考え始める。そして、その出した答が、その人間の価値に見合ったものだと思うんだって。

　人間だったら、人間らしい生きかたを選択するだろうし、人間の姿をしていても品性がケダモノであれば、ケダモノのような生きかたしかできないだろうってね。

　だから、葦原さんは、自分が理想とする人間になる道を選んだんだそうだ。自分は弱い人間だし、自分の欠点もたくさん知っている。それでも、自分は、なりたい自分になろうとすることはできる筈だ。地球が、なくなってしまい、自分のことを誰も記憶しなくなっても、自分がそう生きることができたと納得することはできる筈だ、って」

　妙の目には、葦原は弱くも欠点があるようにも映らない。いつも穏やかなように見える。それが、葦原が自分でそうありたいと努力している結果なのかどうかはわからない。

続いて、二人の老夫婦らしい男女が、小走りにやってきて皆に挨拶した。

「さぁ、全員揃ったようですね。出発しましょうか？」

葦原がマイクロバスの運転席に座った。彼が運転するのだ。

謙治と妙は、バスの最後部の席に座った。話していてわかった。キノコ採りは、謙治もまったく初めての体験だというのだ。

「よくマンガであるだろう？　食べたら、笑いだしちゃうという毒キノコなんてあるから、採って食べようという気にならないんだ」

通りをいくつか抜けて国道に入った。目的地は熊本県と大分県の県境付近で、男池《おいけ》という湧水池から黒岳登山道に沿ってキノコを採ろうということだった。

秋だというのに平地の日射しは、まるで夏だった。夜は、かなりの冷えこみだが。

「山の方は、紅葉が始まっていると聞いたのですが、大丈夫かな。まだ九月始めみたいな陽気ですからな」

謙治と妙の前列の席に座っていた五十代後半の男が、不安気にそう言った。

「キノコは、ある一定の気温まで下がらないと菌が増えるスイッチが入らないんですよ。だとすると、今日はボウズかもしれませんな」

その男は、やはり葦原のボランティア仲間であり、キノコ採りを趣味にしているようだった。その服装を見てもわかる。足には、地下足袋をつけ、首にはタオルを巻いていた。足許には、後生大事に獲物を入れるらしい竹籠を持っていた。

「毒キノコって、わかるんですか？」

そう、妙が訊ねる。

「いや、私は、おいしいキノコしか採らないことにしているから。喰えないキノコと毒キノコには興味がないんですよ」

そう男は答え、棚のトートバッグを指で示した。「今日は、鍋もバーナーも持参して来ています。後で採れたらキノコ鍋を作りますよ。

もっとも、採れなかったら、ただの寄せ鍋になりますけどね」と自慢気に付け加えた。

彼の左列の座席に座っているのは遅れてきた老夫婦のようだった。妻の方は、あまり元気がないように外を眺めている。

キノコ好きの男が、夫の方に話を振った。

「そちらは、キノコ狩りは初めてなんですかね？」

最初は、自分に声をかけられたとは気がつかなかったらしい老人は、あわてて「えっ。ええ……そうですが」と答えた。「行先が、九重《くじゅう》の男池だと葦原さんに聞いたものですから、ぜひ行ってみたいと思いまして」

「ああ、男池は初めてなんですか？」

「い、いえ。もう……五十年近いですかねぇ。初めて行ったのは。季節もちょうど今頃の紅葉の時期だったもので。

これと……新婚旅行のとき、立ち寄ったのですよ」

そして右手で妻の方を示す。妻は、ぼんやりと何の反応もなく窓外の風景を眺めているだけだ。

「私たちが結婚した頃ってのは、なかなか会社の方も休みがとりづらくってねぇ。新婚旅行が二泊三日ですよ。行き先は、別府温泉と由布院《ゆふいん》でしたからねぇ。本当にあわただしい新婚旅行だった。それでも、一番、おもいでに残ったのが、今日、連れて行って頂く男池周辺の自然林ですよ。紅葉の中を歩いたのですが、本当に見事でした」

するると、妻が突然振り返り、夫に言った。

「今から、男池に行くんですか?」

夫がうなずいた。

「ああ。ミツコがいつも言ってたよな。またゆっくりできるようになったら、男池の自然林の中を紅葉の時期に歩きに行きたいって。

今、連れて行ってもらっているんだよ」

「そうですか。よかったあ」

無表情だった妻に、一瞬だけ笑顔が戻り、それから、再び視線を窓の外に移した。

老人は、肩をすくめる仕草をした。「最近のことは、すぐ忘れてしまうのですが、結婚した頃のこととか、昔のことは、不思議なほどよく記憶しているんですよ。何も反応を見せないで、あるとき突然今みたいに話題に出す」

だから、老夫婦は、山を歩こうという服装ではないのか……と妙は思った。寒くはないように、二人とも厚着できる準備はしてきているものの、老妻に付き添って付いてくることができるのだろうかと心配になった。

「緑が増えてきていると思わないか？」

そう、窓外を眺めていた謙治が、ふと口にした。

「よく、わからないけど」

そう妙は正直に答えた。わかるのは、道路の端を雑草が覆い始めていることくらいだが、これは夏草だから、緑が復元しているとまでは言えないような気がする。

「いや、確かに緑が増えてきている。一時期、地球温暖化が騒がれていたけれど、二酸化炭素の増加の元凶は、やはり人間が増えすぎていたことにあったんだ。七割の人類が消えてしまったんだ。二酸化炭素の排出量も激減してしまったし、乱開発もストップしてしまっている。地球そのものの体質は、凄まじい勢いで回復してきているよ」

謙治は、そう確信するように言った。

「でも、皮肉なものだなぁ。あれだけ世界中で環境浄化のキャンペーンをやって地球の温暖化に歯止めをかけることができなかったのに、人類が地球から七割逃げ出しただけで、地球が自己修復できるなんてね。

あ、この異常気象は、太陽のせいじゃないと思う。これは、まだ、地球の温暖化の後遺症にすぎないと思う」

国道は、ほとんど自動車の通行量はない。マイクロバスが一度、のろのろ運転で坂道を登るタンクローリー車を追い越したくらいだ。各県で、数ヵ所づつは、まだガソリンスタンドは残っている。そこへ燃料を供給するために大分方面へ向かっているのだろう。今でも社会が機能していくためには、燃料は必需のものだ。社会のシステムを維持していくという気概を持った人が、燃料を運んでいることを感じると、妙も嬉しくなる。

そのタンクローリーを坂で追い越すとき、マイクロバスの全員が窓を開け、手を振って感謝の声援を送る。タンクローリーは積荷を満載しているらしく登坂力が落ちていた。だからローリーの運転手は車体を追い越しやすいように、道路の左端へと寄せてくれたのだった。ゆるゆると登り続けるローリーの運転席の窓から、細い腕が伸びて手を振り返してきた。その手の持ち主の顔はバスの中からは見ることができなかったが、予想以上の年齢の人が運転しているのではないかと、妙は思った。その手の甲の皮膚に浮かんでいたのは確かに老人斑だった。

すでに現役を引退していた運転手だったのかもしれない。この社会状況で、運輸関係の労働力が不足して、急遽、請われて運転手に復帰したのではなかろうか？

妙には、そう思えた。

阿蘇外輪の道路に出ると、何度かマイクロバスはストップする。

道路の中央に、置き去りにされた牛たちが数頭も、我関せずといった様子で休んで、とおせんぼの状態でいる。

周囲は草原になっていて、鉄柵が設けられて放牧されていた牛たちが道路まで出てくるということは、以前ならまずなかったのだが、どこからどうやって抜け出してきたものやら。飼い主不在のまま、放浪しているらしい。

「ぼくが、なんとかします」

謙治が立上ってバスを降りる。妙も、牛たちを立ち去らせる自信はないものの、謙治の後を追った。

右手に兜岩の表示が見える。妙がバスを降りた瞬間、さらさらとした風が頬を撫ぜた。

冷たい！　と思う。

高度がずいぶん上ったというのはわかっていたが、車内にいては、わからなかった。ここでは、やはり秋の気配を際立って感じることができる。それほど強い風ではない。

だが、道の向こうを見ると、穂にすでになりかけた先端が赤みを浴びたススキが揺れている。その揺れが移動していく様で、風の流れさえも目で追えるのだった。

謙治の声で妙は我にかえった。

謙治は、牛にむかって、わが家で鶏を呼ぶように及び腰で「とーっ。とっ、とっ、と」と呼びかけているのだった。牛たちは、近付いた謙治には、何の興味も湧かないというように、そっぽを向いていた。その様子に、妙は思わず吹き出してしまった。

途方に暮れた表情で、謙治が振り返る。何ごともそつなくこなしてしまう謙治なのに、このような表情を見せてしまうのが、妙はおかしくてならなかったのだ。

「どうすれば道をあけてくれるんだよ」

そう、戸惑い顔で謙治が、妙に訊ねる。もちろん、妙もそんな知識は持ち合わせていない。近付くと、その巨大さに恐怖感をおぼえてしまうほどだ。

　ひとつだけ思いついたことがあった。

　妙は「ちょっと待って下さい」と言って、道路の脇へ走る。それから両手いっぱいほどの草を毟りとってきて、座りこんでいた一番大きな牛の鼻先に草を近付けた。

「ええっ？」と、謙治が声をあげた。

　その牛は、妙の手に持った草に鼻先を伸ばし、それでも届かないと知ると、のっそりと立ち上ったのだ。

　妙は草を両手でかざして、ゆっくりと道路の端に後退していくと、その牛もつられて、妙の行く方向へついていく。それが他の牛たちにどう伝わったのかはわからないが、さっきまで動く気配さえ見せていなかった数頭の牛たちが、ゆらゆらと妙につられて歩く牛について行く。

　一頭の牛が、間の抜けたのどかな声でモァォォと鳴いた。

　運転席から、葦原が、「よし、大丈夫だ。通れる」と声を掛け、そろそろとマイクロバスを発進させた。

「凄いな。森田！　天才だな」

　そう謙治が妙を誉めた。妙が肩をすくめて笑うと、謙治も声をあげて笑い二人は駈足でバスに乗りこんだ。

バスに乗りこむと、乗客たちの拍手が待っていた。

「いや、なかなか機転の利いたアベックだ」と誰かが評した。妙には、その意味がわからなかったが、キノコ採りが好きだという男が、「死語ですよ。あの年齢だから。カップルというつもりだったんだ」と笑った。それを聞いて、妙は頬が火照るような気がした。

それから、大観峰《だいかんぽう》を抜け、硫黄臭の漂う長者原《ちょうじゃばる》を通った。長者原あたりから、道路沿いは見事な紅葉の光景となった。

長者原で、しばらくの休憩になる。ビジターセンター前の駐車場で全員がマイクロバスから下車して身体を伸ばした。

駐車場には数台の自動車が駐まっていたが、いずれも厚く白い灰が積もっている。もう、長い期間、この車たちは置き去りにされているようだった。

ばたん・ばたんと、どこからか不規則な金属音がする。妙が音の方向を見ると、土産物を売るドライブインの店先だった。閉じられているはずのシャッターが壊れているのか、風が吹くたびに、異音を放っているのだ。

駐車場は、何ヵ所も風の吹き溜まりができて、そこに、枯れ葉が集まっている。もう、ずっとこのあたりからは人の気配が消えてしまっているということを実感させられる。本来、この時期、この場所は登山者でごったがえしている筈なのだが、と葦原は言った。

「以前、今の時期に来たときは、とにかく車が溢れかえっていた。駐車する場所をやっと探し出せたのが、ここから一キロも先だったよ。今じゃまるで、ゴーストタウンだな」

そう言った。

「この駐車場の車は置き去りにされて、かなり経つみたいですよね」

「うん」と葦原はうなずいた。「わざわざ、転送前に、ここまで置きに来たりはしないだろうな」それから、長者原湿原の先にそびえる山々を指差した。「多分、自分の死に場所をここに選んだ人たちがいるんだろうな。自分の気にいった場所を選んで、ハッピーエンドを使ったんだろう。雨が池か、坊がつるあたりで」

妙には、紅葉の風景を見ながら、葦原からそう聞かされても、あまり実感としては浮かばなかった。しかし、葦原が、そう言うのなら、そうかもしれない。

それから、三十分ほどの距離で、目的地の男池に到着した。

ここでは風はない。風はないが、冷気が走っていると妙は思った。

「寒くないか？　森田」

「大丈夫っ！」

妙は、少し強がって謙治に答えた。歩きまわれば寒さもすぐに感じなくなるはずだ。

葦原と、籠を持っていたキノコ好きの男が皆を集めて、説明を始める。

かくし水という、湧き水が出る場所が登山道にあるらしい。そこで、皆、一緒に昼食をとろうということだった。一人で勝手に遠くに行かないこと。登山道の近くで採ること。ここは、はぐれたら帰れませんよ、と脅す。かくし水より先には行かないこと。いくつかの注意の後、葦原が号令をかけてラジオ体操と、簡単なストレッチ運動をやる。

それからグループは一団となって男池へと向かう。入口に温度計があり、見ると六度しかないことを妙は知った。初めての場所だ。謙治とならんで歩くと、妙はワクワクするのを感じた。

常緑樹の小径を歩くと木橋があり、澄みきった清流が流れていた。

「この二十メートルほど先で湧き出しているんですよ。昔から、ここへ水を汲みにくる人たちが多かったんだが」

立ち止まって流れを見下す妙に、老夫婦の老人が教えてくれた。話によれば、その湧水池のことを男池と呼ぶらしい。飲んで、うまいと思える水はなかなかないが、ここの水は本当にうまいと思えるんですよ、と太鼓判を押した。その隣で妻が、無表情に川の流れを眺めているのだった。

「大丈夫ですか？　奥さまは……お昼の集合場所のかくし水までは一キロ以上もあると聞きましたが」

妙は思わず本音を口にした。

「大丈夫でしょう。私が付き添ってやれば、家内もなんとか歩けます。遅れて行っても気にしないで下さい。私たちは寄り道せずに、ゆっくりとかくし水を目指しますから」

老夫婦は、キノコよりも、まず、この男池の風景を楽しみ若き日の記憶を反芻することが目的のようだった。

妙と謙治は、うなずき先を急ぐことにした。

流れを越えて岩場の間の細い道を登ると、二人は目を見張った。

日射しの中の自然林は紅や黄色の葉で彩られていた。逆光の中で、無数の色彩が煌めくのだ。夢幻の世界だった。

これこそが、若き日にあの老夫婦がおもいでの中に深く刻みこんだという光景だったにちがいなかった。

たしかに、この風景を一度目にしたら、忘れることができなかったにちがいない。

二人は、しばらく言葉を失って立ち尽し、やがて、やっとのことで、妙が「凄い!」と呟くように言った。

「まるで、現実の場所じゃないみたい」

「ああ……ぼくも今、同じことを考えていた」

謙治もそう、うなずいた。

樹々は、ブナやカエデ、ハゼ、ヤマグリの木と種類はさまざまだ。雑木林だからこそ、色彩が見事に調和しているにちがいないのだ。

その樹々の間を一緒にやってきたグループの人々が、三三五五にキノコを探している姿があった。

「こっち、こっち」と葦原が手招きする。二人は、我に返って、葦原のいる場所へ走る。

「ほら、こんなにリング作っている」

茶色い椎茸のようなキノコだと妙は感じた。葦原に指で示されて、初めて気がつく。点々とキノコが土中から生えている。枯葉に埋もれかけているので、よく見ないと見えてこないのだ。

「うまいぞ。これは！　チャナメツムタケだ」

「食べれるんですか？」

「もちろん」

「椎茸に似てますよね」

「全然ちがうよ。椎茸より色が薄いだろ。ほら、こんなツブツブが傘についてるし」

葦原が嬉しそうに言った。

「おや」と謙治が、近くの樹の根っ子を指差して言った。キノコが群生している。

「これもチャナメツムタケですか？」

葦原が目を細めた。

「ちがう。これはクリタケだ」

「同じにしか見えないのですが……」

「ほら、傘の割れ目を見てごらん。これはクリタケ特有の傘の割れかただ」

そう得意そうに言いながら、ハサミで丁寧にキノコの柄を切って竹籠の中に納める。葦原は、本当に嬉しそうだった。妙が竹籠の中をのぞくと、他にも白や緑がかった種類のキノコがすでにいくつも入っているのだった。

「今日は、嬉しい方に予想が覆されたよ。山の上は、時期がぴったりだった。おまけに先客が誰もいなかったから、さまざまなキノコが採り放題だ」

それから、妙と謙治に籠の中のキノコを取りだし、これがムキタケだ、これがホテイシメジだと見せてくれた。

葦原は、どれほど採っても飽きないらしく、次の木の枝で密生したキノコを着実に竹籠に入れていく。竹籠がいっぱいになるのに時間はあまりかからなかった。

何せ、競争相手がいない独占状態なのだから。

妙と謙治が驚いたのは掌ほどの大きさのキノコを見せられて、「天然のナメコだ」と言われたときだった。二人の知識にある小さな丸いキノコとは、根本的にイメージが異っていた。

「昼飯の鍋に入れるには十分すぎる量」が確保できたと、葦原は満足そうに言った。それから、葦原がキノコを探す眼は、落着いたようだった。

いろはかえでの横から地面に突き出ている苔むした岩の上に腰を下ろし、満足そうに、タバコをふかし始めた。

「ここは、この時期いつも美しい」

そう感慨深げに言う。やっと、あたりの光景を楽しむ余裕ができたということなのだろうかと、妙は思った。

妙も思う。やはり、今日、連れて来てもらって良かった……と。

それから、ふと、あと何回、自分はこのような輝く自然に接する機会が残されているのだろうか……。そう考えている自分に気がついた。

コーヒーを作ってきていることを、ふと思い出した。

雑談を始めた葦原と謙治に、妙がコーヒーをすすめると、二人は心から嬉しそうにカップを受け取った。

謙治も、それほどキノコを採ることに執着しているわけではないようだった。それまでも、喜んで葦原の話し相手を務めている。

そのときも、葦原は思わず本音を漏らしはじめているようだった。妙も、謙治が腰を下ろしている倒木の横に腰を下ろし、聞き耳をたてた。

「人間って、情報をとり過ぎないことも、大事だと思わないか……？」

葦原は、そう言っていた。

「地球が太陽に呑みこまれてしまうという情報が世の中に流れ始めてから、皆がおかしくなってしまったと思うんだ。それまでは、県の商工課に勤務していたんだが、草千里に転送装置が建設されるというんで、準備室に出向になって、そのまま施設勤務になった。

いろんな人たちを見たよ。パニックを起した人々を。

そして地球は見捨てられた人々を残してからっぽになってしまった。これで良かったのだろうかと、よく思う。人間は、人間がいつ滅んでしまうのか、知らない方が余程、皆、幸福ではなかったかと思うんだ。そうすれば、その日まで悲劇を迎えることもなく、全人類が公平に突然、何も知らないままに消滅できたと思う」

「悲劇を迎えることなく……？」

妙は、その言葉に引っ掛かり、思わず問い返していた。葦原は、うなずいた。

「いろんなボタンのかけちがいが起ったよ。施設の中でも、外でも」

葦原は、別に話すことにこだわりを持っているようにも思えない。「施設で、転送間際に、人間の関係とは何か、何度もはっきりと見るようなことがあったよ。誰が誰を信じていたか、裏切りあっていたか。愛していたかいなかったか。人生を縮図にして選択を迫る場面をね。思いだして気持ちのいいことは、あまりない。

私自身も、母親を失った。母は私のことを案じ、私は母のこれからを心配した。ちょっとした行きちがいがあって、母を死なせてしまった」

さすがに、自分の母親の死について触れたときは、葦原は表情を曇らせた。完全に、その心の傷が癒えたというところまでは、いっていないようだった。

「だから、こんな活動をやっているのさ。自分が、母親にやってやれなかったことの埋めあわせというか……償いだな」

その口調は、やや自嘲的だった。謙治も口を挟めずにいたほどだから、その事実は、謙治も初めて聞かされたことだったのかもしれない。

「そうすれば、ほら……」と葦原は右手であおぐように周囲の風景を指し示した。「そんな事実を皆が知らずにいれば、こんな風景を見て、地球が燃えつきるまでに、あと何回、このような景色を見るのだろう……などと考えずに、純粋にきれいだと思うだけで済むわけだ」

「でも」妙は、思わず言った。

「でも、この風景は、いずれ消えてなくなる。皆も消えてなくなる。そんな気持ちが心の底にあるからこそ、記憶に刻みこむように、風景を愛おしんで見ることができるのではないでしょうか。私も、このような風景の見方というのは、以前の私だったらやっていなかったのではないかと思います。

それに、今は……自分では一日一日をすごく大事に生きている気がするんです。前だったら、たぶん、何も考えないまま一日を過ごしていた。今は……何もやらない一日なんて、もったいなくて考えられないんです」

葦原は、少し驚いたように妙を見た。そんなことを言い出すような女性とは思っていなかったのかもしれない。

妙が謙治を見ると、コーヒーカップを倒木の上に置き、腕組みしたまま、何度かうなずいた。

「ぼくも、森田と同じようなことを、よく考えますよ」

そう謙治が言ってくれたことが、妙には嬉しかった。

「そうか……と、すると、地球消滅の情報には利点もあったということか」

「葦原さんが言う欠点ももちろんあると思うんですが」

「そうだなあ」

「それから」と謙治が付け加えた。「情報が最近入ってくるのがネットを見ていても偏りを感じるので、どこまで信憑性があるかどうかわからないのですが……。

最近は、地域紛争の話をまったく聞かなくなったと思いませんか？　聖地をとりあったり、民族同士の確執による戦争の話が、まったく伝わってこない。

以前だったら、新聞を広げたり、ネットのニュース欄を見れば、世界のどこかで、必ず地域紛争のニュースが報道されていた。気のせいではないと思うのですが。これも……」

「ああ、そうだね。人間が七割もいなくなれば、残った人々は当面は、自分のまわりのできごとを解決するだけで、他に目をやる余裕がなくなっているというのが正直なところだろうな。争いあうより前に、生きることにエネルギーを使わざるを得ない。

企画立案して各国合意で築かれた平和じゃない。否応なしに生まれてしまった平和ということか。皮肉なものだが、平和な世界を構築するには役立ったということか。地球の終末予言が」

初めて、三人が話しこんでから笑い声があがった。

「他にも、まだいいことがあったみたいですよ」

妙が言うと、葦原が「何だね？」と眉を寄せた。

「葦原さんが、思う存分にキノコを採れること。他にキノコの競争相手は、誰も山の中に入ってこないみたいじゃないですか」

葦原は、目を細め、何度もうなずいた。

そのとき、一塵の風が、落ち葉を舞い上らせながら、三人の目の前を樹々の間を踊るように吹き抜けていった。

妙が、両腕を押えるのを見て、謙治が気づかった。おまけに、妙はくしゃみも漏らす。

「森田。寒くないか？」

枝の間に木漏れ日が落ちてはいるものの、身体を動かしていない状態では、だんだん冷気がこたえてくる。思わず妙は、うんとうなずく。

「よし、少々、早いが、これだけ獲物を確保できたのだから、かくし水で鍋の用意をやろうか。二人とも手伝ってくれるね」

葦原の合図で三人は立ち上った。かくし水へ向かう登山道で、まだキノコ探しに夢中になっている人々と出会う。それぞれが袋をキノコで満たしているようで、葦原の姿に気付くと、キノコ探しを切り上げ合流してくるのだった。それぞれに「葦原さん。わけのわからないキノコを採ったので見て下さい」「こんなにキノコ狩りが面白いとは知りませんでした。はまっちゃいそうです」と感想をもらしながら。

岩場の登山道を登ると、空地に出た。小川が流れている。道の左手の岩場から清水が吹き出していた。

それが、かくし水なのだと、葦原は教えてくれた。

空地にはなっているが、巨木の枝が、頭上を覆っていた。見上げると、陽光が射しこみ、まるで色づいた葉がステンドグラスのように煌めくのだった。

すでに、誰かが、その空地にビニールシートを広げ、その中央には、ガスバーナーまでもが準備よく仕掛けてあった。メンバー全員がくつろぐには十分なスペースだった。

その近くでは、ビニールシートを準備したらしい四人が、すでに焼酎の一升瓶を開けて宴を開いている。四人は、早々にキノコ採りを諦めたのか、それとも当初から本当の目的はこれだったのか、すでにほろ酔い状態の上機嫌でいた。

「やぁ、葦原さんも一杯いかがですか？」と誰かが声をかけた。

「いや、遠慮しておきます。帰りの運転がありますから。地球が滅びる前に、谷底にまっ逆さまっていうのは、皆さんいやでしょうから」

その場が、いっせいに沸いた。

早速、キノコ鍋の準備になった。料理に慣れているらしい中年女が、かくし水の湧き水を張った鍋の中に、用意してきた食材を次々に放りこんでいく。

葦原の前に採られたキノコが次々に広げられた。それを彼は手早く選りわけていく。

おいしそうなキノコが、「ダメ」と放り出される。

「えっ、これ、駄目なんですか？」そのキノコを採った本人が素頓狂な声を残念そうにあげた。葦原が顔を上げた。

「駄目です。ツキヨタケが、まだこの時期まで残っていたらしい。見かけはおいしそうだけれど、アタればひどいですよ。痩せたかったらどうぞ。一晩で七キロ痩せた人を知っています。その代わり上からも下からも、とんでもない状態になりますけどね」

葦原の大丈夫の許可がおりたキノコを、かくし水の吹き出し口まで妙は持って行き丁寧に洗った。謙治は、それをナイフで器用に食べやすいサイズに切り分けた。

すでにグツグツと煮立ちはじめた鍋にキノコを放り込み、妙と謙治が腰を下すと、誰かが持参したらしいお握りがまわされてきた。

日常からかけ離れた環境での珍しい昼食に、誰もが期待に胸を膨らませて、子供のような笑顔で、キノコ鍋のできあがりを待っていた。

「あれ！　三人足りないな」

そう、誰かが言う。

そう言えば、三人まだやって来ていないと妙も気付く。それが、あの老夫婦とキノコ採りの達者そうな男だということに思いあたった。

「春野さん御夫婦と、松下さんですね」

「春野さんとこは、奥さんがアレだから、ゆっくり来られているんだろう。キノコ汁残しておいてあげないといけないな」

「松下さんは、今日のキノコ採りを本当に楽しみにしていたからなぁ。

あれだな。ケモノを野に放してやったようなものだな。跳ねまわって帰ってくるってことを忘れてしまった状態なんだよ」

全員がいっせいに声をたてて笑った。そこで、妙は、あの三人の名前を初めて知った。言葉はかわしても名前は名乗りあっていなかったのだから。

きっと春野夫婦は、新婚旅行のときのおもいでをなつかしみながら、紅葉の場所を時間を気にせずに散策してまわっているのだろうと考えた。

老妻の方は、確かに認知症の傾向がうかがえた。夫が、ずっと付ききりで、老妻の世話をしているということなのだろうか。ここへ来ることで、奥さんに少しでも良い影響がでてくればいいのだがと、妙は祈らずにはいられなかった。

そのうちに、キノコ汁が盛られた椀が回ってくる。妙は受けとりその豪快さに舌を巻いた。醬油味のスープだが、葦原に言わせると「いろんなキノコの旨味が、絡み合って絶妙なスープになる」ということだった。その言葉に嘘はなかった。キノコたちは、採れたときそのままの形を保っている。まさに下界では味わうことのできない愉悦だと妙は実感した。

焼酎がまわされ、宴が盛り上ったとき、松下というキノコ採りの達人が、登ってきた。眉をひそめ、深刻な表情のまま。

「やぁ、松下さん。遅かったじゃないですか。もう、始めてましたよ」

「ずいぶん、たくさん採られたんでしょう。満足されましたか？」

そんな声が、松下にかけられた。松下は、頰を痙攣させていた。輪の中へ入ろうとしない。立ったままでいた。

それから、低い声で、ゆっくりと言った。

「いま、春野さん御夫妻が亡くなられました」

座が、一瞬にして鎮まった。妙でさえ、自分の耳を疑った。

何故？　という思いだった。

「松下さん。何かの冗談ですか？」

誰かが間伸びした声で、彼に問い返した。

「いや、冗談じゃありません。今、見届けました。私は、春野さんの御主人に呼び止められたんです。皆さんに伝えて欲しい。私たちは、ここで死ぬことにしましたからってね。真剣だった。とても止めることはできなかった」

そこで、松下は口籠った。

「ハッピーエンドですか？」

葦原が、腰を浮かしかけながら言った。松下は、それに力なくうなずいただけだった。

松下の話を聞いて、すでに皆は宴どころではなくなっていた。

「春野さんたちは、どこなんですか？」

「まだ、そのままの状態です。私、思いなおすように必死で説得したんだが……気持ちは、……春野さんの気持ちは固かった」

「行きましょう。案内して下さい、松下さん」

葦原が先頭に立って坂道を下り始めた。謙治も葦原の後を追う。妙も胸の動悸を高鳴らせながら謙治に続いた。

ほろ酔い状態だった人々も一瞬で酔いが醒めやったらしい。無言のまま一団となって、下っていく。

二十分も高度を下げると、平らな道にたどり着く。そこは、先ほど葦原や謙治たちと妙が談笑した場所のすぐ近くと思われた。

松下が登山道で立止り、林の中を指差していた。

確かに二人が横になっている。グループの全員が、そこを目指す。

春野夫妻の遺体を、皆が取囲んだ。二つの遺体は空を見上げならんで横たわっていた。寄り添い合い、二人の手は固く握り合っていた。

妙は、その表情に気がついた。夫も、妻も、笑みを浮かべている。

その笑みが、ハッピーエンドの薬の効果なのか、それとも二人の心が臨終にそのような状態にあったのかはわからない。しかし、事実は、夫婦ともが幸福そうなのだ。

あたかも、眠っているようだ。これほど穏やかな死顔とは、妙も予想はしていなかった。

誰もが、何も言葉を発しなかった。何人かが両掌を合わせて何かを祈り続けていた。

「あの。葦原さん」松下が言った。

「なんですか……」

「春野さんの御主人から頼まれたのですが……できたら、ここに埋めて欲しいって言われたんですよね」

「ここにですか？」

すぐに返答できずに、葦原は呆れた様子で口籠った。妙にはなんとなく、春野という老人の気持ちが理解できるような気がした。一番自分が好きだと思える場所で長年連れ添った相手と一緒に土に戻りたいという気持ちが。

誰かが言った。「ここに下手に埋めても……野犬が掘りおこしたりとか、いろいろまずいんじゃないの。法的にも埋葬できないでしょ」

それでも、葦原は即答しなかったが、やっと結論を出した。

「春野さんたち、ここに埋めてあげましょう。それが、お二人の望みだったのですから」

誰も、そのときは、葦原が出した結論に、異義を唱える者は現れなかった。とても、転送前であれば許される筈のない結論だったにもかかわらず。

数人が、閉鎖された男池の管理人室から、スコップを運んできた。交替で柔かめの土を掘り、その底に二人を横たえて埋めた。表面は、枯れ葉を戻し、二人がそこに眠っていることは、教えられなければわからないという状態になった。

「何だか、そんな予感がしていたんだよ。春野さんの御主人と行く前に話したときに」

埋葬を終え、全員が別れの挨拶をすませたとき、葦原が漏らした。

「奥さんが、まだ意識がはっきりしている頃、口癖のように言っていたらしい」

「ここで死にたいってことですか？」そう謙治が問い返した。

「いや、奥さんは若い頃からずっと言っていたそうだ。御主人と、……そう愛する人と、死ぬなら同時に死にたいんだって。残って見送るのも、先に逝って遺すのもいやだ。できるなら、一緒に生涯を終えたいって。

地球が消えるとき、一緒に同時に消えるんだから、いいって思っていたけど、どうも、御主人の方は自分の身体の変調に気がついたらしい。春野さんは、あれでも医者だったからね。

自分の余命は、自分でわかったらしい。それで……、自分が先に逝ったときに奥さんを遺してしまうことが気がかりだと。そればかりを言っていた。

男池へキノコ採りに行く話をしたときは、一切そんな話は出なかったから、気がつかなかったんだ。よく考えれば、気がついたはずだ。予感だけが、もやもやとあって予測には結びつかなかった」

妙には、わかるような気がした。自分も、最愛の人と、もし一緒に死ぬのなら、それが一番幸福な死にかたではないのだろうかと。最愛の人が死ぬのを見送ることは、耐えられない。死ぬ間際は最愛の人の側にいたい。

春野夫妻が、その願いを現実に実行したとすれば、それは二人にとって、この上ない幸福のはずではなかっただろうか。

そして、今、二人はおもいでの場所に眠る。

一陣の風が、渦の中に枯れ葉を舞わせながら走りいく。二人の眠る場所を優しく撫でていく。

松下が、皆に言った。

「春野さんが、くれぐれも皆さんに詫びて欲しいと言っておられました。自分たち夫婦のわがままで、せっかくのレクリエーションの気分を台無しにしてしまうことを、と」

「あの……」と年輩の女性が、松下に小声で訊ねた。

「何ですか」

「春野さんたちの最期……松下さん、ご覧になったんでしょう？　看取られたというか……」

松下が口をへの字に曲げて、ええ、と答える。

「本当なんですか？　あの、話だけで知らないんですが、ハッピーエンドって、飲んだら、すぐ効くんですか？　あの……全然苦しまれなくって……というか、気持ちいいんですか？　どんな様子でした？」

何度か、松下は咳ばらいして、それに答えた。

「二人で、横になられて、手をつながれて、御主人が……私に、じゃ、失礼します……って言って右手に錠剤を持たれてました。一粒を奥さんにくわえさせて、すぐに自分も飲まれました。何秒ほどで逝かれたのかは、わかりません。すぐに駈け寄ったのですが、もうそのときは、こと切れておられました。ほとんど効果は瞬間的に現れたのだと思います。呻き声もあげられませんでしたし、痙攣状態もありませんでした。そのような状況でした。苦しまれたという様子はありませんでした」

そう言うと口を尖らせた。

結果的に、それで、その日のキノコ狩りはお開きになった。

全員は、かくし水まで戻り、宴の跡を撤収した。

その作業中、誰もが必要以上の言葉を発しようとしなかったのは仕方のないことだろう。

日が傾いていた。妙には、樹々の間を抜ける風が、いっそう冷たいものに感じられた。

これから、この鮮かな紅葉も季節が移り、すべての葉が落ちて荒涼とした風景に変っていくのだろう。そして、今が、その風景を味わう今年最後の機会だった筈だ。

妙の前を、謙治が歩いている。彼が、突然振り返って言った。

「森田！」

「何？」あわてて、妙は謙治に追いついた。

「結婚しよう」

そう謙治が、唐突に言った。妙はその瞬間、謙治が何を言っているのか、とっさに理解できなかった。

「え？」

「ぼくと」

妙は、初めて謙治が言っていることが、わかった。だが、何故？　とか、本気なの？　という言葉も浮かんだのだが、出てきた言葉は、「はいっ」だった。

真顔だった謙治の顔に、笑みが溢れた。

「よしっ」

そう言って謙治は手をとって、妙の右手を握った。

妙は信じられなかった。地球がいつ燃えつきてしまうかもしれない状況で、結婚というしきたりを謙治が口にしたことを。だが、口調は、本気だということが、わかった。

謙治のような男性の相手が、自分のようなものでいいのだろうか。謙治の友達として、いい友達であろうと努力してきたつもりではいたのだが。

それで、謙治はいいのだろうか？

たまたま、地球に……謙治のまわりに残っていた若い女性が自分だったということで……？

そして、……何故、こんなときに？

妙は、自分の心臓が爆発するのではないかと感じていた。

「いいんですか？」

「何が？」

「私で……」

妙には訊ねたいことが、今、山ほどできていた。だが、その一つづつを言葉にして訊ねる余裕はなかった。

訊ねることができたのは、やっと、それだけだ。

「ああ、森田だ。ぼくの嫁さんは、森田妙だ。森田さえ、よければ」

「はい」

「いつも、これから一緒にいる。地球がなくなるまで。ぼくたちは、絶対にハッピーエンドを使わない。その日まで」

「驚いた。急に言われて。心の準備ができていなかったから」

するとと、謙治は笑った。

「ぼくもさ。今の今まで、自分で言い出すと思っていなかった。でも、春野さんたちのことがあってから、考えたんだ。

もし、今、地球が滅びるとしたらって……そしたら、ぼく……やはり、森田とそのとき一緒にいたいってね。だったら、正直に言っとかなきゃ、損だと思った」

「私も、そのときは、必ず一緒にいます」

そう妙は答えた。

「もし、来年も、まだぼくたち生きていたら、ここに、また来てみないか？」

「ええ」

二人は、立ち止まり、もう一度、紅葉の自然林を振り返った。きれいだった。

そうだ。やはり、ここは特別の場所になるのだ。二人にとって。

妙は、ふと思った。地球消滅が、謙治との愛を成就させる代償だとしたら、それだけの価値があるにちがいないのだと。

エデンの防人

タッキは早くに目を醒ました。下のベッドには、まだ妹のアイミが眠っている筈だった。起こさないように注意をはらいながらベッドから下りる。

外は、もうすぐ夜明けだ。

洗面所で顔を洗う。井戸から昨夜水を汲んでおいたから、十分に水は使える。

外に出ると、父親がネットのところですでに働いていた。

「おはよう」

「ああ、おはよう。そうか、タッキは今日はレイバーディか。初めてだな」

父親は、ネットの底で激しく動くものを、一匹づつ手摑みにして籠の中に移していた。ネットは、タッキの家族が寝起きする家と、一番近くのズラバブの樹の幹に張り渡すように仕掛けられていた。家もズラバブの丸太を組んだ構造になっていて、ネットを張る位置だけが枝落しをやっていない。もちろん、ネットを張りやすくするためだ。

「今日は、かなり掛かったんだね」

「ああ」と父親は嬉しそうに答える。「一四、朝から食べていかないか。元気が出るぞ。ほら、こんなでかいのも入っていた」

父親がタツキに見せたのは、ひと抱えほどもあるサイズのシャドーカラオケだった。丸々と肥っている。馴れた手つきでその牙だらけの口を開かないように握り締めていた。

シャドーカラオケはかん低い声で呻き続けていた。

「いや、朝からじゃ、ヘヴィすぎるよ」

そう答えたとき、母親が蔓籠に野菜を入れて帰ってきた。畑からたった今、収穫してきたらしい。

「タツキ、すぐ用意するからね」

タツキは、この〈約束の地〉であるエデンで誕生した第二世代だ。だから、両親が生まれた地球という惑星のイメージは、よく摑めないままでいる。

両親から、話は聞かされて育った。

地球は太陽に灼きつくされてしまったのだと。そして、地球が炎に包まれる寸前に、地球の人々は〝ジャンプ〟して、この惑星へたどり着いたという。

それまでの地球のイメージが、幼い頃のタツキにはうまく湧いてこなかった。

両親によると、〝便利な世界〟であったことは、確からしい。人間が移動するには、さまざまな乗りものを利用したらしい。乗りものは、陸や海を走り、空を飛ぶものまであったという。食べものも、自分で確保する必要がなかった。金を払えば、欲しいものを手に入れることができた。そんな話が繰り返し出てきた。

海を走るという船は、なんとなく想像がつく。帆船は風の力を利用して進むが、地球の船はもっと巨大で、何千人もの人を運ぶことができたという。しかも、帆はなかった。すべては内燃機関のおかげらしい。だが、このエデンでは、まだ内燃機関の再現にまではたどりついていない。

より詳しい内容は、その後、コミュに創設された〝学校〟で習うことができた。〝学校〟は数名の教師経験者が勤務し、共通語を使い、地球のことをより詳しく教えた。

飛行機や自動車の具体的な形をぼんやりとだが理解できるようになったのは、それからのことだ。

ぼんやりと、というのはどうしても腑に落ちないことが、いくつもある。たとえば、飛行機が空を飛んでいたという事実。

飛行機は金属で出来ていたという。長槍の先端についている、あれだ。そんな重いものが、自在に宙を飛んでいたことが、どうしても納得できないままでいる。

自動車は、自分で動く荷車のようなものであることは理解できた。

教師たちは、いずれエデンもかつての地球のような状態を取り戻す筈だと予言していた。そのためには、コミュの全員が努力していかなければならないのだ、と、いつも授業の終りを締めた。

それが、どのような社会なのか、タッキにとっては気の遠くなる未来であるような気がしていた。

朝食は、芋をペースト状にしたポグで、母親はマッシュポテトにそっくりだという。それからカーペット・ビーフの赤身を薫製にしたものだった。それをタツキは大急ぎで食べ終えた。

「今日のチーフは、誰か聞いているか？」

父親が、そう確認した。

「聞いているよ。オマールさんだ」

タツキが答えると、父親は安心したように表情を緩めた。

「ああオマールなら安心だな。私もエデンに飛んできたはなからの友人だ。見かけより面倒みのいい人だからな」

「オマールさんがチームに選んでくれたみたいなんだ」

父親は、満足そうにうなずいた。

「何もなければいいけれど」

母親が、心配そうに、そう言った。

「誰もが、順番に詰めるんだから。エデンの成人の義務だからな。タツキも一人前の男性として認められたということで、喜ばなくてはならない」

「でも、二、三日前に、また〝人喰い〟が出たって聞いたわ」

父親は、しばらく黙って腕組みをした。それからタツキに言った。

「長槍は、どれを持っていく」

「自分で作った奴だよ」

「なんなら私が使っている奴を持っていっていいぞ」

「盾だけ借りていくよ。軽い方を」

父親は、うなずいた。

そのとき幼い妹のアイミが目をこすりながら起きてきた。

「お兄ちゃん。もう行くの？」

「ああ、行く」

「気をつけてね。〝人喰い〟と会ったら、すぐ逃げてね」

「逃げたりしたら、防人《さきもり》にはなれないだろう」

アイミは、不満そうに、唇をとがらせてうなずいた。

タツキが家を出るときには、父親がオカガニの甲羅で作ったヘルメットと肩当てを着けてくれた。

長槍と盾を手に取ると、タツキも曲がりなりに戦士になった。まだ、十六歳になろうという年齢なのに。

母親が、袋を一つタツキに渡した。袋一つが貴重品なのに。この袋を一つ作るのに母親が機場《はたば》に何日通ったことかとタツキは思う。服一つにも二十日以上機場に通ったのだから。繭《まゆ》猫《ねこ》の毛を集めて……。

「中にお弁当が入っているから」

「ありがとう。何？」

「ポグの団子と、お漬物よ」

父親が、まるで桃太郎だな、と評した。桃太郎の話はタツキも知っている。子供の頃から何度も聞かされて育っている。ただ、桃太郎の家来であるイヌ、サル、キジがどのような生きものであるかが、正確に把握できているかどうか、自信がない。

これから行くのは鬼ガ島ではなく、両親や妹や、コミュのすべてを〝人喰い〟から守るための場所なのだが。

〝人喰い〟の話は、耳にしたことがあるが、「出た」ということか、「襲われた」という話でしかない。

〝人喰い〟はエデンにいるのではない。エデンの外にいるのだ。〝人喰い〟は途方もなく残酷で、目をそむけんばかりに醜悪だということだ。

その境にいる人間を引っさらい、とって喰らうという怪物らしい。防人の役目は、その〝人喰い〟がエデンに侵入して来ないように境で見張っておくということだ。

タツキと同い年のマフールという若者に、十日ほど前に、やはりレイバーデイが回ってきたらしい。

「どうだった？」とタツキは訊ねた。

「何の姿も見えなかったよ。交代で監視に立ったんだが、あんなに退屈だとは思わなかった。近くに、子供を連れたブッシュ・バードがいっぱい走り回ってて、任務がなけりゃ獲り放題だよなって。そちらの方が残念だよ。かなり気楽だよ」

そんな感想を述べていた。

だが、油断は禁物だ、と思う。防人の任についていた六人が忽然と消えてしまったことも何度かあるのだ。

多分、喰われた。そんな噂になっている。

タツキは、集合場所に向かう。

集会所の棟の前だ。

すでに三人ほどが集っていた。そのうちの一人がオマールだった。

オマールは父親とは親しい。いつも穏やかそうに見えるが、厳しい決断もできる男だ、と父親は評していた。オマールはすぐにタツキの姿を見つけ、顔中の髭の中から白い歯を見せて笑った。そして言った。

「初陣だな」

「よろしくお願いします」とタツキが頭を下げると、オマールは頭から足までを見回し「立派な戦士だ」と言った。

後の二人は、タツキの父親よりは若い年齢だった。

「この若者は、顔はよく見るんだが」

そう肌の黒い男が言った。

オマールがそれに答えた。

「マサヒロの長男だよ」

「じゃ、母さんはエニシか？」

「ああ」

「よろしくな。俺はジミー・ムボンゴだ。大人のレイバーは初めてなのか？」

そう言ってジミーはタツキに握手を求めてきた。

「はい」

「そうか、責任重大だぞ。コミュを守らなきゃならんからな」

ジミーはそう言ってタツキの腹を拳で軽く叩く。

その間にも、きびきびした動作で二人が加わった。タツキが言葉を交わしていなかったのはジミー・ムボンゴくらいで、後の四人は市や、集会の折などに話したことがある人たちだった。ただ、日常で会ったときとは較べようがないほど、気迫を放っているのだ。任務につくという使命感が、彼等の雰囲気を変えているのかも知れない。

「よし。集合」

オマールが招集をかけると、六人が円陣を組んだ。六人のうちでオマールが一番年長だが、後は、出身の人種も年齢もばらばらだ。このようなときは、オマールは公用語を使う。出身の同じ小グループのときは、それぞれが母国語を使うが、公的な集まりのときは公用語になる。それは、英語も中国語も、そして日本語さえもごっちゃになったものだが、大多数が理解できる単語をつないだ、短いセンテンスのものだ。

「レイバーディ参加の皆さん、ありがとう。では、境《ボーダー》に出発します。私は本日のチーフを務めるオマールです。この任務は、すべての成人男子に与えられた義務です。しかし、エデンを守る大変、重要なものです。私の指示の下で、任務を遂行して下さい」

「はい」

五人が、そう唱和して長槍を二回上下させ地面を叩いた。タツキも、その決意の動作を真似た。自分が一人の立派な戦士になったような気がした。といっても、長槍の扱いかたは〝学校〟で数時間の訓練を受けただけなのだが。もしや〝人喰い〟と戦闘にでもなれば自分の長槍の腕で任務が果せるかどうかは、はなはだ不安ではある。

それからオマールは一人づつに自己紹介を求めた。エデンの人口は、現在八千人を超えている。言葉を交わしたことがあるといっても、それほど親しくしている人たちではない。個人的に父親とつきあいのあるオマールだけが人となりがわかっているくらいだ。

ジミー・ムボンゴ。ジャン・ジャック・アロー。イェルド・フンパーディンク。チェ・ヒュン。という名前が次々に名乗られた。それぞれ、防人の任務は数十回を経験していると知り、タツキは安堵感を覚えた。

タツキが、自己紹介をすると、全員がやっと笑顔を見せた。同じ東洋系であるチェが拍手をすると、全員がそれにならった。

オマールの合図で全員が歩き始める。整列した軍隊の行進というわけではない。チームが一団となって、コミュ内を歩くと、通りにいた人々が声をかけてきた。

「ご苦労さま」とねぎらいの言葉であったり、「これ、あちらで食べてくれ」と差し入れをオマールに手渡したりといったふうである。遠くで農作業をしていた人々も、その手を止めてタッキたちに手を振ってくる。タッキの横にいたオマールも手を振り返していたので、タツキもそれにならった。手を振り返していると、なんだか晴れがましい気分になっているのが実感できる。この人々に頼られているのだという責任感さえ、ひしひしと伝わってくる気がした。

境はコミュの二十キロほど北にあるということは知っていた。その地点までは、まったく人家はない。二つの山を越える。後は森と草原を抜ける。道は間違うことがない。踏みわけられた小径がずっと続いているし、その脇には等間隔に小石が積まれた目印《ケルン》がある。そのくらいは聞いて知っている。

一時間連続して歩き十分ほどの休憩をとる。

「では、出発しよう」

誰もがつかず離れずの位置で歩く。

最初の頃は、右手に海岸線が続いた。二回目の休憩をとると、海岸線を離れ緩い坂道の登りが続いた。坂道になると道は細くなり、一人づつが、列になって黙々と歩いた。

峠を下ったところで次の休憩だ。

「地球だったら、この程度の距離は自動車で二十分も走れば着いていたのにな」

　そうジャンが愚痴をこぼした。

「自動車か……。遠い夢だな。ポグ芋がコミュの人間を食わせる以上に大量に栽培できるようになったら、アルコール燃料として使えるようになるかもしれないが、まだまだそれほどのまとまった収穫は望めそうにないからな」

　オマールがそう答える。だが、タツキは、心の中では、それほど甘いものではないだろうと考えている。エデンのコミュの近くには鉱物資源がないからだ。それが、文明化の大きな妨げになっていると思う。未だに、最小必要限な金属は、地球から転送された部品類を加工して再利用されているほどなのだから。

　自動車を再現させるなぞ、夢のまた夢だ。

　草むらの右手を見ながらイェルドが小声で叫んだ。「おい！　見ろ！　あそこ」彼は何かを見つけたのだ。イェルドは手招きする。

　全員が気配を消して無言のまま、イェルドのまわりに集った。

「あそこだ」とイェルドが指を差す。

　タツキの目には、何やらわからない。タツキの腰ほどの草が広がっているだけだった。

「わりと小さいな。成獣の四分の一くらいだ」

「あのくらいの肉が一番旨い。ジューシーだしな」

　ジミーとジャンが、そう言いあう。

　そこでタツキは初めて気がついた。イェルドの指の方向に一メートル四方の正方形の空地があるのだ。その場所も緑色の苔が生えているようだが、微妙に何か雰囲気がちがう。

「カーペット・ビーフ？」

タツキが訊ねると、ジミーが嬉しそうに、そうだ、とうなずいた。

「あのサイズなら楽勝ですよ。オマール。あちらへの手土産にしませんか？」

オマールは空を見上げ、太陽の位置を確認してイェルドに言った。

「そうだな。予定のペースよりは、かなり早く進んでいる。やるか」

「そうこなくては」

ジミーが、タツキに「右手を担当しろ。そちらが一番〝液〟が飛んでこない」

「右手……どっちですか？」

「頭は、むこうを向いている。だから、右手はあっちだ」と指差した。

〝液〟というのはカーペット・ビーフが分泌する強力な消化液のことであるということはタツキにもわかった。子供の頃には、カーペット・ビーフ猟のときには、人死にが出たという話をよく聞かされたものだった。

「タツキは右手を長槍で突き刺して動けないようにするんだ。仕止めるのはオマール。お願いできますか？」

「わかった」

オマールが答えると、すでに皆が行動を起していた。タツキは、正直、自信がない。初めての経験だ。シャドーカラオケの摑みかたも、やっと最近覚えたばかりだし、ふだんは〝学校〟以外では、母親の農作業の手伝いが主で、猟にはあまり縁がない。

「心配するな。皆、最近は罠がかりしたカーペット・ビーフしか見たことはない筈だ。成獣ならやめさせるが、あのサイズなら大丈夫だ」

そうオマールはタツキに耳打ちした。

六人が散らばり、カーペット・ビーフを取り囲むと、ゆっくりと近付いていく。はっきりと視認できる位置でタツキは止まった。

そこでは、はっきりとわかる。まわりの草が風で揺れるのとは異なる方向に緑の苔が揺れている。もっとも、その緑の体表も保護色で周囲に同化しているにすぎない。タツキが知っているカーペット・ビーフの体表の色は肉についている褐色の皮膚なのだ。

皆がオマールを見ていた。彼の高くかざした手が振り下されると、チーム全員が弾かれたように跳躍した。

タツキも長槍を両手でかまえ力一杯に突き刺そうと試みる。しかし、一瞬遅れた。他の三人が突き刺した瞬間、カーペット・ビーフは球状になろうと身を縮めたのだ。タツキの槍は虚しく地面を刺していた。

「危い！」

そうオマールが叫んで、タツキを蹴った。

胸を蹴られて、数メートルも後方へ飛ばされた。起き上ったタツキが見たのは、オマールがカーペット・ビーフの上でとどめを刺しているところだった。

近付いてわかった。

タッキが突き刺した槍の付近の草はどす黒く変色している。カーペット・ビーフが消化液を放ったためだ。オマールがタッキを蹴り飛ばさなければ、タッキは頭から消化液を浴びて大火傷を負っているところだった筈なのである。

チームの歓声があがっていた。

カーペット・ビーフには小さな三角形の頭がついていた。正方形の中点部分迄細長い口があるのがわかる。解体されないカーペット・ビーフを、これほど間近でじっくりと見るのはタッキにとっては初めてのことだった。

大きいがつぶらな瞳をした獣だった。それほどに危険な液体で攻撃してくる獣には見えない。

はしゃぐチームの人々の後ろでタッキは惨めさに捉われていた。

自分は、コミュを守る任務についたというのに、ここでも力の差が、はっきりと現れている。

すでに、チームの足手まといになっているではないか。オマールに助けられて。

オマールと狩りに馴れているらしいイェルドが、カーペット・ビーフを手早く切り分けていくつもの肉片に加工し終えていた。

作業が終る。皆が手分けして蔓で縛った肉片を持つ。オマールが「さぁ、タッキも持つんだ」と肉片を渡す。

「すみません。役立たずで」

タツキはオマールに素直に頭を下げた。

オマールは、とんでもないというように、大きく手を振った。

「いや、あれでよかった。カーペット・ビーフ猟は難しいんだ。動きには必ず僅差が生じる。五人目、六人目の役割は、その遅れた者を助けることと、とどめを刺すことにある。だから、タツキがミスをしたとは誰も考えない」

「本当ですか？」

「ああ。それにマサヒロの息子を私がチーフのときに怪我をさせたとあっては、マサヒロに顔向けができないじゃないか。

カーペット・ビーフも成獣だったら、仕掛けたりはしない。七割の確率でしか成功しない狩猟はやらないよ。今回は、確実にやれると踏んだから、許可を出したんだ」

それはオマールの自信のようだった。

「それに、今回はカーペット・ビーフ狩りに来たわけではない。目的は境での防人だ。そんなことを気にする必要は、ない」

そうオマールが言ってくれたことは、ありがたかった。それが聞こえたのか、チームの他の連中もオマールに同意するようにうなずきあっていた。

イェルドが「俺が言い出したことなんだ。申し訳けない。任務とは関係ないんだから、謝るのは本当は俺の方なんだ」

そう言って、タッキに握手を求めてきたほどだった。ジミーもタツキの肩を励ますように二度叩いてきた。

そして、行軍が再開された。

草原から森へ入り、山を越えれば境《ボーダー》の筈だった。山頂の直下で一行は昼食をとった。遠景に海が見える。右も左も海だ。だが、正面は、山頂が霧に覆われた陸地が続いているのがわかる。

「あれが島なのか、遠くまで大陸が広がっているのかは、確かめられない。我々のコミュにある舟では、海流に妨げられてしまうから海からは近付くこともできないんだ」

オマールが、そう説明してくれた。

「人喰いって、どのくらいいるんでしょうか?」

「ん……」

オマールは、タツキの質問に、困ったような表情を見せた。

「いや……我々も伝聞形式でしか聞いたことはない。私も、現実には一度も〝人喰い〟は見たことがないわけだし」

「でも、防人に立っていた六人が一度に消えてしまったこともあったって聞きましたが。〝人喰い〟に拉致されて喰われてしまったという風に聞いています」

「そう。その前にも、消失事件はあった。だからこそ、防人の任務が発生したわけだがな」

その位置からでも、真正面に連なる山脈の全貌は、山頂を覆う霧のために知ることができないのだった。風も激しく吹きつけてくる。正面の山を覆う霧は、この地形の副産物のようなものらしい。

チームの一人づつが異口同音に、晴れて全てを現した姿は見たことがないと言うのだった。そのあたりから、ブッシュ・バードが子連れで走り回る姿を見かけるようになった。マフールが話してくれたことを思いだす。それで境までは、あまり遠くないのだろうなと考えた。

その推測は、はずれていなかった。

ジャンが、タツキの肩を叩き「疲れたか？　もうすぐだぞ。頑張ったな」と声をかけてくれた。

その言葉のとおりだった。

坂を下るにつれて頭上の樹々が少くなり、岩肌が目立ち始め、徐々に視界が開けてくる。植物の相も、海岸近くで見かける丈の低いものに変化していた。

オマールが立ち止まり「見えた」と言った。

崖の間に小屋があった。その位置は周囲の崖よりもかなり低い。そして小屋の先に、二人ほどの防人が立っているのが、点として見える。

坂をそれから十五分ほども下り続けて、平地に着いた。平地といっても、海に向かって穏やかな漏斗状の地形をとっている。雨水は集まり、小屋の横で海岸に向かって噴き出ることになるのだろうと思える。がれ場の広がりがそれを示しているのだ。

小屋に近付くと、小屋の向こうの地形も見えてきた。崖にはさまれたその場所は、谷底といえるのだが、そこは、海岸まで伸びていた。海を二つに分けてがれ場が向こうの陸につながっているのだ。それで、この場所が、向こうの陸との唯一の接点となることがわかる。

　左右の崖が切れる手前に丸太を組み合わせたゲートがしつらえてあった。向こうの陸から侵入しようとするものは何であれ、ここで食いとめるという固いコミュの意志が感じられる。だが、その丸太は苔むして腐食が始まろうとしていた。

　いつの時期に、このゲートは作られたものだろうか、とタツキは思った。腐食の進行がどれほどのスピードなのかはわからないが、この数年で設置されたものではないだろう。

「交替だ。チーフは？」

　オマールが小屋近くにいた若い男に訊ねた。

「ゲート向こうです」

「何？　何かあったのか？」

「四人がゲート向こうにいます」

　何が起ったのかという答にはなっていない。

「私はこの持場を守れと指示を受けていますので」

　タツキには状況がよく見えない。だが、ただごとではないということはチームの人々の表情の変化でわかった。

「チーフは、ジョン・Bだな」

「はい」

タツキは、その若者は自分より一つか二つ上かな、と思う。多分、自分と同じく初陣か、あるいは二回目の参加ということなのだろう。その頬の強張りをみても、緊張の度が伝わってきた。

「呼びましょうか?」

「いや、いい。事情がわからないが、様子を見てこよう。あまり大声をあげて気配を示すのは、得策じゃないだろう」

「わかりました」

オマールは、チームの連中に待機しておくように指示した。

「行ってくるから」

「用心してください」チェが思わず、そう声をかけた。

「こちらも、クリスを悲しませたくはないからな。無理はしないよ」

オマールは、そう言い残して、ゲートの向こうへ消えた。

残ったメンバーも、訊ねたいことはいろいろとあるらしい。若者はイェルドの知り合いのようだ。「ジャック。何があった。人喰いが出たのか?」

「わかりません。何か、いたみたいですが、人喰いかどうか。チーフが。ジョン・Bが……

ゲート前待機の指示を出して」

「じゃあ、ジャックは、何も見ていないのか?」

「はい……すみません」

オマールが、ゲートの向こうから戻ってくる。大男のジョン・Bと肩をならべて。

ジョン・Bは笑顔を浮かべていた。その表情を見て、状況が最悪の結果でないことをタツキは知った。

ジョン・Bはジャックに声をかけた。

「交替だ。がんばったな」

「はいっ」

オマールは、チームのメンバーに円陣を組ませた。

「夜明けに、近付いてくる影が三つ見えたそうだ。それからゲート向こうで警備についていたとのことだが。その影の正体についてはわかっていない。今は、その気配は消えたらしいが、万一のために、ゲート向こうでの警備を継続していたとのことだ。

よって、すぐに任務に就く。ゲート向こうに、三名。イェルド、私、チェ。そして、ゲート内にジャン。タツキとジミーは休憩をとること。二人づつ交替にする」

チームは小屋の中に荷物を置くと、それぞれの持場に散る。オマールは、カーペット・ビーフのカット肉を、半分ほどもジョン・Bに手渡した。

「来る途中で、たまたまでくわして仕留めたんだ。チームで分けてくれ。手土産にしたらいい」

ジョン・Bは嬉しそうに顔をほころばせた。

何故、最初の休憩を自分にとらせたのだろうと、タツキは考えた。気づかってもらうのは、ありがたいが、オマールは自分を戦力と考えていないのではないか、と少し不満に思った。まだ疲れてはいない。皆と同じようにすぐにでも防人の任務に就くことができるのに。

交代が終了したのか、任務についていた前のチームのメンバーがゲートの向こうから姿を現した。少々、疲れた様子はあるが、長槍を肩にかけてそこに両腕を垂らし、責任を果たして安堵した様子が見てとれた。

一人づつ、ジミーとタツキに声をかけてくる。

「後は頼んだからな」

「着いてすぐブッシュ・バードを仕留めたんだ。小屋の中の石室に入れてある。後で食べてくれよ」

「もう、気配はなくなったから、大丈夫だと思うぞ」

ジョン・Bのチームは、全員が整列し、チーフの激励を聞いていた。ときおり、どよめきがあり、それから拍手があった。

それから、タツキとジミーの方に手を振りながら去っていく。

「カーペット・ビーフは、ありがとうなぁ」

そう誰かが叫んでいた。

「おう」と手を振ったジミーが白い歯を見せてタツキに言った。

「あいつら、今日、エデンに帰りついたら、獄乱酒を浴びるほど飲むにちがいないぞ。もっとも俺も帰ったら、そうするつもりだがな」

タツキが落着かない様子でいることにジミーは気がついたようだった。

「タツキは初めてだから、ゲートの近くがどうなっているか気になるんだろう？」

「ええ」

「そうか。いずれローテーションで役目は回ってくるから、いやでも防人の警備位置はわかるようになるんだが……。休憩中はできるだけ休んでおいて、緊急時に備えておいた方がいい。だが、任務が急に来たときに戸惑わないことも必要だな。

見せておこうか。ゲートのあたりをな」

休憩時は、どのように過ごしていてもいいというルールのようだった。だから、防人の任についていない二人が、他のメンバーの様子を見ていることも自由だ。

「よし、ついて来な」

二人は、ゲートに向かってがれ場を下っていった。両側の崖は徐々に狭くなっていく。

ゲートの手前で、ジャンが声をかけて来た。

「どうした。休んでいなくていいのか？」

「ああ、タツキに向こうの様子を見せておいた方がいいかなと思ってね」

「そうか。ここからのぞいている分には、何も変ったことはないがな」

そう言ってジャンは顎の先でゲートの向こうの方を示した。

ゲートの左右に、人一人がやっと通れるほどの隙間がある。そこをジミーが抜け、それにタッキが続いた。そこまで近付いて、はっきりとわかる。タッキが想像していた以上に古くから作られたゲートのようだ。

ゲートの内側からしか見ていなかったのでタッキは、ぎょっとした。

ゲートの外側には、無数の人間の髑髏が飾られているのだった。

「これは……人間ですよね」

「そうだ。驚いたろう。無理もないよな。これは、本物の人間の頭だよ。〝ジャンプ〟してきたときに無数の人々の死体が転がっていたということで、そのときのものが使われているということだ。〝人喰い〟に、このゲートの先には、おまえたちが喰うものは、何もないぞ、ということを見せつけるために飾ったのだと聞いたことがある」

ジミーがそう説明してくれたが、タッキには、これを考えた人は、相当な悪趣味だとしか思えない。

風が強かった。

そこの位置からは、左右の海が水平線まで見渡すことができた。

滅多に飛ぶ姿を見せないブッシュ・バードが、風に乗り何匹も滑空しているのが見える。

そして、ゲートの向こうのがれ場は向こうの陸まで続いている。ゲートと海岸の高度差は数十メートルだろうか。確かにこの陸地と向こうの陸地が行き来できるとすれば、この場所しかないだろうと思える。ゲートの先の緩やかな坂を下り、海から盛り上った岩場を過ぎれば向こうの陸地の森になる。

確かに、隠れれば、こちらからは死角になってしまうだろう巨大な岩は、無数にある。そこに正体不明の影があったというのだろうか？

〝人喰い〟が岩蔭を伝って近付いてくるというのは不可能ではないようにタツキには思えた。しかし、どれほど近付いてもゲートを越えることは、無理だろう。

いくつかのポケット状になった岩場が坂の途中、ゲートの近くに点々とある。そのうちの三ヵ所に、メンバーが立っている。

一番近いポケットにオマールがいた。そしてイェルド。十メートル下方のポケットにチェ。

「ここまでが、エデンだ。そして、ここでエデンを守る」

ジミーが、そう言ったとき、彼は真顔だった。タツキは、うなずいた。その責務に熱いものが込みあげて来たような気がした。

思わずタツキは、左下方の岩場のポケットにいたチェに向かって叫んだ。

「チェさん、その足場は次の交替で、ぼくが守ります」

チェは、名前を呼ばれたことで、驚いて振り返っていた。それから、やっと意味を汲みとったようで「おう！　その意気を忘れないでくれよ」と叫び返してきた。

それから二人は、小屋へ戻り、食事の準備をした。ジミーが慣れた手付きで部屋の隅の室から食材を出し、泥のかまどに鍋をかけて皆の食事を用意した。

「最初の休憩で、俺が入っていたというのは、俺に食事の準備もやっておけということなのさ」

そうジミーは笑った。聞くと、ジミーは少年の頃、地球にいたときにはレストランの厨房でコックの見習いをやっていたという。だから、エデンでも収穫祭のときは、集会所で調理担当のボランティアスタッフとして引っぱり出されるそうだ。どうりで、妙に手付きがいい。タツキは、ジミーの指示どおり芋の皮剝きや、小屋の裏を流れる小川から、水運びをやらされた。

小屋の内部は、外観よりも予想外に広かった。部屋の奥には三段ベッドが四組あるし、中央には、十人ほどが会議できそうな卓が据えられていた。もちろんチーム全員が揃って食事ができそうである。だが交替でチームが防人にあたるとなると、ベッドがうまることも、テーブルに揃うことも任務中にはないのだろうなと、タツキには思えた。

ただ食事の準備をするには、少々換気は悪いようだ。入口とかまど上の窓を開けっ放しにしておかなければ煙が充満してしまうのは仕方がないのだろう。

かまどの近くに掘られた室の中には、予想外の食糧が貯蔵されているのに驚いた。干肉や穀物類が十分過ぎるほどにある。防人の任につけない人々の布施が、不定期に運びこまれているということをジミーが説明した。

「交替に備えて腹ごしらえしておこう」と、調理を終えたジミーの言葉に従い、タツキはジミー特製のシチューを食べた。他のメンバーが休憩に入ってもすぐに口に出来るように煥になったかまどの上に、鍋はかけられたままになっている。それに、焼きあげられたパンが、かなり多めにテーブルに積まれている。薄くて固めのパンなのだが、焼きたてでカリカリとして異様においしい。ジミーは「パンを人間が初めて作ったときの味に近いと思うぞ」とことともなげに言った。シチューも、昼に狩ったカーペット・ビーフの肉を使ったと言う。それが豪快な塊となっていくつも入っているのだった。とろとろの状態なのは「こつがある」と笑っていた。母親とは違う男の料理だ、とタッキは感激した。

ベッドの上で、うたた寝をしているところをタッキはジミーに起こされた。目を醒まして、見慣れない場所にいることにタッキは一瞬戸惑い、それからやっと自分は防人の任務で境にいるのだということを思いだした。

「陽が左の崖に落ちる。そろそろ交替の時間だ」

そうジミーが言った。それから、タッキの頭から足先を見て、奥に積まれていた毛皮を一つ持ってきてタッキに放って寄越した。ジミーが今、身につけているシャギー・ゼブラの皮と同じものだ。

「タッキの恰好じゃ、これから冷えるぞ。身につけておいた方がいい。エデンじゃ必要ないが、ここでは体温が奪われる。風が強くなるからな。少々機敏性は失われるが、風邪をひいてしまうよりはマシだろう」

「はい」

その毛皮を肩から羽織ると、確かに暑いほどだ。だが、ジミーがそう言うのであれば、必需品ということなのだろう。

小屋の外に出ると、ジミーの言うとおり、外気温が下がっていた。風も強さを増している。

ジミーが、無駄口を叩かない。放つ雰囲気も先ほどまでとは別人のようだ。

「俺がチェの位置を守ろうか？」そう言った。

「いえ、大丈夫です。チェさんには、ぼくが次はあそこを守ると宣言していますから」

「そうか」

ジミーは、タツキの意志を尊重するようにうなずいた。「だが、これだけは言っておく。気を抜くな。目を凝らしておけ。気配を感じたら叫べ。その岩場を守ろうと思うな。すぐに後退してかまわない。ゲートで守ればいいのだから」

「はい……。でも……気配ってあるんですか？〝人喰い〟の」

「〝人喰い〟かどうかは、わからない。だが、何度か、何やらわからない気配は感じたことがある。前のチームだって影を見たって言っていたしな。

ここいらは、スナークは出ないから、何か別ものだろうとは思う。あるいは形はなくても霊のようなものの気配かもしれないし、俺の気のせいかもしれない。ここで、何人死んでいるかも正確にはわからないが、霊が出たとしても不思議じゃないし」

「それ……幽霊……ってことですか？」

「あ、別に脅したわけじゃない。気にするな。そんなものは、科学的じゃないしな。でも、岩場で一人で立っていたら、そんなことも考えてしまうんだよ。

最初に、ここへ来たコミュの連中の一人が崖から向こう側へ転落死した。その死体は、他の連中が目を離した隙に消えていた。

その後、何人かが〝人喰い〟を目撃した。かなり前の話だがな」

チーム全員が消えた、という話もタッキは詳細を聞きたかったが、すでに、そこはゲートだった。

「ジミー・ムボンゴ。タツキ・タナベ交替します」

そうジミーが叫んだ。そしてタツキに囁く。

「次は三つ目の月が、消えるとき迄だ。それ迄は頑張れ」

声が三つ応えてくる。夕焼けの空が真紅に染まっていた。日没まで間がないことを知らせている。

タツキは、用心深く、チェのいる岩場へと下りていく。ときおり油断すれば吹き飛ばされるのではないかという風が吹く。危険を避けるためには両足と片手で足場を確保しながら下らなければならない。そのためには、右手に持った長槍と肩から掛けた盾が邪魔になってしまうのだった。

チェのいるポケット状になった岩場に着いてわかった。確かに、その場所は、下からの侵入者の防御には、最適の場所だった。

這い上ってくるであろう侵入者は、必ずその位置を通過しなければならないのだ。そして、その傾斜では襲撃をかける体勢はとれない筈だと思える。自分の身がすべり落ちないようにするだけで精一杯だろう。守る側は、その岩場から長槍を突き出すだけで任務を果せるにちがいないと思える。それを自分の目で確認して、随分とタツキは気楽になった。任務が終ってまたゲートまで這い登ることは大変そうだが。

たどり着いたタッキに、チェは嬉しそうにうなずいた。

「腹が減ってたまらなかったよ。ジミーの今夜のメニューは何だ」

チェがタッキに激励を残して去っていくと、その岩場は、一人になった。改めて、今、自分は防人の任務に就いたのだと実感が湧いてきた。

あるのは、岩場を走る風の音だけだ。周期的に奇妙な楽器のような音をたててやってきて、また突然に去っていく。

その位置から、首を伸ばしてみても、チーム仲間がどこにいるのかも見えることはなかった。

完全に一人ぼっちだ。もっと、恐怖感が湧くのではないかと思ったが、それは、まったくなかった。

太陽が沈んでいく。小屋からは見えない筈だと、ふと思う。コミュでは朝日が海岸から昇る場面は何度も見たことがあったが、海に陽が落ちていく光景を見るのは、タッキにとって生まれて初めての体験だった。

太陽が沈む瞬間に、水平線に赤い線が走ったかのように見える。目を奪われていたタッキは、あわてて視線を岩場の直下に移した。自分の責務を思いだしたからだ。

ジミーが言っていたことを思いだした。

何かの気配……と。

あたりは薄暗くなっている。だが、何の気配も感じることはない。

タッキは、このまま何の異変も起らずに交替の時が訪れるのを願うばかりだ。

チェが去ったときと、このときでは、見えるものがまるで違う。月こそ二つ上っているものの、夜目が利かないのか見下しても黒い筋が向こうの陸へ続いている径なのだとわかるくらいだ。

目を凝らしておけ、とジミーは言っていた。しかし、どれほど目を凝らしても眼下に広がるのは闇以外のなにものでもない。見えるのは、黒い海に当って反射する月光の波がしらだけ。その音さえも風に遮られてタッキの耳に届いては来ない。

この位置の守りには、自分は不適だったのではないかという後悔が湧いてくる。この役を自分から買って出たというのに。

見えないながらも、タッキは一所懸命に防人としての任務を果そうと努力した。

時は、驚くほど進むのが遅かった。二番目の月が中天にかかるのに、これほど時間がかかろうとは。しかも三番目の月は姿を現したばかりなのだった。

「タッキ！　大丈夫かあ」

ジミーの声が、どこからともなく聞こえてきた。気遣って声をかけてくれたのだと、タッキは思った。

「大丈夫です！」

「眠ってはいないな！　タッキ」

「大丈夫です。起きています」

そう答えてから、タツキは少し不愉快になる。自分は信用されていないのか、と。ジミーはタツキがひょっとして居眠りしているとでも考えたらしい。

「よおし、タツキ、その意気だ！　先は長いからな」

そして、再び静寂が戻った。

タツキは、油断なく下方の監視を続けているつもりだった。幾度となく海岸あたりから、坂にかけての岩場あたりまでを舐めるように凝視した。

暗い。見えない。月が三つに増えても変りはしない。

タツキは〝気配〟というものにも神経を集中させる。侵入者がやってくるとすれば、必ず、自分が守備についているこの場所に気配を示す筈だと。

そのとき、オマールの声がした。

「タツキ。注意しろ！　何かいるぞ！　影が動いた」

「はいっ」

大声でタツキは叫んだ。オマールが何かを見た。オマールは、地球にいたときは戦士だったと聞いたことがある。闇の中での戦いにも慣れていた筈だ。その彼が、そう言うのであれば間違いはない。

あわてて、長槍をかまえる。その長槍の柄が、後部の岩につかえる。盾を握る余裕さえない。無意識に父親の言葉で叫んだ。「誰だ」

どくん・どくん・どくん。

タツキは、自分の心臓の音がこれほど大きく鳴るとは考えてもいなかった。

岩蔭から身を乗り出し、目を皿のように見開く。

何も見えない自分が情けなかった。頬を潮風が刺す。下にあるのは、闇だけだ。小石一つ転がる音も、聞こえない。

なんで、今日なんだろう。なんで、今なんだろう。防人に立って何か起ったなんて、最近、聞いたことがないのに。

「さあ、来い！　さあ、来てみろ！」

タツキは口ではそう呟いていた。

長い長い張りつめた時間が過ぎる。

「タツキ！　異状はないか？」

オマールの声が聞こえる。

「はい。大丈夫です。今のところは」

「そうか、影は消えたようだ。安心していいぞ」

「はい」

オマールの言葉がありがたかった。それを聞いた瞬間、タツキの全身から空気が抜けていくような気がした。

危険が去った？

本当に何かいたのだろうか？

何も見えなかった。何も感じなかった。オマールの錯覚だった可能性はないのか？　昼間の交替の際に、影を見たという情報が意識下に残っていて……。

それから、また長い時間の後、次の交替になった。

「イェルド・フンパーディンク。交替します」

そう叫ぶ声が聞こえた。それに、「おう、頼むぞ」とオマールの声が答える。ということは、ゲート内の守りに、ジャンの代わりにチェが就いたということなのか、とタッキは思った。イェルドが、オマールの場所に入って、影を発見できるのだろうか？　いや、気配がなくなったからこそ、オマールは交替を許した。一抹でも不安を残していれば、オマールは交替を許さなかったのではないか、と思える。

斜面の岩場に静寂が戻った。

その交替を契機に、潮風が凪いだようだった。あれほど荒れ狂うような風だったというのに。

正確に静寂というのではなく、波が打ち寄せる音が、遠くでさんざめきのように聞こえてくるが、不安をかきたてるものではない。

風の音が、聞こえなくなると、不思議に心が落着いてきた。下の闇から視線を離す。

三つの月と、満天に広がる光点が見えた。星々だった。一つ大きく溜息が出た。

長槍を岩に立てかけたときだった。

タツキには、何が起ったのか、わからなかった。

真っ黒い何かが、タツキの足下に跳びこんできた。体勢をたてなおす余裕もなかった。

「わあっ」

タツキは、そのときだけ悲鳴をあげたと思う。足をすくわれた。次の黒いものが飛びこんできた。

激しい衝撃があり、そこでタツキの意識は途絶えた。

気がついたとき聞こえたのは、知らない言葉だった。人の声だ。

岩場ではない。地面の上に横たえられていた。

頭が痛かった。倒れたときに、岩場で頭を強く打ったらしい。

目を開くと、光が目に入る。眩しい。ゆっくりと身を起す。

男たちが、いる。

エデンに戻ってきたのだろうか？　ちがう。一人が、タツキを指差して何かを言った。知らない言葉だ。だが、その中で「……起きた《ウェークアップ》……」だけが、聞き取れた。

知らない言葉だが、ときどきわかる単語が混じる。「島の壁」というのは、自分がいた場所を言っているのだろうなと、思った。

男たちは、五、六人もいる。もの珍しそうに、タツキを見ていた。

森の中だった。ひょっとして、ここは向いの陸なのか？　と思う。他に考えられなかった。

ということは、この男たちが、エデンで話題にのぼる〝人喰い〟なのか、と直感で思った。

「おまえたちは、誰だ。ぼくを食べるのか？」

そうタツキが言うと、男たちは、きょとんとした目で見る。タツキの言葉が、理解できないらしい。

男たちは、服装もエデンの人々とは違っていた。素材はタツキが着ているものと同じく繭猫の毛を織ったもののようだが、デザインがもっと複雑そうだった。そして、染められた色が、エデンにはないものだった。鮮かな緑や黒っぽい色に変色する。特殊な染料が使われているようだった。

数人が、タツキの顔を覗きこむ。敵意は感じられなかった。言葉が通じないとわかったのか、あえて話しかけて来ようとはしなかった。

ただ、一人の同い歳くらいの、痩せた若者が、しゃがみこんで来て、笑いかけてきた。それから、タツキを指で差し、その後、タツキの背後を示した。

振り返ってわかった。

樹々の間から見えているのは、ゲートのある、エデンに続く向こうの陸地だったのだ。あそこには、オマールがいる。そしてチームのメンバーがいる。だが、防人に立っている筈の人々の姿も遠すぎて見えはしないのだった。

あそこから、ここまで自分は拉致されてきたのだということを、改めて確認していた。

それから、意外なことに、若者は、「誰だ？」と訊ねてきた。

「え？」

「誰だ？　おまえ。鬼か？」

タツキは耳を疑った。はっきりとわかる。それは、タツキが家庭内で両親との会話のときのみ使用する言葉だったのだ。

「タツキだ。君は？」

「ぼくは、マッサだ。おまえの名前は知っていた。夜、仲間にそう呼ばれていたからな。それに、吼えるときに、誰だ！　と叫んだろう。あのとき、ぼくは聞いたんだ。他の言葉はわからなかったが、誰だ！　だけはわかった」

「だから、ぼくをさらったのか？」

マッサは、うなずいた。

周囲の男たちには、タツキとマッサの言葉は、まったく理解できないでいるようだ。

「君たちは、人間を喰ったりするのか？」

タツキは、訊ねた。マッサは大きく首を横に振った。

「そんなこと、するわけないだろう。おまえたちこそ、無差別に人殺しをやるのは何故だ」

逆に、そう問い返してきた。

「人殺し？」

「ああ。聞いたことがある。随分前の話らしいが、〝通路〟から数人が登っていったときに攻撃してきたそうだ。理由もわからないままに。皆が逃げ帰ろうとしたら、武器を持って

〝通路〟まで追ってきた。それで殺し合いになって。我々は八人が死んだそうだ」

「じゃあ、そのときの防人は？」

「防人？」

「人喰いが侵入するのを防ぐために、ゲートを守っている」

「人喰いって、ぼくたちのことか？　おまえたちのことは、鬼って呼んでるぞ」

そう言われて、タッキは反論できなかった。

「鬼は、そのとき六匹いたらしい。六匹とも退治したと聞いた。鬼塚に皆、埋めたと聞いている」

「ぼくも鬼と思っているのか？」

マッサは、じっとタッキを眺め、それから首を横に振った。

「話とはちがうな」とひとりごとのようにマッサは言った。

「どうして、ぼくをこちらに連れてきたんだ」

しばらく、マッサは黙ってタッキを見ていた。それから言った。

「本当は、鬼に接触してはいけない。気配を悟られて刺激を与えてもいけない。それが、ルールだった。いつも、夜に〝通路〟までは偵察に出ていたけれど。本当はルール破りなんだ。おまえを連れてくること。鬼は、わけのわかんないことを吼えるばかりだけど、今日、初めて、わかる言葉を聞いたからなあ。〝誰だ〟って叫んだろう。あのとき、びっくりしたんだよ。鬼が〝誰だ〟って聞いたりしないと思ったからな。他の皆に話しても、なかなか信じてもらえなかった。だから皆に手伝ってもらっておまえに話しに行ったんだ。

だが、おまえは武器を持っていた。だから武器を使わないように、飛びかかったら、あんなことになった。仕方ないから、連れてきた」

「ぼくが〝誰だ〟って叫んだから連れてきたのか？」

「そうだ。ぼくは知っているが、他の仲間は知らない言葉だ。そして、今もぼくだけは、タツキの話はわかる。ひょっとして……日本から飛んできたのか？　上の……鬼は」

「日本を知ってるのか……？」

「生まれたのは、ここだ。でも、親から習った。両親とも日本人と言ってる」

マッサにタツキは親近感を持った。そういえば、外観もマッサはタツキによく似ている。

「逃げるなよ。鬼たちが攻めてきたら、ぼくは、仲間に申し訳けがたたない」

心底、マッサはゲート向こうの〝鬼〟に正体のわからない恐怖感を持っているようだった。

だから、自分たちの存在を悟られないように姿を見せずにいる。

〝鬼〟たちも、姿を見せずにいれば、攻めてくることはないのだと考えているようだった。

なんとか、自分が無事であることを知らせる方法はないだろうか、と思いを巡らせた。

「コミュは、どこにあるんだ？」

「コミュ？　町のことか？」

タツキとマッサは言うことが微妙に食いちがうが、それは十数年の文化接触がなかった結果であり、表現がちがうだけで、概念はかなり似通ったものであることは、わかった。

「町は、この近くにある。だから、タツキを一緒に連れて行くよ。ぼくの両親なら、もっと話ができる筈だから」

それから、マッサは周囲の男たちに、タツキのことを説明していた。男たちが何を言っているのかは理解できないが、いくつか知っている単語が現れたとき、やはり彼等が人喰いではなく、地球から〝ジャンプ〟して来た人々なのだということに確信が持てるのだった。

エデンの人々とは何も変ることがない。ただ、着ているものが微妙に異なるだけだ。コミュが違うだけで文化の発達にそれだけの差異が生じてくるということだろう。

マッサは、すでにタツキのことを鬼ではないのだと考えている。

「みんな言っている。とにかく、タツキを帰してはいけない、と。自分たちが、〝人喰い〟と怖れられているなら、それでいい。普通の人間だとわかれば、昔のように攻めてくるのではないか、と」

「だけど、コミュの皆は、ぼくのことを心配していると思う。両親にだけは、安全だということを知らせたいのだけれど」

それは、できない、と残念そうに、マッサは首を横に振った。

「ぼくが、仲間に鬼の言葉がわかった、と話したのが、まずかったかもしれない。なりゆきで、タツキをこちらに連れてきてしまったのだから。それは謝るよ」

タツキは、拘束されることは、なかった。それから、十数名のグループと共に、町へ連れていかれることになる。

そのグループも、タツキがエデンからレイバーディの防人として派遣されたのと同じように、鬼が下ってくるのを監視する責任を担っているようだった。やはり、当番制で。だが、エデンの防人とちがうのは、一切、身を隠しているだけ。鬼が下りて来ないというのを知っているからのようだ。

ただ、これだけは、タツキにはわかる。境《ボーダー》で、双方のコミュの人々は不幸な接触でスタートしたのだということが。どのようないきさつで、防人のチーム六人との殺し合いに発展したのかは、わからない。ひょっとすれば未知の場所の闇の中で疑心暗鬼が膨らみ、恐怖と化した結果なのかもしれない。そして、その結果は、時を超えて境《ボーダー》を禁忌の地として双方のコミュでは認識されることになる……。

だが……。

ふとタツキは思いつきを、マッサに訊ねた。

「鬼塚に六人を埋めたとき、向こうの陸にいる人々も同じ人間だとわからなかったのかなあ?」

タツキの横を歩きながら、マッサは、しばらく黙っていた。自分なりに考えているようだった。

「人の姿をしていても、殺意をもって攻撃してくれば、鬼だろう。ぼくは、そう思っていたし、そう聞かされてきているからな。タツキがあのとき叫ばなければ、ぼくもずっとそう思い続けただろうし」

　マッサの言うとおり、森を抜け坂を下ると畑が広がり、人々が農作業に精を出している姿が目に入るようになった。エデンよりも、畑は広く、栽培されているものもタッキが見慣れない植物もあれば、エデンでは一番多く見かける芋類がほとんどないことに気がつく。

　マッサのコミュで、自分はどのように受け入れられるのか、想像もつかなかった。囚人として扱われるのか。それとも鬼として。

「町にもうすぐ着く」

　マッサが言った。それから彼は列の先頭にいたグループの長のところへ走っていった。その後にタッキはマッサに聞かされることになる。

「まず、リーダーのところへタッキを連れていく。これまでになかったことだからな」

　タッキの不安な表情をマッサは見逃さなかった。

「大丈夫だ。ぼくが通訳で一緒にいるから。これで、向こうの鬼が鬼じゃない、ぼくたちと同じだとわかれば、ひょっとしたら交流が出来るようになるかもしれないじゃないか」

　マッサは楽天的だった。だが、タッキにとっては、生まれて初めて足を踏み入れる異国でしかないのだ。

　そのときのタッキに町との交流なぞ、考える余裕さえなかった。

誓いの時間

町で、自分がどのような扱いを受けるのか、タッキにとって不安はあったが、それでもマッサという同世代の若者と言葉が通じるということは、ずいぶん気持ちの上では救いになった。

マッサは、仲間たちからタッキのことをかばっていたようだということがわかる。

「町に行くまで、暴れたり逃げたりしないと、約束してくれるか？　そしたら、拘束しないように頼める。ぼくが責任を持つとリーダーに言うから」

マッサは、そう言った。それまでも、タッキの前で、わからない言葉でリーダーらしい男とマッサが交わしている会話の雰囲気からマッサが自分を守ろうとしていることをタッキは感じていた。

「町に連れて行かれて、奴隷にされたり、懲罰を受けたりすることはないのか？」

「人を殺したりしたら、追放の処分は受けることがあるけれど。同じ人間だから、罰をうけることはないと思う」

その言葉にどれほどの信憑性があるかはわからなかったが、タツキにできることはマッサを信頼することだけだった。

根をたどれば、彼らも地球から〝ジャンプ〟したときに、着地した場所がほんの少しずれただけの同じ人類なのだ。

「変な真似はしないよ。マッサに迷惑がかからないようにする」

そう約束すると、マッサは破願した。

おかげで、町までの道をタツキは先頭近くをマッサと歩かされはしたものの、縛られたりすることはなかった。

町へ確実に近付いていることは、道の脇に積まれたケルンとその近くに置かれた人形の数が増えていくことでわかった。石で彫られたり、木片を組み合わせたりした人形だった。エデンのコミュでは、あまり見ない風習だった。森の風景は、それほど大きな差は感じないのだが、それだけでも集団の文化にちがいがあることをタツキは感じていた。

「あの人形たちは、何なんだ？」

マッサが「まじないだよ。ここに飛んできた頃に作ったらしい。鬼よけの意味があるらしい。いつも見ているから、別に何も感じないけれどね」と教えてくれた。

「鬼か？　鬼ってぼくたちのことなんだろうな」

「いや、安全を脅かす、すべてを言うと思うよ」

　タツキにしてもゲート向こうにいる存在を人喰いと信じていたのだから、どっちもどっちだ。

　森を抜けると、海が見下ろせる道を歩く。その風景は、エデンの近くと変りはない。ただし、それから再び一行は森へ入った。森を進むと川に出た。

　そのとき、マッサが駆け寄ってきて、タツキに言った。

「さっき、人形は鬼よけだろうと言ったけれど、ちがうんだってさ。先代たちが地球から〝ジャンプ〟してきたときに、着地と同時に亡くなった人が沢山いたみたいで、その人たちを弔《とむら》うために、その頃作ったそうだ。思い違いしていたみたいだ。ごめん」

　マッサは、誰かに人形の由来を確認してきたようだ。タツキに言ったものの自信がなかったのだろう。マッサは見かけ以上に正直ものだと、タツキは感じてしまった。

　川上へと向かって一行は歩いていく。上流に登るに従い川幅は狭くなるが、それでも、飲料に適する程の清流に変化していった。

　森の向こうが、農地だった。エデンでは見たことのない種類の植物が風に揺れていた。

「もうすぐだ」とマッサは言う。

「この植物は、何を植えてあるの？」

「米だよ。ラ・イ・ス！」

　タツキは、米という食べものについては耳にしたことがある。両親から、地球にいたときに食べていたもの、という話題が出されることがある。そのとき、必ず出てくるのが、米だ。

米で、ご飯を炊く。それで作るのが、オニギリだということだった。懐かしい。もう一度、食べてみたいものだ。そう漏らしていた。

「米って、タッキのところには、ないのか?」

「ない。この星にあったのかなあ?」

「いや。地球から飛んでくるとき、誰かが籾《もみ》を一摑み持ちこんでくれたらしい。それを殖やして、ここまでになったんだと聞いた。これ、稲って言うんだよ。稲の先端に出来るのが米だ。この星の土は、稲の生長には適しているんだって。地球よりもうまくてでかい米が穫れるんだ。いや、教えてもらったことなんだけれど」

緑色の稲は、川のほとりに一面に植えられている。まだ収穫の時期には程遠いようだ。あたりに人の姿は見あたらない。ただ、風が吹くと、その風がまるで生きもののように、稲の先端を押しながら走っていく。

タッキは、そんな見知らぬ土地にいながら、何故かその風景に懐しさを感じている自分に気がついた。稲という植物を目にするのも初めてだというのに。自分の身体の中に流れている血が思い出させるのかもしれないなと、思ってしまう。

「あそこだ」とマッサが指を差した。「あそこが、ぼくたちの〝町〟だよ」

そこに見えるのは垂直に切り立った平面状の岩壁だった。途方もなく大きな岩壁だ。その裾だけでも何キロも続いているにちがいないと思われる。岩壁の上部は緑の植生になっていた。遠くからでは細部はわからないが、密林状態なのではないだろうか。

地殻変動によって、その部分だけが垂直に持ち上げられたのではなかろうか。タツキが連想したのは、〝巨大な霜柱に持ち上げられた大地〟だった。

「あの岩壁の上に町はあるのか？」

そうタツキは訊ねた。マッサは首を横に振った。

「いや、あの岩壁の下に町がある。岩壁の上には誰も行けないよ」

「岩壁の下？」

「ああ。雨が降ってもかまわないし、何よりもナイトウォーカーに襲われる率が少ない」

「ナイトウォーカー？」そう、訊ね返した。恐ろしい怪物のように聞こえる。

「そう。闇夜にやってくる怪物だよ。周期性があるから、だいたいやってくる時間はわかるんだが、それでも時々、何人かづつ犠牲者が出る。細長い蔓《つる》のようなものに人をくっつけてさらっていってしまう。かなりでかい怪物らしいんだが、夜しか現れないから、どんな姿をしているかは、はっきりとわからないんだ。鬼の方では……あ、ごめん。タツキが暮らしている場所にはナイトウォーカーはいないのか？」

タツキは、マッサの話を聞いていて思う。ナイトウォーカーと呼び名はちがうものの、あれと同じではないか？

「町は、海からどのくらい離れているんだ？」

不思議そうに、マッサは眉をひそめた。

「迂回して町へはたどり着くんだが、直線では一・五キロくらいしかないと思う」

「それ。海から来るんだよ。たぶん。ぼくたちは、それをスナークって呼んでる。定期的にぼくたちはスナーク狩りに行くんだ。だからぼくたちのコミュにはスナークは出ない」

タッキが、そう伝えると、マッサは目を丸くした。信じられないように。

「それ、ナイトウォーカーか？　ナイトウォーカーを退治するのか？　どうやって」

「昼間は活動しないから。そのとき、巣を襲うんだ」

しばらくマッサは、目を見開いたままタッキの顔を凝視した。それから、腹の底から絞り出すような声で「すげえ！」

それから、ちょっと待っててくれ、と列の後部に走っていった。

それが合図のように一行は立止まった。やがて、リーダーと、もう一人の男を連れてマッサが戻ってくる。リーダーともう一人の男は、タッキを見据えていた。それから意味不明の言葉で何やら訊ねてきた。

「ナイトウォーカーのことをくわしく話してくれ、ってさ。タッキが知っていることを教えてよ」

タッキは、父から聞いたスナークの恐ろしさを思いだし、聞いたとおりのことを話した。それから、コミュでやっている定期的なスナーク狩りがどのように行われているかを告げた。それをマッサが、その都度彼らの言葉に翻訳する。リーダーたちは、そのたびに頭を振ったり顔を見合わせたりした。それが彼らにとって未知の情報だったことは、容易に推測できた。

タッキがスナーク狩りのときの一日を語り終えると、リーダーは大きくうなずき、タッキの肩をぽんと叩き、マッサに何やらを言い残して列の後方へと戻って行った。再び前進が始まる。

マッサは機嫌の良さを隠せずにいた。

「おい、タツキ。お前もぼくもぐんと株が上がったぞ。皆、あまりナイトウォーカーの話はやらない。あれは災厄だからな。禁忌なんだ。どうにもならないことだから、ということになっている。でも、タツキの言うとおりにやってナイトウォーカーを防げるようになれば、タツキとぼくのおかげということになる。これは、ちょっと凄いんじゃあ？」

タツキは、自分が話した情報が、予想以上に、マッサのグループにとって有益なものであったらしいことをあらためて実感していた。

「いまの話で、タツキは町でもそんなに非道い扱いを受けることはないと思う」とまでマッサは言った。裏を返せばスナーク狩りの話題が出なければ、ひょっとして奴隷扱いされていたかもしれないと思ってしまう。

垂直な岩壁が目前に迫った頃から、道は広がり、人々と出会うようになった。町の住人たちだろう。手押しの荷車に食べものを積んでいたり、農具らしきものを肩にかついでいたりする。人々は、この町の防人《さきもり》のグループに挨拶の声をかけてくる。その様子はエデンの人々と大きく変ることはない。穏やかな笑みを浮かべて、かける言葉は正確にはわからないがねぎらいだろう。服装こそ異なる。エデンでは、ほとんど服に染料を使うことはない。純粋に繭猫の毛の色の服だ。しかし、ここでは、数種類の明るい色が使われていた。防人の役の人々は緑や黒っぽい色に変色する特殊な服を着ていたのだとわかる。侵入者から目立たないような保護色の特殊な服だったのか、とタッキは思った。

そこを除けば、言語はわかりづらくても、同じ地球人の血が流れている人々なのだ。仕草や態度が大きくちがう筈もない。

やがて、視界が開け、マッサの言う〝町〟の全容が見渡せた。マッサの言った「岩壁の下に町がある」という意味を初めて実感できた。

想像を絶するほどの巨大な岩壁の底部の位置に、これまた巨大な楔《くさび》を打ちこんだように地面と平行な亀裂が続いている。遠目から見ると細い亀裂にしか見えないが、その亀裂の間に木材が無数に組みこまれていることがわかる。亀裂の深さは、知ることができないが、かなり奥行きがあるであろうことが想像できた。タッキの位置から、その亀裂の周囲にいる人々の姿も見ることができたが、まるで、豆粒ほどのサイズでしかない。

近付くにつれて、徐々に亀裂という印象から巨大な洞穴の入口としか見えなくなっていった。少しづつ〝町〟の規模が実感として湧いてくる。確かにそこは亀裂の中に広がる〝町〟なのだ。

「まず、全員で役場へ行く。それから〝通路〟の状況を報告する。いつもなら、それで終って解散になるんだが、今回はタッキを連れて来ているからなあ」

そう、マッサは言った。タッキだけは〝取り調べ〟を受けるということなのだろうか？

何もなしに〝町〟が受入れることは、まずありえないとは思ったが。

　それから、話題を変えてマッサはナイトウォーカーの話をした。岩壁でさえぎられてはいるものの、時おり何かの拍子に触手がかなり深いところ迄伸びてくることがあるらしいと。そんなときは犠牲者が増えるのだと言った。

「いつもは、こんなに沢山の人が出迎えはしてくれない。誰かが、〝通路〟の先の鬼も一緒だって知らせに走ったのだろうな」

　道の両脇の離れた場所からも視線を注がれていることに、マッサは、そう解釈していた。〝役場〟は岩壁下、町の中央部にあった。他の建物よりも丸太の組合せの密度が凄い。底部は切り出して装飾された石もならべられていた。その前には、手押し車が何列も並べられていた。

　マッサたちは、役場前のテラスで待機する。しばらくすると、痩せた三人の年配の男たちが室内から出て来た。

　マッサたちはリーダーらしい男を中央にして、あわてて整列した。タツキは、マッサの前に立たせられる。

　リーダーの報告とともに、三人の年配の男たちは、興味深そうにうなずきながら、タツキに視線を向けた。その中で、確かにナイトウォーカーという言葉が混っているのがわかった。中央に立っていた年配の男が、張りのある声で短いスピーチをやり、それから解散になった。儀式は驚くほど簡単だった。

　リーダーが、タツキとマッサの肩に手を乗せ、そのまま年配の男の目の前に連れていった。

マッサが「町長に挨拶しろということだと思う」と言った。タッキはうなずく。ここでじたばたしてもどうにもなりはしないと覚悟はしているのだが。

町長は、その場を動かずにタッキが近付くのを待っていた。顔中が白い髭で覆われているが、頭頂部はそれに反してかなり薄い。

背は高いが、細身の身体だった。背筋は伸びているから、見かけよりは年齢が若いのかもしれない。学者みたいだ……とタッキは思った。ただ、その表情からは何の感情も読みとれない。

リーダーやマッサと町長は言葉を交わし、何度かうなずいて、それから、ややたどたどしい言葉でタッキに町長は言った。

「じゃあ、中で話しましょうか」

タッキは驚いていた。マッサと同じ言葉を町長は使えるのだ。

「は……はい」

そう答えたタッキの目を町長はじっと見た。それから、数度うなずき、リーダーに何かを伝えた。リーダーも、イエスと答えると、タッキとマッサの肩を叩き、去っていった。

町長に、大丈夫だと言われたようだ。

マッサが「ぼくは付き添いだってことで、一緒に行く」とタッキに言った。「タッキのことは、信用していいって町長は言ったから。そうなのか」と笑顔を浮かべた。

タッキは役場に入る前に、頭上を見上げた。岩の天井はかなり高い。十数メートルはあるだろう。その岩にかなり近い高さまで役場の建物はあった。

役場の中では十数人が忙しそうに働いている。カウンターの前には、町の人々が立ち、役場の職員が、それぞれに応対している。

町長は、カウンター横から入り二人を手招きする。タッキとマッサは、町長が案内した部屋に入った。そこは町長の執務室らしかった。大きな窓から光が入る。部屋は十分に広い。窓際に、町長の机が置かれていた。そして部屋の中央には十数人が座れそうな円卓が据えられていた。

円卓を町長はすすめた。タッキとマッサが腰を下ろす。町長はマッサの隣に座った。

「町長をやらされているヴァン・ライアンといいます」と言った。「言葉は大丈夫だね？」

と。

「ええ。でも、どうして父からならった言葉を御存知なのですか？」

「私が町長をやらされている理由も、そこにあるんだと思う。別に、自分では町長という器とは思わない。選ばれて仕方なくやっているといったほうがいい。タッキの両親は、日本から来たんだね。だから、日本語は家庭内の言葉なのかね？　そちらの町……での公用語とはちがうんだね」

「ええそうです。皆、コミュ内で話すときはまたちがう言葉です。いろんな言葉が、ごっちゃになった。でも、イエスとノンだけは同じみたいです」

そう話しながら、タッキはヴァン・ライアンと名乗る町長にコミュのことを詳細に告げていいのだろうかと迷っていた。

その様子は町長も敏感に感じとったらしい。

「安心してかまわない。私たちの町が、タッキのコミュを襲ったりということは、まずやるつもりはない。今、この町は、この町だけで何とか自給自足できる段階までこぎつけているし、自分の町のことだけで精一杯なんだよ。ただ、タッキたちのコミュの様子がわかれば、知っておきたい。そんなところだ」

そう町長は、タッキに言った。外で防人の連中に謁見したときには伝わってこなかった人間らしさが、この部屋に入ったときから、感じられるようになっている。

「町長は日本人じゃないですよね。どうして、言葉が通じるんですか？」

それはタッキの素朴な疑問だった。接触のない集団の長に、そんな不躾《ぶしつ》けとも思える質問ができることに、タッキは自分でも驚いていた。

「それが、私が町長に選ばれている大きな理由の一つのような気がするんだよ。私は地球にいるときに、外交官の仕事をやっていて、方々の国を回ったんだ。運がいいことに、どうも言語能力が発達していたわけだ。それで、普通の人たちよりも喋れる言葉が多い。すると、ここに来てからは、自然と私のところに情報が集中するようになった。それぞれ、さまざまなことを相談するには、やはり使い慣れた言葉で語ることが、一番のようだ」

そう言って、町長は肩をすくめる仕草をした。そのときの町長の表情には、人間らしさというよりも、目を細めた人なつこさが表れていた。

「だから、町長の仕事が回ってきた。本来、私には人を導く役割をこなすスキルには欠けていると自分には思えるのだが。皆から請われるから続けているだけだ。幸いに、今までは、皆がこの町を人間らしく回していくことに必死で、協力し合うことを最優先に考えている。それで私でもスムーズにこの役職が勤まっているというわけだ」

タツキは不思議だった。何故、初対面の自分に町長はあからさまに自身のことを話してくれるのか。町長は、何でも訊ねてかまわないという様子だ。まだタツキは何も語ってはいないというのに。

「この町に切迫した危機というものはない。危険性のある動物や植物の特性もあらかた解明ができている。あとは不定期に襲ってくるナイトウォーカーの脅威くらいのものだが、それは、襲ってくるだいたいの法則までは摑めているから、絶対の脅威というものではない。防ぐことができる脅威だ。だが……さっき、タツキのところではナイトウォーカーの習性がわかっていると聞いたが」

「ええ。さっき、そのことについては話をしました」

町長はうなずいた。

「そうか。脅威はまったく消えてしまう方がありがたい。貴重な情報だったな。礼を言うよ。数日中に、探索隊を出すことになるだろう。この地形に町を建設しているのも、ナイトウォーカーからの自衛という点だけだからな。脅威が完全に払拭されれば、町もこの岩穴から抜け出して拡がることができる。いずれ、人口が増えてくれれば、この岩穴だけでは収容しきれない時期が必ず来る筈だったから」

「はい」

「おかげで町は、より住みやすくなるわけだ」

町長は、あくまで満足そうだった。「そんなことで、私ごときにも町長が勤まるのかもしれない」

つまり、他の点では、平和的な町だということなのかと、タツキは思う。

「ぼくは、元のコミュに帰ることはできないのですか?」

タツキは、そう訊ねた。町長は即座に大きくうなずいた。

「私たちは、タツキのコミュのことは何も知らない。それに私たちは、皆、平和的でそのうえ憶病者揃いときている。私たちが何も知らないこの星へ飛んできて、どれほどおどおどと脅えながら暮らしていたと思う。憶病だったから、これまで生き延びてこられたんだよ。今、君をコミュへそのまま帰せばどのような結果を招くのか、判断がつかないんだよ。現時点では、〝通路〟から先へは誰も行ったりしない。鬼しかいないからね。元は人間だったかもしれないが、狂暴な集団かもしれない。私たちのことをくわしく知ったら、その集団が町を襲うことを考えないとは言えないだろう。だから、用心のためには、君を帰すわけにはいかないのだよ。これからは、この町での生活を考えた方がいい」

「そんなことは、ありません。ぼくたちのコミュで他所のコミュを襲うってことは、まずないと思います」

町長は悲しそうに頭を振ってみせた。

「少なくとも、タツキよりも私の方が長い時間生きてきたようだ。その間に、少しは学んできたことがある。これは知識というよりも、経験の世界のことだがな。人間というものは、自分でも理解できない行動をとってしまうことがある。すべてよき方向に動くと信じて行動していても、結果はまったくちがう事態を招いてしまうこともある。そんな矛盾を内包しているのが人間というものなのだよ。タツキがコミュに帰れば、どのような妄想の連鎖を起こし悲劇を招くかもしれない。その少しの可能性でもあれば、芽は摘んでおきたいのだ。だから、このまま帰すわけにはいかない」

町長は、それが意に沿わない申し訳ないことだというように話すのだ。悲愴な表情を浮かべて。

「でも、タツキのことは、一緒に行った人たちは、皆、知っていますよ、タツキが鬼の一人だって思う。だったら、皆、〝通路〟の向こうのことを知りたがるんじゃありませんか？町の人たちは、皆、〝通路〟の向こうに、興味を持つと思いますよ」

マッサが、そう口を挟んだ。町長は大きくうなずいた。マッサの言うことも、もっともなのだ。防人の任に就いていた誰かの口から町中にタツキのことは伝わるだろう。いや、すでに町中のニュースとして、タツキの話でもちきりかもしれない。

「そのときは、私の口から皆に伝えよう。タツキは鬼のところから逃げてきたと。〝通路〟の向こうには、タツキたちのように少人数が地球から到着してはいるが、皆、隠れ住んでいる。鬼の目を逃れて、と。タッキから聞いた話だと。よく考えれば、おかしいと思うかもしれないが、とりあえずは納得してくれるだろう」

「ぼくたちのコミュもまとまっているんです」

我慢できずに、タッキはそう漏らした。

「こちらの〝町〟みたいに、米はないんですが、ポグ芋を作ってます。皆で定期的に猟に出たり……。繭猫をペットにしたり。岩穴の中じゃなくてズラバブの家に住んでいます。リーダーがいて、色んなことを決めています。不安なことというのは、ゲートの向こうからやってくる〝人喰い〟のことだけなんです」

タッキとしては、自分のコミュについて話すことは、自分のコミュにとって不利益につながるのではないかという迷いも少しはあった。だが、自分たちのコミュが、〝鬼〟ばかりだと思われるのは心外だという思いもあったのだ。

「うん。タッキの言うことはわかるよ」と町長は言った。「だが、コミュの人々がまとまっているのは〝人喰い〟のおかげだ、と考えたことはないのかね」

「えっ？」

タッキにとって町長の言うことは咄嗟《とっさ》にはわからなかった。いったい、何を言っているのだろうと、思ったほどだ。

「〝人喰い〟がゲートの外にいるから、コミュの人々の気持ちが一つになれる。そのような効果もあるということだよ。それは、私たちにとって通路の向こうから、いつ攻めてきてもおかしくない〝鬼〟に備えなければならないという気持ちに通じている。

これは一つの真理だと思うのだが、集団において、その結束を高めようと思ったら、その集団外に共通の敵を持つと効果がある。私たちの場合、その仮想敵は通路の向こうにいる〝鬼〟たちだ。そして、タツキのコミュの人々にとっては私たち……人喰いと言ったかね……。

鬼たちはいつやって来るかわからない。どれほどの力を持っているかもわからない。そして私たちは仲間を守らなければならない。武器らしい武器は、ほとんど用意できていないというのに。と、すれば、私たちにできることは結束を強めることしかないではないか。町の中でのおたがいのトラブルは避け、仲間のことのために協力し合う。助け合う。

そういう意味で、タツキのコミュは私たちの町に貢献してくれているのだよ」

町長は、少し笑みを浮かべた。それは、やや悪戯っぽい自嘲的な笑みだった。だが。そう言われると、タツキとしては返しようがない。

もしも……。もしも自分のコミュに……たとえばマッサが入りこんだとしたら。やはり、同じ論理でマッサを帰さないということになるのだろうか？　リーダーたちも、同じ判断をするというのか？

タツキには、その答が出せるはずもなく、黙りこくるしか道はなかった。

町の人々を束ねるためだけに、仮想敵をコミュの人々に押しつけるしか方法はないのだろうか？

「私の年齢からいっても町長の在任期間は、そう長くはないだろう。次の町長は、またちがった判断をするかもしれない。そのときにこの問題はまた検討すればいい。ただ、私の在任中は、そのようにお願いする」

タツキが、マッサを見ると、マッサは申し訳なさそうな表情でタツキを見ているのだった。自分の行動が、結果的にタツキの自由を束縛することになったという罪悪感にさいなまれているらしい。

そのときだった。

「入ってかまわないか?」と声がした。部屋の外からだ。野太い男の声だ。言葉はタツキにもわかる。マッサが、顔を上げ目を輝かせた。

「父さんだよ」とマッサが言った。どうりでタツキにも言葉が通じるわけだ。

「ああ、どうぞ。マッサもここにいるよ」

町長は、立上がり入口の方に手招きした。あわてて、マッサとタツキも立上がる。

中背の黒髪の男が入ってくる。それから、タツキの前で立止まり、頭から爪先までを舐《な》めるような視線で見回した。

「鬼が一匹来ていると聞いたんでね。息子が関わっているような話だったから、これは見過ごすわけにはいかないな、と寄ってみた。助役からは、だいたい話は聞いてきたから大丈夫だ。息子とは言葉が通じると聞いたから、よもやと思ったが、……会って成程だ。だから、今も日本語を使って話している。

私の言うことがわかるんだろう」

そうマッサの父親は言った。

「わかります」

タツキが答えた。

「鬼にしては、やさしそうな顔立ちだな」

タツキは、それにどう答えたものか迷った。それは町長に対しての皮肉のようでもあった。「彼は鬼じゃない」と外の景色を眺め、顔をこちらに向けずに町長は言った。「通路の向こうに着いていた少数の地球人の一人だ。マッサが、たまたま通路近くで鬼に襲われていたタツキを救い出した。そうだね。二人とも」

タツキとマッサは、ぽかんと口を開け、顔を見合わせた。

「そういうことだ」と、マッサの父は眉をひそめ、うなずいていた。「日本語が話せるのはこの町でも、三十人ほどしかいない。ということは、この子も私が近くで面倒を見るということになるのかね」と町長に問う。

「マッサが、連れてきたんだ。しばらくは、そうした方がいい。仮想敵の発想を最初に言い出したのは、トモ。あなただからな。タツキは、自分の居場所へ帰りたがっているが、許すことができないその責任の一端はあなたにあるんだからな」

マッサの父親の名が、トモということは、そのときタツキは初めて知った。トモは大きく肩をすくめてみせた。

「じゃあ、タッキは、うちで過ごすのか」とマッサは、声を弾ませた。

「二人は、まだ役場で調べることがあるのかね」

「とりあえずは、ない。必要なことがあれば、また来て貰えばいい」

そう町長は答えた。その判断の大らかさに、タツキは驚いていた。もっと大人数で訊問が行われても不思議ではないと考えていたのだ。ただ、ぼんやりと、この〝町〟の社会構造が予想よりも原始的なまま機能しているのだということは、わかった。それは、これまで属していたコミュでも似たようなものなのだが。それだけ、〝町〟が平和に経過している証しかもしれない。

マッサの父親にうながされて、二人は席を立った。うなずく町長にタツキは深々と礼をして、役場を後にした。

外へ出ると、やはりタツキは頭上に広がる岩に圧迫感を感じていた。トモとマッサは、タツキの両脇を歩いていたが、気にしている様子はない。ここで生活を続けていると、見慣れた光景として気にならなくなるのかもしれないと思う。「そこだ」とマッサが指差す。役場から目と鼻の先に、突き出た岩壁があり、その壁に接するように丸太が何本も組まれていた。建物の一部のようにも見える。そのぽっかり開いたところが、マッサたちの住まいだとわかる。これだけ役場から近ければ、必要なときに来て貰うという町長の言葉もわかった。

「さっき、丁寧に礼をしていたが、あれは、あちらでは皆、やるのかい?」

そうトモが訊ねた。

「いえ。でも、年長に敬意を示せと父は言ってましたから。頭を下げて。別に意識してというわけではありません」

「やはり、躾けられたんだよ。両親とも日本人だったんだろう？」

「はい」

そうタツキが答えると、嬉しそうにトモはうなずいた。

中に入ると、そこは、岩壁の中だった。自然の空洞を利用し、室内に板を張って住みやすい工夫がなされている。その空洞は奥へ続き、いくつもの部屋に分かれている。蟻の巣に人が住んでいるようなものだ。天然の空洞の状態に長年かけて改造が加えられてきたようだ。光採りのために岩には外に向けていくつかの穴が穿《うが》たれて窓となっている。

トモは右手に持っていた肉を奥に置きに行くと、「私は、ちょっと寄り合いに出てくる。ナイトウォーカーのことで話し合いがあるらしい。夕方迄休め。あまり睡眠をとっていないのだろう。とりあえずマッサがかまわないならマッサの部屋で彼も休ませればいい。皆には、夜に紹介するから」とマッサに言い残して出ていった。

そこで、タツキは気が抜けたのかもしれない。トモが再び出ていくと、その場にへたりこんでいた。疲労が限界に近かったのだ。気が張っていたからこそ、やっと立っていられたのだと思う。見も知らぬ異国で未知の人々の間で過ごしていたのだから。

「おい、眠るならぼくの部屋へ来い」

マッサに言われて、ようよう立ち上った。後をついて岩に取りつけられた梯子を登ると、人が五、六人ほどくつろげるほどの空間になっていた。その隅の窪みに干し草が山のように積まれていた。それがベッド代わりのようだった。広い布をマッサはその上にかぶせた。

「母さんが、用意してくれていた」

マッサは感激して、そう漏らした。

「用心のためだ」ナイトウォーカー除けだと言って窓にぶ厚い板を張りつける。「夜まで目が醒めないかもしれないしな」

それから干草ベッドの上にマッサは横になる。「遠慮しなくていいぞ」とタツキに声をかける。タツキも干草の上に横になり、まだ見ぬマッサの母親に感謝した。

太陽の匂いがしたような気がしたが、すぐにタツキは深い眠りに沈んでいった。

マッサが返事をする声で、目が醒めた。

夢はまったく見なかった。それ程に熟睡したのだろう。

意識が戻ったタツキは、今、自分が、どこにいるのかわからなかった。見覚えがない。

そして、やっと自分は〝町〟のマッサの部屋で眠っていたことに気付く。

身を起すと、部屋に登ってきた梯子のあたりが、ぼんやりと明るいだけだ。

「まだなの？」女性の声がする。

「わかったよ」とマッサが答える。マッサはタツキを手招きした。

「食事だ。皆、揃っているから、タツキも一緒に」

そういえば、下の方で波の音のように聞こえていたのが、人々の声であることに気付く。

マッサが梯子を下りるのに続いた。

マッサは玄関とは逆の方向に歩く。すると、広間に着いた。

全員がいっせいに、タッキに視線を向けた。十数人ほどが二つのテーブルに座って食事をしていたのだ。

「おお。来たな。みんな、彼が、さっき話したタッキだ。我々と同じ日本人だ」

左のテーブルの中央にいたトモが立上って、タッキを皆に紹介した。タッキは直立して深々と頭を下げた。「よろしくお願いします」

すると、それぞれが立上り、タッキに近付き挨拶してくれる。笑いながらタッキの肩を叩いたり、握手を求めてきたり。

それぞれ、自分の名を名乗るのだが、とても一度に覚えられる筈もない。だが、共通してこの人たちにタッキが感じるのは、ある種の懐かしさだ。コミュにいる筈の両親と同じ匂いを感じる。

言葉は、この町の共用語と、タッキにもわかる日本語が混じりあって飛び交う。

すすめられた席に着くと、隣にマッサが座った。食べものが目の前にならんでいるが、タッキにとっては初めて目にする料理ばかりだった。素焼の茶碗には白いものが盛ってある。それが米を炊いた〝ご飯〟であると、マッサに教えられた。町に入る前に見た田園の風景をふと思いだす。そして何かの木の実の殻で作ったらしい椀にはスープが入っている。

「味噌汁だ」とマッサが言う。

卓の中央の大皿には、肉や野菜を炒めたものが盛られていた。それを各人がとり、食す。

やはり、自分とルーツが同じだとタッキが思ったのは、全員が箸を使う習慣があったことだ。木の枝を削ったものを使っている。それは向こうにとっても同じ驚きであったようだ。器用に箸を使うタッキを見て、嬉しそうに肘で隣席の家族を突つき合う様子でもわかった。

家族？　大家族だ。とタッキは思う。

トモが、大きく咳ばらいして口を開いた。

「タッキは、これからここで暮らしていくことになる。皆、よろしく頼むよ」

皆がうなずく。それから、トモがタッキに言った。

「あれから、なんと、気の早い連中が数人、タッキからの情報を頼りにナイトウォーカーの棲家を探しに行ったそうだ。地形などで見当をつけて、海岸までな。

すると、連中、興奮して帰ってきた。ナイトウォーカーの巣を見つけたんだとさ。タッキの言っていたとおりに。そこで見つけた人の骨の量は半端じゃなかったらしい。今日のところは、そのまま引上げて来たらしいが、探索隊は行くのを早めることになった。探索隊というより、次回はナイトウォーカーの討伐隊になるんだろうがな。

タッキのおかげだ。〝町〟の不安が一つ減る。感謝するよ」

タッキは、晴れがましい気持ちだった。これで褒美に自分を解放してコミュに戻してくれればいいのにとも思うが。

「ここでは、三つの家族が一緒に食事するんだ。父さんの隣が、母さん。それから、ナカタさんの一家と、ヨシザキさん一家。それから数人は一人身なんだけれど」

マッサが、小声でそう教えてくれた。

「鬼って見たことありますか？」

テーブルの奥で、そう声がした。見ると、十歳くらいの利発そうな長い髪を後ろに結った女の子が、タツキを睨んでいた。

「ヨシザキさんの娘だよ。ナツメっていう」

マッサが耳打ちする。

タツキは困った。タツキのことを〝鬼〟とは少なくとも思っていないらしい。だが〝通路〟の向こうには鬼が棲んでいるのは当然だと思っているようだ。そんなものはいるわけがないのに。だが、本当のことを話してはいけないということが、マッサの父のトモの表情が変ったことでわかる。

嘘をつくのは慣れていないし、迷ってしまう。ナツメという娘は、想像の中で鬼のイメージを膨らませているにちがいない。

もう一度、トモが大きく咳ばらいした。そして言う。

「タツキは、やっと鬼のことをここへ来て忘れかけている。嫌なことを食事のときに思い出させてはいけないよ。そうだな。タツキ」

トモの口調は、あくまで冷静だった。ナツメが、申し訳なさそうに「ごめんなさい」と言った。

「いや。気にしないでいいよ」

タツキは、蚊の鳴くような小声で、ナツメをフォローした。

トモの発言が、抑止力になったのか、それから〝向こう〟の話題について触れる者は誰も出てこなかった。

それから、タツキの〝町〟での生活が始まることになる。

ナイトウォーカー退治は、〝町〟の大人たちだけで実行されたことを、トモから聞かされることになる。なんと、海岸の三つの洞穴でナイトウォーカーの巣が発見されたのだそうだ。それをトモは、満足そうに告げた。その情報だけでも功労賞ものだと。〝町〟の歴史に名を残すかもな、と軽口を叩いた。

タツキは、マッサとともにペンギンチキンの養鶏場を手伝うことになった。ペンギンチキンは、コミュでは見たことのない鳥だった。形は、地球にいたというペンギンに似ているため、そのような名前がつけられたという。空を飛ばないが、跳躍力はすごい。興奮したとき、全身の細い固い羽根を逆立てると、全身の倍くらいの大きさのボール状になった。それが、岩場に囲まれた場所で放し飼いされている。繁殖力が強く、その岩場だけで数百羽が飼育されていた。沼で、ペンギンチキンの餌になる細長い虫が養殖されていて、それを荷車に積んで運び、ペンギンチキンに一日に二度与える。そして岩場の中に入り、ほうぼうに産み落とされた卵を拾ってまわる。そんな仕事だった。

その合間に、タッキはマッサから、この町での公用語を習う。あれほど初めて聞いたときに獣の叫びのようにしか感じなかった〝町〟の言葉が、実は驚くほど文法の構造が似ており、イントネーションの違いと単語の違いだけで、まったく別の意味不明言語のように変化していたことを知った。だから、新たに教わった単語を置き替えて抑揚を真似るだけで片言ではあるが、数日でタッキは〝町〟の公用語を話せるようになっていた。

万国の人々が坩堝《るつぼ》状態で社会を築こうとすれば、単純な文法の似たような言語が形成されていくものかな、とタッキは思った。これならば、もっとコミュと町が融合するのに抵抗はないのではないか？

タッキがコミュに帰りたい気持ちには変わりはない。

そのことについて、トモが養鶏場を通りかかったときに話題に出したのだ。

トモはタッキの公用語の上達を褒めてはくれたが、町とコミュの交流については、首を横に振った。

「残念だが、まだしばらくはその意見は実現させるわけにはいかないな。仮想敵としての効用は以前話したが、この町もまだ未成熟だ。やっと安定してきたところでしかない。我々の町と、通路の向こうの社会とのいわゆる経済格差の不安もあるのだよ。タッキの話だけでは、向こうの社会の人々の生活がどの程度のものかは、はかり知れない。もし、安易に交流を行い、向こうの社会の人々がいっせいに町に押し寄せるようになれば、こちらでは大量の人々を受け入れる余裕はない」

トモの言うことが正確にどのような状況を意味するのかがタツキには、わかりかねた。ひょっとして、コミュの人々が困窮状態で、町が難民で溢れ返る状況を予測しているのだろうか？　そして、町の経済も破綻を招いてしまうと……。

年齢の離れすぎているトモとは、それ以上議論にも発展しなかった。

新しい展開が生まれるには、まだ時間が必要だった。

そのきっかけになる出来事が起きたのは、タツキが集会への参加に誘われたことでだった。

集会は、地図毎に巡回して行われるという。

「そうだなあ。百五十人くらいが話を聞くんだ」とマッサは言った。

「グループ毎に集まり、教師を中心に囲み、スピーチを聞くのだという。正式には「誓いの時間」と呼ぶのだそうだ。

もちろん、トモの家族も全員、参加する。その日は、それぞれの仕事は休むことになる。

そう聞かされていた。マッサたちにとっては当然の行事らしく、くわしい説明をタツキにしようとはしない。「いつものやつだよ。皆で誓うんだ。同じ話ばかりだから、聞き飽きているんだ。教師は年寄りでね。どんなに自分たちがこの星に来て苦労したかという話を延々とするんだよ」

集会の朝、それぞれの家族が揃って、集会所へと出かけることになる。タツキとマッサは役場の外で、トモたちが出てくるのを待った。

そのとき、女の子が走り寄ってきてタツキの前に立った。腕を組み、タツキを見上げる。

「ナッツ。なんだよ」

マッサが、そう問いかけても女の子は答えない。最初の晩餐の夜に、「鬼って見たことありますか？」と問いかけてきた少女だ。確かナツメ・ヨシザキという名ではなかったろうか。ニックネームがナッツらしい。

あれから、食事のときだけはタツキはナツメと顔を合わせているが、言葉をかけられたことはないから、気にも留めていなかった。トモから、質問を制限されてしまったことが、タツキに話しかけてこない大きな理由なのかもしれない。

「ぼくに、用なの？」

タツキが問いかけると、ナツメは大きくうなずいた。それから、予想外の科白《せりふ》を放った。

「あなた。タツキって、鬼なんでしょ」

タツキはナツメの断定的な言葉に二の句が継げられない。あわててマッサが彼女を怒鳴った。

「ばかっ。ナッツは何を言いだすんだ。見たらわかるだろう。タツキはぼくたちと同じ人間じゃないか」

だがナツメは今度は口を尖らせてマッサを睨んだ。

「だって。通路の向こうにいるのは、鬼だけだって、皆、言っていたよ。父さんも母さんも。人間は通路の向こうにはいないんだって。だったら、タツキだって人間の姿をしているけれど、本当は、鬼だってことじゃない」

マッサもそう教えられて育ったのだろう。一言も返す言葉がないようだった。すると、ナツメは右手を伸ばし、タツキの腕を握った。あまりに咄嗟のことで、タツキは身をぶるっと震わせた。そんなことにはおかまいなしに、ナツメはタツキの右手に目を近付け、しげしげと凝視《みつ》めていた。それから言った。

「私と、同じだわ」それから、タツキに訊ねた。吸い込むような目でタツキを見据えて。

「本当は、鬼なんていないんでしょう」

どう答えようかとタツキが大きく息を吸いこんだとき、ナツメの父親が声をかけた。

「ナッツ。そろそろ出かけるぞ」

ナツメは睨んでいた三白眼を瞬間的に笑顔に変え、「はーい。お父さま」と答えると父親のところへ走り去って行った。

「なんだよ、あいつ」とマッサが呆れた顔になる。

それからすぐにトモとマッサの母親のアキヒが現れ、タツキたちは揃って集会場へ出かけた。集会場は、近くの丘の頂きの窪地だった。摺り鉢状の窪地には幾重にも円状に板が敷かれていてそこに腰を下ろすようになっていた。すでに、八割くらいが埋まっている。

「前の方が空いている」とトモが指差す。

四人が揃って座れそうな場所は最前列しかない。「えっ。あそこじゃ、居眠りできないんじゃないかな」とマッサが小声でぼやいた。

「いつも同じ話だからなあ」

アキヒは肩から下げていた袋から草を編んだクッションを四つ取り出し、それぞれに渡す。それを尻に敷けということらしい。

腰を下ろしてしばらくすると、人々のざわめきが徐々に鎮まっていった。完全に集会所が沈黙したとき、窪地の外から老人がよちよちと歩いて下りてくる。

「あれが〝教師〟だよ」とマッサが言った。その老人から威厳は感じない。足下に注意をはらいながら用心深く歩を進める姿を見ているだけでは、少なくともそうだ。のっぺりした顔で背も小さい。皺《しわ》だらけの東洋人という印象だった。「あの教師、スンというんだ」

窪地の中央まで来ると、低い石に腰を乗せた。誰からともなく拍手が起り一瞬でそれが広がっていく。

拍手が鎮まると、スン老人は予想外に力強い声で話し始めた。もちろん、言葉はこの町の公用語だが、ゆっくり自分で確認するように話すので聞き取りやすい。それでも、タツキには意味不明の単語がときおり混じるのだった。

いったい、この老人は何歳なのだろうか、とタツキは思った。この惑星に到着したときは、すでにかなりの高齢だった筈である。

スン老人は、まず、地球からこの惑星に〝ジャンプ〟してきたときの苦労から語り始めた。この星でどのような地獄の生活からスタートせねばならなかったか。

この星には何もなかった……と。

生きるために、どのような努力をやってきたのか。食べものをどのように確保したのか。

最初にペンギンチキンを捕えるときは、どうやったのか。今は絶滅してしまった〝ワクドン〟（?）がペンギンチキンを捕獲する様子を観察し、それをすっかり真似てペンギンチキンを捕獲していったのだと。夜も歩けなかった。ナイトウォーカーは昔はもっといっぱいいた。夜が来るたびに仲間は殺され減っていくのに、何も手だてはなかったのだと。

いかに、この星でライスを作るために稲を育てる苦労をしたかという話も出てくる。サトルという人物（ナイトウォーカーの犠牲になったらしい）のポケットに入っていた、たった十三粒の稲の種子が、スタートだったのだと語られた。田を作るために、木の枝だけを使って、最初は気の遠くなるような開墾作業をやったのだというエピソードに続いた。

それを聞きながら、タツキは父から聞いたコミュ創設時の話を連想する。ここでも、同じような苦労が積み重ねられて発展してきたのだ。

「この間も、その話は聞いたよなあ」とマッサが呟くのが聞こえる。それから、再び話は惑星到着時の地獄の様子の話に戻る。何日も飢餓状態が続いたこと。その頃、どのような怪物がいて人々を苦しめてきたか。いっそ、ひと思いに死んでしまったほうが楽だと、何度考えたことか。

だが、そこ迄して、何故生き延びなければならなかったか。話題は、そこへ移っていく。これまでの長い苦労話は前ふりだったようだ。

スン老人は、そこでゆっくりと石の上から立上がり、一周して聴講者の顔を見回した。一人づつの顔を確認するように。やや演技がかっているとはタツキも思う。

そのスン老人の動きが止まった。

「生き延びるのはつらい。死んだ方がましだ。そう思っても我々は石に齧《かじ》りついてでも生き延びてきた。それは、どうしてだ。そこまでして、生きてきたのは何故だ」

スン老人の声が叫びのようなものに変った。そして、老人の顔がタツキたちの方に向いた。視線が合ったのは最前列にいたためだろうか。

老人の右手が上がり、隣に座っていたマッサを指差していた。

そして老人は、もう一度叫んだ。

「我々が生き延びてきたのは何故だ？　マサヒロ」

マッサが「あ！」と発し、立上がる。タツキは、マッサの名がマサヒロということを、そのとき初めて知った。ナツメのことを皆がナッツと呼ぶように、マッサと呼ばれている本当の名前はマサヒロなのだ。

マッサは、声を上擦らせながら答えた。

「復讐のためです。皆を見捨て、自分たちだけで地球を逃げ出したアジソン大統領たち。ノアズ・アーク号に乗り組んでこの星を目指している裏切り者たちに復讐するためです。ノアズ・アークの連中に裁きと、地獄の苦しみを与えるためです」

マッサの答は淀みなかった。幼い頃から何度となく口にしてきた言葉のように。

スン老人が嬉しそうにうなずき、「そうだ」と肯定すると、マッサは力が抜けたようにペタリと座りこんだ。

スン老人は、それから人々の顔を再び見回した。

「そうだ。アジソン大統領の一味は我々人類を欺き、私利私欲の権化となって人類のほとんどを見殺しにした。そして、この星を第二の地球として選んだという。何十年か、何百年か後にアジソンの末裔《まつえい》たちは、この星へたどり着くだろう。そのときこそ我々は神に代わって彼等を審判にかけねばならない。もちろん極刑に値する有罪だ。アジソン一味の血をひいているだけで、彼等は原罪を負うておるのだ。そして、我々が苦しんだ以上の痛みを与えて地獄の劫火で灼きつくさねばならんのだ。それこそが我々に与えられた義なのだからな」

そこでスン老人が、意味不明の言葉をはくと集会場の全員が立上がった。

「誓いの時間だ」とマッサが言った。

スン老人は、両手で拳を作り、細い腕で天を突き上げ、意味不明の言葉を叫んだ。

そして、全員が唱和する。それが三度繰返された。

アジソン大統領の国の言葉で最大級の罵倒と侮蔑を含んだ呪詛の言葉であることは、マッサから教えられた。

唱和が終ると、スン老人は、人々に向きなおった。

「すべての若者、そして子供たち。この恨みを決して忘れるでないぞ。子、そして孫まで引継ぐのだ。語り伝えるのだ。わかったな」

そして、掌をぱしんと叩き、それが、集会の終わりの合図のようだった。

スン老人が、集会所から立去り、姿が見えなくなると、人々は雑談を交わしながら立上がった。解散のようだ。

タツキは、正直驚いていた。

コミュで不定期に開かれる集会では、三人のリーダーの進行で、コミュの意志決定が行われる。地域での小さなルール、たとえば当番制のようなものは地域で決定してかまわないのだが、共同で山を拓くときなどは、集会の多数決でコミュの方向を決めることになるのだ。

そのときは、ほぼ全員の住民が参加することになる。そしてすべての議事が終了した後で、地域毎の世話役たちが全員壇上に登ってやるのが「アジソンへの呪詛」だ。なんらスン老人のスピーチと変ることはない。ただ、長い前置きが省かれているだけだ。交流のない二つの巨大グループが、自分たちを見捨て宇宙へ脱出したノアズ・アーク号への恨みを忘れまいと、唱えるのだ。微妙に表現は異なるが、行われていることは本質的には、同じなのだ。

帰り道、歩きながらトモがタツキに訊ねた。

「誓いの時間は……今日の集会のことだが、初めて参加して感じることはあったかね？」

「ええ。驚きました」

それが、タツキの本音だった。トモは満足そうに、「どうしてだね」と問いかける。

「ええ。ぼくたちのコミュの全員参加する集会でやっていることと、あまりに似ていたから」

トモは意外そうな表情を浮かべた。

「タツキの……コミュでも、同じことをやるのかね」

「ええ」

それから、コミュでの「アジソンへの呪詛」について詳しく語った。コミュにいたときには、タツキにとってそれは、当然のような儀式に思えてそれほど重要なものとはとらえていなかったのだ。アジソンという言葉も、ノアズ・アークという宇宙を翔ぶ船のことも、実感が湧いたことは、まずない。

あくまで、儀式だ。

「父は言ってました。これはコミュの宗教のようなものだ。この共通認識のおかげで、コミュの人々の心が繋がると」

そう父の言葉を口にして、タツキはふと思いつく。

「この町の人も……その……キョーツーニンシキ……でコミュと仲良くできるのではありませんか？」

そう思い浮かんだことを、タツキは、そのまま口にした。自分がコミュに帰りたいという願望を抱き続けているがゆえに発せられたのだ。

「そうだな。タツキの言うとおりかもしれない」

マッサもタツキに同調したようだ。しかし、歩きながらトモはしばらく黙したままでいた。

しばらく歩き、トモは思い出したように口にした。

「そうだな。いずれ……コミュと接触する段階が来たら……この考え方が大きな役割を果すことになるだろうな。タツキからは、いいことを教えてもらった。ありがとう。……だが……

…時期尚早だろう」

タッキの落胆した表情に、トモは仕方ないのだというように首を振る。

「以前も話したと思うが、〝町〟は社会としては未成熟だ。まだ自分たちのことだけで精一杯なんだ。正直、他の集団や組織が存在したとして、そこ迄頭を巡らす余裕がない。コミュと接触しても、負のできごとが起る可能性は排除できない。

数年後か、あるいは数十年後か……我々の町が、他の集団を受容れるほどに社会の態勢が整った後になるだろう。それまでは、……残念だが、無理だな」

やはり、トモの考えは変っていないということをタッキは知った。

それから、失望のためタッキは言葉を失ったまま歩いた。

それまで黙っていたマッサの母親のアキヒが肩を落したタッキに話題を変えるように問いかけてきた。

「さっき、マッサがスン老人に当てられたときに、タッキは凄く驚いたような表情をしていたけど、どうして？」

「ええ。マッサの本当の名前がちがっていたからです」

「そうよ。マッサは本当はマサヒロっていうの。そんなに驚くことかしら」

「ええ。ぼくの父の名もマサヒロというんです」

すると、トモが立止まって振り返った。

「マサヒロ……。父さんの名は、正式にはなんというんだ？　姓は？」

トモの語調ががらりと変っていた。その様子には、タツキだけではない。マッサもアキヒも目を丸くしていた。

「え。マサヒロ・タナベと言うんですが」

トモは口をぽかんと開き、それから何度も頭を振った。あらためて、タツキに問いかける。

「歳は……いくつくらいだ？」

「トモさんと同じくらい。いや……もう少し若いかもしれません」

「そうだろうな。タツキの年齢から推定すれば、そういうことになるな。顔はどうだ。どんな顔だ。背丈は……？　地球では、どこに住んでいたか知っているか？」

「背は……トモさんの耳くらいまでかなあ。地球で住んでいた場所……日本です。場所は……クマモトって聞いたことがある気がします。すみません。はっきりとわかりません」

トモは拳を口にあてて、眉をひそめた。

「どうしたの。トモ」

アキヒが、問いかけると、トモは「信じられない」と漏らした。

それから、遠くを見る目になり言った。

「タツキは、私の甥になるんだ。弟が生きているなんて」

そしてタツキに言った。

「私の名前はタナベ・トモヒロというんだ。マサヒロの兄になる。マッサの名は、弟のおもいでにと思ってつけた名前なんだ。マサヒロは元気なのか？」

「は。はい」

タッキは、そう答えながら、トモの中で何かが大きく変容していることを感じていた。

鬼、人喰いに会う

マッサの父である、トモの行動は速かった。自分の弟が、〝通路〟の先で生活していることを知ると、居ても立ってもおれなくなったらしい。

トモは、何度も町長のところへ相談に出かけた。

何とか〝通路〟の向こうの生存者と接触をとる方法はないか、模索しているようだった。

その経過については、タツキは聞かされていない。父親と同じ名前を持つマッサとともにペンギンチキンの養鶏場の世話に明け暮れていた。

タツキがマッサとは従兄弟同士であることを知って以来、より二人の仲は深まっていた。口には出さないが、それが血の濃さというものだろうということは、わかる。だからこそ、トモが町長のヴァン・ライアンのところへ通いつめているのだ。

町長との交渉の経過については、タツキは訊ねることはなかったし、トモも語ることはなかったが、役場通いをしていることはわかったし、帰ってきたときの表情から、確実に何らかの進展があるらしいことは想像できた。

ただ、夕食後の寛《くつろ》いだ時間に、トモがマッサと話しているタッキのところへやってきて声をかける頻度が増えたようだ。話題は、タッキの父親がどのような生活を送っているか、とか、コミュの中ではどのような立場にいるのかといったものだ。質問ではないが、さりげなく訊ねてくる。

あるいは、タッキが訊ねたわけではないのに、トモは自分が地球にいたときのことを、話したがっていることがわかる。それは、自分とタッキの父親がどのような生活を送っていたかという思い出である。タッキの父親が地球についての思い出をどのように語っていたのかも知りたがっている様子が見えた。

「こちらへ〝ジャンプ〟することが決まったときは、私もまだ若かった。社会に出て仕事をやるようになって、まだ一年も経過しない頃だったからなあ。仕事を覚えるのに必死で、それから、空いた貴重な時間は仲間と過ごすことで夢中だったからな。だから、その時期は家族との思い出は、ほとんどないよ。弟のマサヒロとも、〝ジャンプ〟の前は腹を割って話をした記憶はほとんどない。記憶に残っているのは、私が高校生でマサヒロが中学生……わかるだろうか。そんな教育制度だったのだが。そんな時期までか。ほとんどが兄弟げんかの思い出かな。たがいが小学生の頃は、よく一緒に遊んだものだが。プールに連れて行ったり、テレビゲームを一緒にやったり。このような話をして、ぴんと来る筈もないかなあ」

もちろん、タッキには、トモの話す地球のできごとについては、ほとんどイメージらしきものが湧いてこない。連想するにも比較できる風景が思い浮かばないのだから。

そういえば、父親はあまり地球の話はしない。父は、地球は過去のこととして、すでに心の中で訣別しているのだろうか。

一つだけ、心にひっかかった。

「プールって。それ、父がそんなことを言ってました。天然のプールだな、って父が言っていたことがあります。エデンの近くの水場で。子供の頃から、そこでよく泳いでました」

トモは意外な表情を浮かべた。

「タツキの……コミュの近くには、そんな天然のプールがあるというんだね」

「ええ。水が湧いています。それほど深くない。危険な生きものもいないし。父が良く言ってました。天然のプールだ。子供の頃、地球でよく行っていたって」

「マサヒロに泳ぎを教えたのは、私だ」

そうトモは言ってから、しばらく黙した。その後に「コミュ近くの、その天然のプールとやらに、私も行ってみたいものだな」と漏らした。

「ぼくは、そこで父に泳ぎを習いました」

タツキがそう言うと、トモはうなずくのだった。「立ち泳ぎもかな」

「はい」

トモは、そこで満足そうに目を細めた。泳法という意外な要因で、自分とタツキのリングが繋がったことが嬉しかったのだろう。

トモが去った後、マッサが不思議そうにタツキに漏らした。

「不思議だな。父さんはぼくには、ほとんど地球のことを話したりはしない。ぼくが、地球のことを訊ねても、肩をすくめるばかりだった。なのに、どうしてタツキには、地球の話を持ち出すのかな？」

「ひょっとして、父から聞いている地球の話を、ぼくの口から聞きたいんじゃないかな」

そうタツキは思ったとおりに口にした。

「ぼくの父も、滅多にぼくには地球のことは話さなかったしな。ぼくの父がマッサに会ったら同じ反応をするのかもしれない」

「そうかなあ」

マッサは、そう言われて、満更でもなさそうだった。

「だって、同じ名前同士じゃないか。ぼくの父と」

マッサは、納得したように、うなずいた。

そして、トモが突然に結果をタツキに告げたのは、しばらく経ってからのことだった。

「タツキのコミュと非公式に交流してみることになった。タツキの協力が必要になるな」

個人的に継続して町長と折衝してきたトモは、やっと限定的な許可をとりつけたようだ。

「〝通路〟で接触する。名目は、〝通路〟の向こうで鬼から虐《しいた》げられて隠れ住む我々の同胞の存在を確認できたから、看過するわけにはいかない。しばらくは〝通路〟を中心に情報の収集にあたる。そういうことになった」と。

それは、タツキが町に連れて来られて、一貫して唱えられてきた論理の延長だった。タツキが自分で口にしたわけではなく、町の指導者たちが勝手に都合よく作りあげた論理なのだが、タツキはそのことを肯定も否定もしていない。トモやマッサにだけは、真実を話し続けてきた。

「やっと、町長と助役たちの承諾を取りつけた。議会では時期尚早ということで、正式にははかられていないが、個別に議員たちには根回しはすんでいる」

タツキは、そこまでトモが真剣に動いていたのかと、驚いた。結論を持ってくるまでに時間がかかった筈だ。承諾はしないが、聞かなかったことにして欲しいという議員たちがいかに多かったかということをトモは付け加えた。

「次回の自衛団の交替のときに、私とタツキは同行することになる」

そうトモは言った。

「わかりました」

タツキは声を弾ませた。嬉しかった。コミュに帰ることがかなうかどうかはわからないが、家族たちが自分の消息を知ることはできる筈だ。どれほど今も心配をかけていることか。

「父さん。ぼくも行くよ。最初にタツキを連れてきた責任もある」

マッサは、そう宣言した。トモはしばらく考えたようだ。

「養鶏場に迷惑はかからないか？」

「大丈夫だ。アウルとヒポに頼んでいくよ」と友人の名を出した。

トモは、うなずいた。そしてマッサに言った。

「では、マッサも来るがいい」

出発の前夜になってタツキは否が応にも気持ちが高ぶるのを抑えることができなかった。コミュの人々と会える。そのことを考えると目が冴えてくる。起き上ったタツキは、ベッドから抜け出し、住居の外へ突き出た丸太の一本に腰を下した。何かをやろうというつもりはない。ただ眠気が訪れるのを待つつもりでいた。ぼんやりと。

今は、外は闇だけがある。ナイトウォーカー、つまりスナークが現れるという話もまったく聞かない。トモが、コミュの知恵ということで話した結果の筈なのだが。そんなことも併《あわ》せて明日からの〝通路〟での接触の許可につながったのだろうか？　町に貢献したと……。

丸太の上で足をぶらつかせながらタツキはぼんやりと考えていた。

気配はまったく気づかなかった。

「まだ起きているのか」

そう声をかけられて、タツキはぎくりとした。その声を父だと思ったのだ。

振り返ると、トモが立っていた。伯父にあたるわけだから、声が似ていて当然なのだ、とタツキは思う。

「はい。眠れないので」

トモも、眠れないらしい。タツキの横の丸太に腰を下ろした。

「マサヒロのことを思い出していた。思い出そうとすると子供の頃のマサヒロばかりだ」

「でも、今は一瞬、父の声と間違えてしまいました。すごく似ていた」

　すると、トモは乾いたような笑い声を漏らした。

「私はね、マサヒロに聞いてもらいたいことがあるんだ。本当は私の父に言うべきことなのだがね。父に謝らなければならないことがある。それは、もうできない。だから、父の代わりに弟のマサヒロに言っておくべきことがある。ずっと、地球を発つ前から心の隅にしこりとして残っていること。それを言わなきゃならない。私の気持ちを伝えておくべきだと思っている」

　それ……なんですか？　そうタツキは訊ねたかった。しかし、それは安易に口にしてはいけないような気もする。

「もちろん、マサヒロにも会いたい。何十年ぶりだからな。もし、〝通路〟で向こうの人々と出会っても、うまくコンタクトできるかどうか、ほんの少し不安は残っているからね。うまくいって当り前。ひょっとして予想もしないできごとが起ったらと考えると、きりがないよ」

　叔父であるトモのそれは本音のようだった。そのとき、タツキは電撃的に父の言葉を思いだしていた。

　それは、数年前に畑に植えていたポグ芋の苗が、近くの正体不明の獣に食べつくされてしまったときのことだ。やっと成長し始めていた苗だったのだが。

　タツキの一家は、絶望した。気力も萎《な》え果てた。そのとき、父が言ったのだ。それをタツキは口にした。

「どぎゃんかなる！」

「え、なんだって？」

トモは、問い返した。耳を疑ったようだ。

「どぎゃんかなる。……です」

「それは、マサヒロが言ったのかね？」

「はい。父が、不安なことが起ると、よく言っていました。意味はよくわかりません。おまじないのようなものだと思います」

それを聞いて、トモは驚くほどの大きな声で自分の膝を激しく叩いて笑った。いかにも嬉しそうに。それからも、しばらくは肩を小刻みに揺らし続けた。笑い続けているのだ。

「こんなときに、こんな場所でその科白をタッキから聞くとはなあ」

「どんな意味ですか？」

「地球の、……すごくネイティブな言い方だよ。思い患《わずら》うなかれというか、ケ・セラ・セラというか。私の家族の中では、よく使われていた。特に父が」

「ぼくの父ですか？」

「いや、私とマサヒロの親父だ。家族が住んでいた土地の言いまわしだ。なつかしさ半分、おかしさ半分。やはりタッキと血が繋がっていることを実感したよ。

そうだな。タッキの言うとおりかもしれないな。どぎゃんか、なる！……だな。

明日は、また長い距離を歩く体力勝負になる。睡眠を十分にとっておいた方がいい」

トモは、タツキにそう言い残して、中へと戻っていった。だが、タツキには、まだ眠気が訪れてくれる気配はなかった。

翌朝、日が昇る時刻に、十名の自衛団が役場前に集合していた。彼等が鬼の動向を看視するために〝島の壁〟直下の〝通路〟へと向かうのだ。トモ、タツキ、そしてマッサは、その一団に同行していくことになる。

リーダーの肩幅の広い赤ら顔の白人は、トモたちの同行と目的については、すでに了解しているようだった。だが、どのように理解しているかは、わからない。ほとんど感情が表に現れないタイプの眠そうな目を持った男だった。十名のうち、七名は長槍を持っていた。三名が石弓を肩から吊るしている。もちろん、彼らにとって、それは〝鬼〟と遭遇した際の防禦手段として使われる筈のものだが、タツキにしてはやはり生理的に嫌悪を感じる。相手を傷つけるための道具としか見えない。

トモも、タツキやマッサも自衛団として行くわけではないから、武器の類は一切携行してきていない。

町長の自衛団への訓辞が終わると、一行は〝通路〟を目指して出発した。

タツキは、マッサと共に列の最後尾を歩いた。稲の草原から森に入り清流沿いに出る。そのすべての風景にタツキは初めて町に連れてこられたときの記憶が鮮明に蘇っていた。あのときは、不安だらけでいた。そして今は何だか大きな責任を背負って歩いているような気がする。

町へ連れられていくときは、見慣れぬ光景ばかりだったためか、あるいは到着までの距離が測れないためか、やたらと遠かったという記憶がある。だが、今回はちがう。光景に見おぼえがあるため、だいたいの自分の位置が把握できるのだ。ケルンが積まれた場所に来ると、あぁ、これからゲートへ到着するまでの道標として一定の距離ごとにケルンが出現するのだと見当をつけることができる。

見おぼえはある。距離的にはおかげで短く感じる。しかし、やはり、絶対的な距離は長い。かなりの時間をかけて遠征するのだと実感した。途中では一度、食事の時間も挟まなくてはならない。

歩きながら、マッサと会話が途絶えたとき、タツキは想像した。

ゲート近くの〝通路〟に着いたとき、自分は、どう行動すべきなのだろうか？　自衛団の人々は、〝通路〟にさえ姿を現わさずに、ずっと潜んで看視を続けるだけなのだろう。マッサやトモが同行することは、エデンの人々の警戒心を煽《あお》ることになるだろう。

とすれば、〝通路〟に姿を見せるのは、自分だけということか。

そのときに、何かトラブルが起る要因はあるだろうか？

それから、気がつく。服は、エデンから着ていったものを身に着けてくるべきだったと。

今、タツキが着ているものは、町で生活するようになって、タツキの母親のアキヒから貰った繭猫《まゆねこ》の毛でできた緑の生地だ。エデンの人間が着るものとは違う。

エデンから着ていった服を町で着る機会は今や、まったくない。その服は、すでにアキヒが廃棄してしまったのか、最近では、まったく見かけなかったのだ。

うまく、エデンの人々と接触できるだろうか？　ゲートまで、自分の声は波の音に消されずに届くのだろうか？

エデンの人々が考える〝人喰い〟と思われ、攻撃を受ける結果になるのではないのか？

タツキの中でマイナスの連想がみるみる増殖していく。

その頃から、人形の姿を道沿いによく見かけるようになった。鬼よけではなく、地球からジャンプしてきて不幸にも亡くなった人々を供養するための人形である筈だ。ということは、〝通路〟までずいぶんと近付いたということがわかる。

この界隈は既にエデンにも近い位置の筈である。タツキは、地球からジャンプしてきた人々の多くが、このエリアからゲート向こうのコミュにかけて集中していたのだろうと、想像した。ゲートの向こうに着地した人々がエデンを築き、〝通路〟からこちらに着地した人々が移動して町を作る。

ほんの少しの着地点の差に過ぎないというのに。しかし、その範囲で着地した人々は、まだ幸運だったというべきか。かなりの数の人々が、海に着地して溺死してしまったのではないのか。

その可能性は十分に考えられた。

もしも、両親が着地していたのが、海中だとしたら。今の自分は存在しなかった筈だ。その確率の危うさにタッキは少し眩暈《めまい》を感じたほどだった。

人類が、この星にいることそのものが奇跡なのかもしれない。

そう思いあたる。

「鬼塚だ」

マッサが言った。

鬼塚の話は、出会ってすぐのマッサから、聞いていた。鬼と人喰いの一番不幸な接触のケースだったことだ。

町の人々が〝通路〟を伝い〝島の壁〟を目指したときに、悲劇は起ったらしい。〝鬼〟の攻撃を受けた。最初に戦いの火蓋を切ったのがどちらかは、今となっては知るすべもない。だが、結果的には町の自衛団は八人が生命を落し、追ってきた鬼の全員を仕留めた。その亡《なき》骸《がら》を埋めたのが、鬼塚だった。

〝鬼〟はエデンでどのような立場の人たちだったのか？　タッキが思い描いても〝鬼〟のような人々のことは想像できない。たがいの最凶の想像の連鎖の結果なのだろう。

その鬼塚の話は聞いていたが、実際に自分で目にするのはタッキは初めてになる。

マッサが指差したのは道沿いではなく、何の変哲もない藪だった。タッキが立止まって凝視しても、それがどこなのか、確定できない。それを見かねてマッサが言った。

「藪の数メートル先に空地が見えるだろう。鬼が出てこないように岩が乗せてあるのが見えるだろう。それが鬼塚だよ。縁起がよくないとこだから、あまり見えない場所になっている。

わかるかい」

たしかに、藪の向こうは木立ちがない。タッキは、藪を少しかき分けてみた。

二メートル四方の空地があった。雑草が生え繁っていた。空地の中央の土が盛り上っており、その上に、数人がかりでないととても動かすことがむずかしいであろう岩が乗せられていた。マッサが言ったとおりだ。邪悪な鬼を鎮めるために乗せられた岩なのだ。そして、タツキにも見覚えのある長槍が六本、土に突き立てられていた。その長槍の朽ち具合で、どれだけの年月が事件から経過したのかがわかるような気がした。腐食した柄から推測するに、そのトラブルはすでに伝説の時代のできごとと化そうとしている、町の人々はこの穢《けが》れ地にあえて注意を向けようともしないのだろう。

「おい。タツキ。遅れるぞ」

マッサが声をかけ、あわててタツキはその藪から離れた。

タツキとマッサが駆け足で自衛団の人々を追うと、途中で今まで〝通路〟手前の森で自衛の任についていたグループとすれ違った。前の任務では変ったことは何もなかったようで、務めあげた解放感で笑い声が続いていた。

「どうした。お前たちは手ぶらで。槍を貸してやろうか?」と誰かが、タツキとマッサに声をかけると、そのまわりから笑い声が漏れた。タツキとマッサは彼等の目には自衛団の見習い生のような存在に映ったらしい。

あわてて走ると見おぼえのある森だった。ゲート下で拉致されて意識をとりもどしたのが、この風景ではなかったかと思う。

追いついたときは、森の空地に皆は車座になって腰を下ろしていた。その先の急な下りをたどれば、そこは〝通路〟の筈だった。

「すげえな、あのどっかりした鳥。大発生だな」と誰かが言っていた。

「あの身体でよく飛べるものだな」

口々に、そんなことを言っていた。視線は〝通路〟、そしてエデンへ続くゲートに向けられていた。

何のことだろうと、タツキは〝島の壁〟の方へ目をやった。樹々の向こうから、光が差しこんでいる。数秒毎に小さな黒い影がいくつも斜めに走り、消える。

その影を見て、瞬時にタツキは知った。

ブッシュ・バードの群れが飛んでいる。飛翔する数からすれば、どのくらいのブッシュ・バードがいることやら。本来、ブッシュ・バードは、飛ぶ習性を置き去りにしているように思えるのだから。普通は子供たちを連れて藪の中を走りまわっている。

「ブッシュ・バードのことですか?」とタツキは訊ねた。皆は顔を見合せた。

「あれは、ブッシュ・バードと言うのか?」

「ええ、ぼくたちはそう呼んでいました」

町の人々にとっては、それまでブッシュ・バードは〝名無しの鳥〟という存在だったらしい。それほど、これまで注意をひくこともなかったということか。

藪の向こうで、ばさり、と音がする。しばらくすると、五、六羽のブッシュ・バードが一列にならんで走り去っていくのが見えた。

「ほら、今までこんなことはなかった」

ということは、これまでブッシュ・バードの出現は、エデン側に限られていたということか。

「ブッシュ・バードはそんなに珍しい鳥じゃないでしょう？」

そう、トモに訊ねると、「飛んでるのを数羽見ただけだな。これまでは。あちら……エデンのコミュの方では、よくいるのか？」

「いえ。ゲート近くでは、よく見ましたが」

リーダーが前任のリーダーとの引き継ぎを終えたらしく、皆のところへ戻ってきた。

「よし、任務につくぞ。自衛の隊形はいつも通り。ポイントの担当を言う」

一人づつに守備の地点を指示する。どのポイントにあたるのかは、全員が、すでに承知しているようだった。

「それから、今回、同行したタツキは、自衛の任に就くのではない。〝通路〟の向こうの〝鬼〟に虐げられた人々と接触する。接触はタツキが単独で行うので、我々は、いつもどおりのポイントからの看視業務をとる。トモとマッサは、タツキの介添えだ。だから、我々の行動とは完全に別のものである」

すでに、それは皆、暗黙の諒承事項として受け入れていたようで、誰も特別の反応は示さなかった。

まだ、陽は高い場所にある。リーダーの話が終ると、それぞれの持ち場に散っていく。看視の任務に就く。〝通路〟向こうを刺激しないように身を潜ませているだけだが。

「卒塔婆笹《そとばざさ》に、今年は花が咲いたらしい。それに実がなった。だから、ほれ……なんといった……ブッシュ・バードが大繁殖したのだろうと言っていた」

そうトモが言った。前任のリーダーから、そんな話を聞いたという。卒塔婆笹とは日本から来た誰かが名付けたらしい。ジャンプの着地に失敗した亡骸があたりに多かったから笹にそう名付けられたらしい。

ただ、人がこの地にやってきて以来、数十年経過するのに、卒塔婆笹は一度も花を見せたことがなかったという。それが、今年は一斉に開花し、その結果、無数の実をつけたのだ。ブッシュ・バードの大量発生が、その後のことになる。豊富な餌を手に入れたブッシュ・バードたちは大量の子孫を生み出したことだろう。

人間たち。少くともエデンの人々にとっては食糧源が確保されることで、大歓迎だ。地上のブッシュ・バードはそれほど素早い動きをするわけではないし、人に危害を加えることは、まずあり得ない。

ぼんやりと、タッキはそれほど心配に値することではないだろうな、と考えていた。

自衛団の一人が身を潜ませているポイントの一つに三人は足を運んでみた。

「どうだい。様子は」

そう、トモが岩蔭の男に声をかけた。

「やぁ、すごいですよ。こんな場面は初めてですよ」と呆れた声で男は答えた。「鬼の気配どころじゃ、ありませんよ」

男は右手で眼下を大きく示した。

「あっ」とタッキは思わず感嘆の声を発する。岩に一歩近付いただけで、〝通路〟から〝島の壁〟から、そしてゲートに至るまでが一望できるようになったのだが、〝通路〟から、ゲートの上まで、海岸の岩々さえも見えないほど、びっしりとブッシュ・バードの群れに覆いつくされていた。そして宙空をも無数のブッシュ・バードが弾丸のように滑空している。

大発生だ。

これが、初めて開花した卒塔婆笹の結果だというのか？　ブッシュ・バードが人に害を及ぼさないということはわかるが、これほどの数が、海岸線を埋めつくしている状況は圧巻であり、まるで地面が蠢《うごめ》いているようで、不気味さを感じてしまうのだ。一万羽？　いや十万羽？　とても数える気さえも起きない。

「ぞっとしたよ」

トモが顔をしかめながら、そう漏らした。

「大丈夫ですよ。ブッシュ・バードは人を襲ったりしないから」

タツキがそう言ったが、トモは首を横に振った。「そんな意味じゃない。この結果が我々にどのような影響をもたらすかを想像したんだよ。目の前の私たちに見えているブッシュ・

バードは、これだけだ。とすれば、我々に見えないブッシュ・バードの実数というのはどれだけか……想像がつくかね」

トモの視線は、そのまま上空に向かう。無数の黒い点が宙空でブラウン運動を繰り返している。その数も厖大であることは、直感的にわかる。トモは予想外のことを口にした。

「卒塔婆笹の実は見たかね？」

タツキは、首を横に振る。そういえば、卒塔婆笹という名前を耳にしてから、気がつくようになった。細く、いくつも節があるタツキの背丈ほどの植物だ。だが、実がついているのは見ていない。

「そうだろう。地面に落ちたはずの実も、まったく見あたらなくなっている。あれだけの数のブッシュ・バードが喰いつくしたらしい。これからこいつらは餌をどこに求めるのか、想像すると……。いや、はずれてくれれば一番いいのだがね」

〝島の壁〟からゲートにかけてをタツキは凝視した。そして意外なことがわかる。

〝島の壁〟の大部分はブッシュ・バードに覆われている。しかし、いくつかの岩にはブッシュ・バードの姿がなく、黒い岩肌がくっきりと見えている。

それが、何を意味するのか、タツキには、わかった。その位置に、エデンの防人たちが潜んでいるのだ。だからこそ、その岩の場所には、ブッシュ・バードは近付かない。

本来、ブッシュ・バードは臆病すぎる程の生きものなのだ。タツキが防人として看視にあたっていた場所も、すぐにわかる。岩肌の見える位置を数える。自分たちのときは、ゲート下のポケット状の岩場で三人が任務についていた。

今は六ヵ所。

かなり〝通路〟に近い位置にもある。タツキが拉致されてから、警備が強化されたのかもしれない。

「どうする？」とトモが念を押すようにタツキに訊ねた。もうタツキは、すぐにでも、エデンの人々に自分の安全を知らせたかった。

「明るいうちに行きます。ブッシュ・バードは何の問題もないと思います」

「そうか」

それで、トモの最終的な決断となった。リーダーの確認をとると、崖下までトモとランドールという男がタツキとともに下る。マッサは上で待機。そして、そこから、タツキが〝通路〟中央まで進んで接触をはかる、という段取りになった。ランドールは弓の使い手ということで任命されたということは、予期せぬ事態が発生したときは、崖下から弓を使用する可能性を含んでいるということだ。

崖の下り口まで、マッサは眉をひそめていた。自分がタツキを連れてきた責任と、今、一人でタツキを〝通路〟に戻していいのかという不安がないまぜになった表情なのだ。

「ぼくも、タツキについていなくていいのかなあ」と、何度となく悔しそうに繰り返した。

「大丈夫だ。マッサはここで待っていてくれよ」とタツキが言うと、それでも諦めきれぬ様子だった。

ゆっくりと、岩場を下る。何度か、頭ほどの大きさの岩に足をかけたとき、他愛もなく音をたてて落石していったのには肝を冷やした。どれ一つ、確実な足場というものはない。ここを、気を失ったタツキは運び上げられたのだと考えると、信じられない思いだった。

また一つ、岩が転がり落ちる。ブッシュ・バードが興奮して跳び上る。

森にいたときは、ブッシュ・バードの鳴き声は、ほとんど聞こえてこなかった。しかし今は、地鳴りのように四方から囀《さえず》りが聞こえてくる。

エデンの防人の任に就いている連中も、これだけブッシュ・バードがまわりで跳びはねれば、こちらの存在には否応なく気づいている筈だ。だが、〝島の壁〟に動きらしいものは見えない。

タツキたちは、海岸に降り立った。ここでは、はっきりと潮騒が耳に届く。もう、目の前がエデンなのだ、とタツキは実感した。

「ここからは、一人で行きます。勝手に逃げたりはしません」

タツキは振り返ってトモにそう言う。トモは、大きくうなずいた。

「私たちは岩蔭にいる。うまくいくことを祈っている」

ランドールが肩から弓をおろしているのが、タツキは気になった。万が一のことを考えてのことだろう。使うことはない筈だ。そう信じたい。タツキは祈るしかない。

〝島の壁〟に近付かなければ、叫んだところで潮騒やブッシュ・バードの鳴き声に掻き消されてしまう筈だ。

「じゃあ」とタツキは声をかけ、〝通路〟を歩きはじめた。ブッシュ・バードがあわてて道をあける。

岩場を伝う。〝通路〟の両脇は海だ。強い潮風が右頬を押す。

〝通路〟のほぼ中央まで来た。これ以上進むと〝島の壁〟の岩場からは逆に死角に入ってしまい、防人たちからタツキが見えなくなる。ブッシュ・バードは、タツキから直径一メートル程も円状に離れている。防人たちから、今は、はっきりとタツキの姿は見えている筈だった。

だが、繭猫の服を身につけているタツキは〝人喰い〟としか考えられていないのではないか。顔までは認識できない筈だ。

「止まれ」

かすかに声が聞こえた。コミュのなつかしい共通語だ。タツキは、そこで止まり、〝島の壁〟を見上げた。人の姿は見えない。

「誰だ？　人喰いか？」

耳をすませないと、潮騒に掻き消されてしまいそうなほど、かすかな声だ。ただ、声はエコーを伴っている。その声が自分に対しての呼びかけだということはわかった。

タツキは両手を口許にあて、大声で叫んだ。

「タツキです。タナベ・タツキです。戻ってきました」

返事はない。しばらく反応を待ち、タツキはもう一度叫んだ。同じように。

〝島の壁〟からの声は途絶えた。どれほどの時間が経過したろうか？　十分？　十五分？

タツキは、そこに立ちつくす以外に術はない。

がらがらと岩の落ちる音が聞こえる。〝島の壁〟から破裂したようにブッシュ・バードの群れが跳ぶ。そこが岩の落下の軌跡なのだ。

その直後、はっきりと男の声がした。

「タツキか？　タツキ本人か？」

聞き覚えのある声だ。タツキは涙が溢れるのがわかった。なぜ、父親が……ここにいるのだ？

「父さーん」

これ以上の声は出せないという声でタツキは絶叫した。すぐに声が返ってくる。

「すぐ、行く。タツキ、待っていろ」

ブッシュ・バードが激しく舞う位置で、父親の場所がわかる。父親だけではない。

二人の見知らぬ防人が一緒だ。それぞれが長槍を持っている。その長槍を杖のように扱い、下ってくるのが見えた。

最初にタツキに呼びかけた男が、父親を呼びに行って時間をとったのかもしれない、と思った。

三人は、すでに〝島の壁〟下の〝通路〟だ。二人の防人は、いつ出現するかわからない〝人喰い〟から父親を護衛するために随行しているらしい。

そこから、父親は駆け足になった。一人の防人はそこに残り、もう一人だけが一緒に走ってくる。

父親が近付いたときに、タツキは無意識に後ろを振返った。トモのことが気になったからだ。

そこで父親と防人は立止まった。そして言った。

「タツキ。何の真似だ。お前一人じゃないのか？　これは罠か？　後ろに誰か隠れているのか」

「ちがう。父さん。罠なんかじゃない。人喰いなんかでもない。後ろに……父さんのお兄さんがいるんだ」

「そんなことが信じられるものか。兄さんが生きている筈がない。タツキは兄さんのことは知らない筈だ」

「父さんこそ！　どうして、父さんがゲートに居たりするの？　コミュの方で待っているんじゃなかったの？」

父親はぬかりなく、タツキの背後にいる人物の正体を知ろうと眼を凝らしているようだった。

視線をタツキの背後に向けたまま、父親は答えた。

「タツキがゲート向こうで失踪したと聞いてから、何度私がここまで足を延ばしたと思う。可能なかぎりレイバーディの参加者に同行した。タツキが無事でいると信じたからだ。たまたま、今日も、ここに来ていた。こんな日が必ず来るといつも思っていた」

「ほんとに、父さんの兄さんなんだ。タナベ・トモヒロというんだって。弟がマサヒロというのは……父さんのことだろう？」

「まさか……」と父親は口にした。「しかし信じていた。おまえが必ず生きていると。こっちに来い。後はおまえのくわしい話を聞いてからだ」

「でも」と、タツキは言った。「トモに会って。父さんの兄さんだろう？」

「そうかもしれない。しかし……」

タツキは、父親がそんなに躊躇《ためら》う理由がわからなかった。

「マサヒロ」と、タツキの背後から声が飛んだ。父を呼ぶトモの声だ。

もう一度、タツキは振り向いた。

トモが、姿を現わしていた。そして、こちらへ真っすぐに歩いてくる。自分の弟だと確信したのか、あるいは、これ以上、待てずにしびれを切らしてしまったのか？

憑《つ》かれたように近付いてくる。

岩蔭で待機している筈ではなかったのか？

父親と共にいた防人が、あわてて槍をかまえた。突然、現れたトモを、危険な〝人喰い〟と考えたのだろう。

「槍を……下ろしてください」とタツキは言ったが聞きいれる気配はない。

ただ、父親はタツキの背後を見て「兄さん」

驚きの表情を浮かべていた。

トモは近付いてくる。そして、その後方には今やランドールも姿を見せていた。しかも、弓の弦を引き絞っている。ランドールの殺気を感じたのか、父親も歩を止めた。

そのとき、トモも、タツキの近くに迄近付いている。しかし、父親の背後の防人がかまえる槍の穂先がトモに向いていたためか、そこで立止まっていた。

「え？　え？」タツキは、何度も振り返りトモと父親を交互に見る。

すべてが凍りついていた。目隠しされたような疑いの心がその場を覆っていた。

「槍を下ろしてくれ」

父親が防人に言ったが、耳に届かないのか無視したのか、槍をかまえたまま、ぴくりとも動かない。

全員が総すくみの状態で、ぴくりとも動かない。タツキにも、この状況をどうすれば打開できるのか、見当もつかない。父親が、他の防人を連れてくるとは思いもよらなかった。最初の誤算だ。ランドールが弓をかまえて姿を現わさなければ……。

どちらが先だったのだろう。防人とランドールと。まるで……恐怖の均衡だ。

数秒がそのまま経過した。皆が凍結したままで。

その沈黙が意外な形で破られた。

タツキは目を剝いた。予想もしないものを見たからだ。

なかなか飛ばない筈のブッシュ・バードがいっせいに飛び上る。目の前が、ブッシュ・バードの体表の茶褐色一色になる。

何故？

耳を覆わんばかりの羽ばたき音。そして、槍をかまえていた筈の防人の悲鳴。

何が起ったのか、タッキにはわからない。

ブッシュ・バードが去り、やっとその悲鳴の原因を悟った。

槍を持った防人が、正体のわからない巨大な紫色の触手の表面に身体を貼りつかせ、恐怖の悲鳴をあげ続けていた。

その触手は海から来ている。

タッキが見たこともない怪物だった。触手の先を視線で追い、その正体を知った。

ぬらぬらした半球状のものが海の上に浮かんでいる。巨大な生物だ。その海面に現れた部分の直径だけで数十メートルはある。目の存在はないようだ。半球状の部分からどす黒い突起が七、八本も生えている。海面に近い位置の左右が、ふいごのように膨れたり縮んだりを繰り返していた。

スナークとも全然違う種類だ。

「タッキ。こっちへ！」

父親が跳んで、近くにあった一番大きな岩へ走りながら叫ぶ。タッキは、それに従う。

触手の径は二メートルほどもある。その表面から分泌する液は途方もなく粘着力が強いようだ。槍を持った防人だけではない。無数のブッシュ・バードがその触手の表面で身動きも出来ずへばりついている。

　別の悲鳴があがる。

　まさか、と思ってタツキがその方向を見る。巨大な触手が、そちらでものたうっていた。弓を持った手と矢を握ったままの手が触手の表面にくっついたまま宙吊りになり、ランドールが泣き叫んでいる。

　触手がのたうつたびに、跳ねまわるブッシュ・バードがその表面に面白いようにくっついていく。トモは、走り始めていた。タツキと父親が隠れている岩に向かって。だが岩場では全速力で走るといっても、なにぶん足場が悪い。

「早く！　急いで」とタツキが叫ぶ。近付いたトモを見て、父親が初めて「間違いない。兄さんだ！」と呟くのを聞いた。

　二本の触手は新たな獲物を探すように、〝通路〟の陸部分をのたうちまわっていた。

「あれは、何なの？」とタツキは父親に訊ねる。

「わからない。初めて見るものだ。普段は深海にいるんだろう。これだけブッシュ・バードが異常発生しているんだ。何かの拍子でこの怪物もブッシュ・バードの味を覚えたのかもしれない。ブッシュ・バードを捕獲しているんだ」

　そう言いつつ、目は自分の兄を追っている。

　岩の上を、防人を捕らえた触手が薙《な》ぐように移動する。その表面に取り込まれた防人は、すでに意識を失っているようだった。

「兄さん、危い！」

父親が叫ぶ。巨大な触手はトモに急接近した。

咄嗟にトモは身を伏せたが、間に合わなかった。右足が触手の表面に接触したらしく、そのまま宙吊りになった。

トモが悲鳴をあげた。

「兄さあーん」父親が絶叫した。

タツキも、絶望した。トモを助ける術が思いつかないのだ。

そのとき奇跡が起った。

炎が触手に降りかかったのだ。

触手が海に向かって逃げ始める。それを炎が執拗に追う。炎に焙《あぶ》り続けられる触手の表面が急速に乾き、無数の皺《しわ》が浮き出ていた。

その炎の源を目で追った。

崖を下りた位置で待機していた、もう一人の防人だ。だが、タツキが見慣れないものをその防人はかまえていた。その道具から、炎が放たれているのだ。

触手そのものが、最悪の臭気を放ち燃えだしていた。トモともう一人の防人が捕らわれている位置には炎はあてられていないが、表面は同様に乾いていくのがわかる。触手の皮が剝けてしまい、防人とトモが〝通路〟に落下した。

「間一髪！　間にあった」と父親が叫ぶ。それから「あちらの触手もだ」

火器をかまえた防人が、タツキと父親の横をすり抜けて、〝通路〟を走る。その背中には金属製の籠のようなものを背負っていた。手動のポンプのようなものらしい。触手に近付くと背中から下ろし把手を何度か上下動させ、そして両手で楽器のような金属筒をかまえると、再び炎を吐き出した。吐出口の大きさを調整したのか、今度は炎の幅が細くなり効率的に触手を焙る。

より攻撃が効率的になっていた。

防人の攻撃が中断しても、触手の炎があたった部分は、黒煙と耐えがたい臭気を放って燃え続けた。だが、炎があたったと同時に、触手は反射的に行動していた。凄まじい勢いで海に逃げている。

タツキは、息を呑んだ。そのままであれば身体の自由を奪われたランドールは、触手と共に海の中へひきずりこまれてしまう。

海面から身体の一部を出した正体のわからない怪物は、半球状の両脇の耳のように見える突起が激しく膨張と収縮を繰り返していた。収縮のときは、そこから体液を霧のように吹き出すのだった。だから、その突起は、耳とはまったく縁のない器官だったのかもしれない。ただ触手に受けた痛みが本体にまで伝わっているのだということは、怪物の様子を見ればわかる。

どのような変化が触手の表面に起ったのか。ランドールが触手の皮とともに落下した。やはり触手の皮が乾いて剥げ落ちたのだろうか？　そこは、すでに渚まで数メートルだった。

触手だけは、猛スピードで海中へと逃げ去っていく。あやういところだった。

ランドールも命拾いした……。

タッキは気が抜けて、その場にへたりこんでしまった。まるで、悪夢から目醒めたときのような気分だ。

しかし、ランドールが一度海岸に叩きつけられたのを見ている。海に引き摺り込まれることはなかったが、大丈夫なのだろうか？

わからない。

呆然としているタッキの視線の先で、しばらく後にランドールがゆらゆらと立上るのが見えた。大丈夫だ……と確信した。ただ、まだ怪物の皮が両腕に付着しているらしく、手が自由にはなっていないようだ。よかった……と溜息をつく。全員、ことなきを得た。

トモが数メートル先にいて、やっと立上った。タッキが父親を見ると、まだ放心した表情を浮かべていた。もう、まわりでは誰も武器を持つ者はいない。父親は、突然タッキの頭を右腕で抱えこんだ。

「生きていると信じていた。心配かけさせて」

それが父親なりのタッキへの愛情表現のようだった。頭を抱えられタッキは何度か、「父さん、ごめん。父さん、ごめん」と叫んでいた。腕を放されてタッキが見た父親の表情は笑顔だった。

「マサヒロ」と呼ばれて父親の笑いが消えた。呼んだのは、トモだった。

「兄さん」父親の言葉が、素直に出た。

それから、しばらくは二人とも無言だった。どう言葉を交わしていいか、わからないでいるようだった。トモが、やっと口を開く。

「親父そっくりになったな。姿を見た瞬間、そう思った」

「兄さんに、また会えるなんて」

そして二人はうなずき、黙った。さまざまな感情が溢れて、言葉にできないようだった。ただ、おたがいに近付き、どちらからともなく両手を握り合った。二人とも、みつめ合って、頷き合うだけだ。そして手を握り合ったまま流れる涙を拭《ぬぐ》おうともしない。タツキには言葉を挟みようもない。

そのとき、周囲で変化が起った。

凄まじい羽ばたき音だ。一羽であれば気づきもしないだろう。だが、視界を埋めつくす数のブッシュ・バードが一斉に飛翔すると信じられないほどの風さえ伴う。滅多に地上から飛び立とうとしないブッシュ・バードが空を目指すというのは、何かの危機を感知したのだろうか、とタツキは考えた。先刻の怪物を上回るような新たな存在とか……。

空はブッシュ・バードの飛翔に覆われ、暗くなるほどだった。そのため、父親とトモの感動の再会も中断されることになったのだが。

海には、新たな危機の気配は何も感じられない。何故？　とだけ、タツキは思う。

父親とトモは、再会による感情の昂揚がおかげで鎮まったようだ。二人は、ブッシュ・バードの消えた海岸で座りこみ、話を続けた。

タッキには、その話の内容はわかるのだが随行してきたランドールや防人たちには交わされる日本語は理解できないようだった。

そのトモが、父親の肩に手を乗せ、また泣いた。そのとき、トモの声が小声になり父親が

「父さんは許してるよ。何も言わなかったし。兄さんも若かったんだし」

トモはうなずきながら、泣いていた。それが、タッキに言っていたトモの心の中の責めに関するものだとはわかる。しかし、その内容まで知ろうとも思わなかった。地球での、家族のできごとだろう。タッキには立入ってはいけないできごとと思えたのだ。

「交流の方法を考えよう」と父親がトモに言った。トモも頷いた。そして言った。

「火炎放射器を見て、驚いた。そちらには、石油が出るのか？」

「ああ。つい最近、油砂《タールサンド》と油頁岩《オイルシエール》の石油鉱床が見つかったんだ。掘削技術が伴えば、原油を掘り出せるんだろうが、必要な設備がないから、とりあえず油砂から油分だけを抽出している」

そのとき、初めてタッキは防人が持っていた炎を放つ武器が火炎放射器というものであることを知った。なんと凄まじい武器だろうかと、驚く。

「こちらには、鉱石はあるが効率的に精錬するまでにはいたっていない。石油があれば、精錬が容易になるだろうな。これ迄は食糧を安定供給させることに全力を尽くしてきた。これからは、文明度を向上させる段階だ。たがいの情報をすり合わせる必要があるな」

タッキが、言い添えた。

「あちらには米があるんだよ」

父親は、驚きの表情を浮かべた。「まさか」

「いや、本当だ。我々は稲作をやっている。籾《もみ》を分けてやってもいいぞ」

「ぜひ、そうして欲しい」

二人だけで果てることのないとりとめのない会話が続いた。タッキが失踪して以来、父親は、時間を作ってできうる限り、ゲートへの防人の任に同行してきていたのだという。

「必ず、タッキは生きていると信じていた」ということだ。

父親についてきた二人の防人も、そしてあやうく生命拾いしたランドールも言葉がわからないまま、黙って父親とトモの会話を聞いているのだ。防人の一人とランドールは、まだ身体には怪物の皮の一部を付着させたままの状態なのだが。

それだけではない。ゲートを下って数人の防人たちも〝通路〟に集ってくるのだ。後ろを見ると、マッサを先頭に自衛団の人々も崖を下ってくるのだった。

「タッキは、返してくれるのか?」と父親が尋ねた。

「一度、町長に詳しく話をする必要がある。今後の交流の方法について。そのとき、まだ我々の町にタッキがいてくれた方が、進めやすいと思うのだが」

帰りたいのはタッキもやまやまのことだ。しかし、トモが言うように、しばらくは、タッキは町にいることがベストかもしれないと思える。コミュと町の橋わたしの立場が必要とすれば、自分ではないのか、と。

「タッキ自身は、どうだ?」

トモが、そう訊ねた。考えを伝えると、少し意外そうだった。「なるほど」と、大きく頷いた。

「ずっと、兄さんに預けっ放しということにはならないようにしたいな。しかし、兄さんのところにタツキがいるとわかっただけでも随分、安心したよ。タツキ。お前も成長したということだな」

それから、父親とトモの間で、いくつもの情報が交換された。そのとき二人の周りは、防人と自衛団に囲まれていたのだが。容貌は何の変りもない、〝人喰い〟と〝鬼〟たちが不思議そうに、しかも照れたように見つめあうのだった。

マッサだけが、タツキの背中を叩き、「よかったな。大成功じゃないか」と笑った。

頷きながらタツキも思う。少くとも〝通路〟を挟んだこの地域での緊張は、劇的に解消したのだと。いずれ、この〝通路〟は友好の海岸になるのでは……という予感さえ持つ。

「母さんには、よく言っておく」

父親は、笑顔でタツキを別れしなに抱き締めた。「タツキのことを、私は誇りに思うぞ」

その父親の言葉が、タツキには何より嬉しかった。だが、自分が本当に父親が言う誇れる行動をやったのかは、自信はない。

〝通路〟から自衛団と共に三人は崖の上へ戻る。そこで夜を過ごし、明るくなるのを待った。

タツキは父親と会えた高揚感に包まれた。

トモにしても、これほどの上機嫌な状態はなかったと思える。彼の心の隅にあった咎《とが》から解放されたということもあったのだろう。しかし、翌朝、トモの表情に変化が見られる。三人は自衛団よりも一足早く出発した。道中のトモの眉間に不安が見てとれるのだ。

それを質問したのはマッサだった。

「父さん。どうしたの？　何だか、おかしいよ。機嫌悪そうで」

トモは、無意識に自分がそのような表情をしていたとは気がつかなかったらしい。

「そうか。顔に出ていたか……」

タツキは、単純にこれからエデンとの交流が始まることでの負の可能性をトモが心配しているのではないかと考えていた。だが、実はもっと切羽詰ったものだった。

「どうしたの？」とマッサがもう一度訊ねた。

「不安になってきたところだ」

「何が？」

「〝通路〟にいたブッシュ・バードだ。あれほどの数が、一斉に姿を消してしまった。何故かと考え始めたら、悪い方向にばかり考えてしまう。滅多に飛ばない筈のブッシュ・バードが、本能に従って飛ぶというのは、どういうことか、とね」

「海から現れる怪物から身を守るためじゃなかったの？」

「それはちがうだろう。怪物に食べられてもあの大群の中では、ほんのひと握りでしかない。

ブッシュ・バードの種の保存にとっては影響は小さい筈だ」

エデンとのこれからの交流以上の不安というのがタッキには、意外だった。しかも、人が近付くだけで素早く走り去るだけの人畜無害な鳥を、これほどまでに不安に思うなんて。

「これが杞憂《きゆう》に過ぎないことを祈っているんだよ」

トモは、それだけしか話さず、自分が感じている不安の内容については触れることはなかった。可能性を話したところで、不安を増殖させる結果にしかならないと、トモは考えたのかもしれない。

清流沿いに着いたとき、トモの形相が変った。

行くときは見かけなかった数羽のブッシュ・バードが、かさこそと列を作って藪の中へ走り込んでいくのが見えたからだ。

「まさか」と、トモは呻《うめ》くように言った。彼の不安が悪い方に的中したらしい。このときもタッキの中では、何が？　という疑問しかなかった。何が「まさか」なのか。

清流で喉を潤すのも、そこそこに、「先を急ごう」とトモはうろたえた様子で言った。

森の方々に今は、ブッシュ・バードの気配があった。たった今まで、それがそこに存在していたことがわかる。大量の糞だったり、藪の中を無数に走り回るざわめきだったり。

ただ、これだけはわかった。

〝通路〟界隈から完全に消失したブッシュ・バードの飛んだ先は、こちらの方角だったのか、と。

トモの憂いが現実となろうとしているらしい。

「ブッシュ・バードが生きのびるための餌が〝通路〟にはもうないんだ。あれだけ異常発生した卒塔婆笹の実をあいつらは喰いつくした。あいつらは、新しい食糧源の存在を察知したんだ。本能で、こちらにやってきた。卒塔婆笹の実に似た食糧を求めて」

それが、何を意味するのか、そのときタツキにもはっきりと見えていた。

「卒塔婆笹の実に似ているもの……」

「米だ。卒塔婆笹の実は米に似ている」

「あ」

タツキは、〝町〟を出るとき、稲が結実し穂先を垂れさせようとしている田園風景を思い出していた。

「あれも、ブッシュ・バードによるものか？」

マッサが藪近くの地面を指差した。直径四十センチほどの穴があいている。「行くときは、こんな穴はなかった。ほら、あそこにも」

タツキの知識では、ブッシュ・バードにそんな穴を掘る習性はない。だが、行きには、そんな穴は存在しなかった。それも前日のことなのだ。

「ブッシュ・バードは穴を掘ったりしない」

「じゃ、なんだよ」

「わからない」

トモも初めて目にするものだという。とすれば、このあたりでは本来見かけることのないブッシュ・バードに関わりのあるものだと考えるのが普通だろう。

気になりつつも、三人は町への道を急いだ。

そして、恐れは現実となった。

森を抜けるときに、その気配は感じていた。

人の叫び声。そして……森の中まで谺《こだま》してくるブッシュ・バードの鳴き声。

森の向こうは田が広がっている筈だった。

そう……そしてそこには無数のブッシュ・バードたちが稲に群がっている。

空を舞うブッシュ・バード。それを追う〝町〟の人々。だが、ブッシュ・バードは圧倒的な数だ。視界の果てまで続く田圃をブッシュ・バードが襲っている。田そのものを覆いつくすほどの数で。

人々の姿も見える。狂ったように木の枝や鎌を持ってブッシュ・バードを追いはらおうとするが、焼け石に水の効果しかない。それでも〝町〟の人々のほとんどがすべての農地に動員されているにちがいない。

視野のすべてにいるブッシュ・バードたちは単に飢えを癒したいだけなのだ。卒塔婆笹の実によく似た米を食べることで。

ブッシュ・バードの一羽が、米の存在を知った。そして、彼等なりの未知の伝達方法で、その知識が種全体に拡がった……。

ブッシュ・バードたちは単に生きのびたいという本能に従っているだけだ。しかし、〝町〟の人々にとっては丹精をこめて、この段階まで育てあげた米なのだ。

それから、タツキたち三人は〝町〟に向かって走りに走った。その間も、同じ光景が続く。狂ったようにブッシュ・バードを叩き殺す人々。しかし、鳥たちの食欲を削《そ》ぐ効果はまったくないのだ。

道にへたりこんで、なす術なく喚く人や、稲を小さなネットで覆おうとする人。それがどれだけの効果を持つかは疑問だ。

〝町〟は空っぽの状態だった。

町長だけが役場前の広場で魂が抜けたような表情で座りこんでいた。

「トモ……」とか細い声をあげ、ようよう立上がった。

「打つ手がないんだ」と町長は言った。「想像もつかなかった。この一年は、ひどい一年になるぞ」

「ああ。鳥を追い払う方法もここに来るまでに考えていた。地球では害鳥をどのように駆除していたか、必死で思い出そうとするが思い出せない。頭に浮かんだのは案山子くらいだが、それを今から作ろうとしても間に合わない」

「か・か・し？」

「ああ……スケアクロウだ」

「確かに間に合いそうもない。こんな状況は考えもしなかったが」

「すべてを守るのは無理だ。来年、また米が作れるだけの量を守るしかないだろう。卒塔婆笹が開花しなければ、あの鳥たちの絶対数は減る筈だ。来年の生産に賭けるしかない」

「どうするんだ」

「ブッシュ・バードは臆病な鳥だ。人の近くまでは寄ってこない。今の、被害の少ない田を人海戦術で近付けないように守るしかないだろう。少くとも、すべての籾が食いつくされることは防げる」

しばらく、町長は黙していた。思考が回っていないように見える。

遠くで、何かの鳴き声が聞こえる。タッキは、その鳴き声の方向を見た。ブッシュ・バードの鳴き声とはちがう。いったい何が鳴いているのだろう。腹に響くような連続音だ。

森の方から聞こえる。一つではない。二つ三つ……無数の鳴き声が輻輳《ふくそう》しあう。かん高いサイレンのように。

「なんだ。あの音は……虫の鳴き声のようだが」

トモが、音の正体を見極めようと凝視していた。

「虫の鳴き声？」とタッキが訊ねる。

「ああ。子供の頃、地球でよく聞いた気がする」正体がわかる筈もない。

それから、町長に向きなおった。

「守れる稲だけを、とにかく守ろう。確実に籾を残そう」

「あ……ああ」町長の目に、やっと焦点が戻った。

「町の近くの田が、比較的まだ被害にあっていない。こちらの田を手分けして防ごう。集められるだけ、人を集めよう」

とぼとぼと町に戻ってくる人々に、トモと町長が説得する。人々は、他にすがる道はないと、二人の言葉に従う。

町に近い田には、数十人ずつの人々が入った。それで臆病なブッシュ・バードたちへの牽制にはなるが、群れは、まるで茶褐色の絨毯のように〝町〟の方へと近付いてくる。

タツキとマッサも田の中へ入った。

タツキは信じられなかった。この臆病なブッシュ・バードが、これほどの脅威になろうとは。

二人は、数メートル離れて並ぶ。まだ、エデンのことも報告せず仕舞いで、このような危機状況に対処しなくてはならないとは。

徐々に田を守る人々が増え始める。皆が等間隔で並ぶたびに、守れる範囲が広がってくる。

「しかし、いつまでも、こうしているわけには、いかないよなぁ」

そうマッサが言う。夜は、ブッシュ・バードたちも動きが封じられる筈だが、いつ迄奴等が居続けるのか、皆目見当がつかない。それまでは、稲を守るために離れられないということではないか。そう考えると、気が遠くなりそうだ。

もっと恐ろしい想像までしてしまう。

今でこそ、臆病さが食欲に勝っているから近付いてこないだけだ。飢えが進行して臆病さが消えてしまえば……。

奴等が、いっせいに襲ってくることになれば……。いや、そんなことは考えないようにしよう。そうタツキは自分に言い聞かせる。

「なんだろうな。あの鳴き声は……」

隣の男も、そう漏らしているのをタツキは聞いた。今や、森だけではない。〝町〟を中心に取り巻くように、その泣き声は響いていた。ブッシュ・バードの鳴き声とも異なる。

「うわっ」

新たに田の中へ稲を守ろうと入ってきた男の姿が消えた。

「どうしたんだ」と周囲から声がかかる。

「足をとられた。こんなところに穴を掘った奴がいる。質《たち》の悪い悪戯《いたずら》しやがって」

再び、姿を現した男が、怒声を発した。「こんなでかい穴だ」と両手で輪の大きさを示した。周囲で笑い声が湧いた。

「本当だよ。信用しないのか？」

タツキが連想したのは、〝通路〟からの帰りに森で見た無数の穴だ。あの穴も男が両手で示した大きさだった。偶然と思えない。

しばらく後に、その男が再び叫んだ。

「こりゃ……いったい何だ」それから、両手で、何やら正体のわからない褐色のものを頭の上にかざした。軽いものらしい。タツキは何かの生きものの死体なのだろうか、と思う。

「こりゃ何か……でっかい虫の抜け殻だぞ。こいつが……地中から出てきたんだ。さっきの穴の正体は、こいつだぞ。これ……何なのか、誰か知らないか？」

周囲に、その〝抜け殻〟をかざしてみせるが、誰も知らないようだ。ただ、一人の老人が、「大きさはちがうが、地球にいたときに見た蟬の抜け殻に似ている。あれも、地中で幼虫時代を過ごすからなあ」と答えた。

「蟬？」

「そんなでっかい蟬がいるのか？　これまで、見たこともないというのに」

そんな声が飛び交う。

「じゃあ、あの変な鳴き声。〝町〟のまわりを取り囲んで鳴いている奴。あの正体が、それだというのか？」と誰かが言った。

その発言で、皆が押し黙った。皆は、遠くを見回す。ブッシュ・バードの群れの彼方を。

なんという偶然か、それまで響き合うように鳴き競っていたものが突然に消えた。

唐突に沈黙が訪れた。

慣れ始めていた騒音が、いっせいに消えるということが、これほど不安を掻きたてるのだということをタッキは初めて知った。低く大きな唸り音が遠くの大地でそのとき舞い上がるのを知った。腹の底に迄響く音の正体は、真っ黒い雲だった。

いや、雲などではない。雲は、そのような音を発することはない。それは無数の黒い点の集合体なのだ。そのあまりの膨大な数により、黒い雲に見え、また不定形の巨大な怪物にも見える。

ばさり、とブッシュ・バードの群れの中に何かが落ちる。ブッシュ・バードがその空間から散った。だが、一羽のブッシュ・バードがそこに残されている。ブッシュ・バードより、ひと回りも大きな虫にがんじ搦《がら》みにされて。犠牲になったブッシュ・バードは激しくもがくが、すぐに静かになる。虫の細い針状の口がブッシュ・バードに突き刺さっていた。体液を啜《すす》られているのだ。

タツキは、ぞっとした。あれが背中に飛びかかってきたら……。

まるで弾丸のように天から振ってきて、鋭い針で背中を突き刺す……。逃げる術はない。

震えがタツキの全身を走った。

あの暗黒の雲すべてが巨大虫の大群だと悟ったからだ。あれだけの巨大虫が、地中から這い出し、成虫となったのかという怯えだ。

バサリ。

蟬に似ている虫が、ブッシュ・バードたちを襲い始める。黒雲は、すでにタツキたちの頭上にあった。

まるで、夕立ちの降り始めのように、そのときの巨大虫たちの落下攻撃は、まだまばらだった。

逃げるべきか。田を死守するべきか。タツキは迷いに迷った。だが、誰も逃げるものはいない。

ある時点を境に状況が劇的に変った。

「虫が落ちてくる！」

悲鳴に近い叫びを誰かがあげた直後だった。黒い豪雨のように天から巨大虫が鈍く低い羽音と共に降り始めた。

もうだめだ！

そうタツキは思った。しかし……。

巨大虫は田には落ちてこない。

ブッシュ・バードの大群の中だけに黒い幕のように落ちていく。

鳥たちが、けたたましい断末魔の鳴き声をあげる。そのブッシュ・バードの血を吸りながら巨大虫は尻を小刻みに振り、例の鳴き声を激しくあげ始めた。

ブッシュ・バードの褐色で先程まで埋めつくされていた田の周囲は、今では巨大虫の黒一色だ。

「なんで……」

立ちつくして、呆然としたマッサはタツキの思いと同じことを言葉にした。

巨大虫の嗜好は、ブッシュ・バードのみに限られているのだ。人々がいる田圃には、不思議なことに落ちてこない。たとえたまに落下してきても、ブッシュ・バードの群れの方向へ飛び去ってしまうのだ。

いかに素早いブッシュ・バードの逃げ足をもってしても巨大虫の落下攻撃から逃げる術はなさそうだった。

「奇跡だ。ブッシュ・バードが駆逐される」

誰かが事態を好意的に解釈して、そう叫んだ。その誰かの言う通り、かろうじて生き残ったブッシュ・バードの群れが必死で飛翔して何処かへ逃げ去ろうとしていた。

飛び去った方角をまた、黒く小さな雲が追っていくのが見える。巨大虫たちの群れもまたブッシュ・バードを食餌の対象としてしか見ていないのだ。

それで、〝町〟の人々はブッシュ・バードの脅威から解放されることになった。しかし、想像以上の被害を結果として蒙《こうむ》ったことになるのだが。

恐れていたとおり〝町〟の人々の主食である米は予定生産量の九十パーセントが、ブッシュ・バードの腹の中におさまってしまった。稲の茎までも食い荒されるという獰猛な食欲ぶりだった。

町の人々の捨て身で守った稲が一割も残ったのが奇跡のようなものである。

一週間後、寿命を終えた巨大虫の死骸が、〝町〟のまわりを埋めつくした。巨大虫たちは申しあわせたように天寿をまっとうしたのだ。

巨大虫は、その後の調べで、誰かが言ったとおり、地球の蟬に極めて近い種類であることが判明した。身体の構造も習性も。

幼虫期を地下で過ごし、成虫として地上に出て交尾し、産卵し、寿命を終える。地球では、十数年を幼虫期で過ごす蟬もいるという。人類が、この星に降り立ってから一度も、この巨大蟬は成虫のサイクルを迎えていなかったのかもしれない。数十年か、あるいは数百年に一度しか姿を現さない蟬……。

後にトモが「聞いた話だが」と断って語ってくれた。

「この星の数十年に一度の現象かもしれない。卒塔婆笹の結実、その結果のブッシュ・バードの大繁殖。そして、その信号が何故か地下の百年蟬に伝わって成虫化する。そんな見えない連鎖があるのではないか」

そういう説になっているようだった。そして、死に絶えた巨大虫は「百年蟬」と名付けられたと知る。

どのようなステップで〝町〟とエデンの交流が進められたのかと言えば、タツキには、このパニックが、これほど貢献することとなるとは思いもよらなかった。

稲の壊滅による飢餓状況は、エデンからのポグ芋の供給によって免れることができたからだ。

その年、地下茎の収穫物であるポグ芋は、エデンでは、かつてない程の大収穫だったのだ。

ブッシュ・バードに食い荒された土地を見ながら、皆が呆然としていたときに、トモがポツリと言ったこと。

「どぎゃんかなる」

そう。こうして、エデンと町の交流は、どうにかスタートし、融合の時代に入るのだ。

閉塞の時代

マイケルは、プラスチックの畝《うね》に培養液を流しこんでいた。畝からは緑の茎が伸び、五メートルほどの高さの天井に届こうとしている。そして、無数の緑色のトマトが垂れ下がっていた。そのエリアのトマトは収穫までに二百時間ほど必要だろう。

隣のエリアのトマトは、次の勤務では収穫ということになる筈だ。マイケルの受持つ量で、約二千人に必要なトマトを生産していることになる。

もの心がついてから、マイケルは来る日も来る日も、この宇宙農場の一室で、トマトを作り続けてきたのだ。

畝が培養液で満たされると、チューブを壁に収納し、ステップ3の状態の畝に移り、開花しているトマトの花の授粉作業に入る。

それほど広い部屋ではない。百平米くらいだろうか。そこが、今はマイケルが時間の大半を過ごす場所になっている。

季節の変化がない宇宙船ノアズ・アーク号の内部では、経過時間は地球での尺度がそのまま利用されていた。年も月も日も時間も。

その測定方法でいけば、マイケル・ウォーカーは、二十九歳と三ヵ月になる。

宇宙船ノアズ・アーク号で生を受け、宇宙船ノアズ・アーク号で育ち、宇宙船ノアズ・アーク号で働いている。

マイケルにとって、世界は宇宙船ノアズ・アーク号だけだ。かつて、親や先祖が地球という惑星で生活していたということは聞かされて知っている。写真や映像では見たことがある。腕のN-ホーンの時刻表示の待受け画面にも地球の風景が使われているくらいだ。しかし、その地球も今は消滅してしまっているのだ。そして、宇宙船ノアズ・アーク号は世代間宇宙船として〈約束の地〉という惑星を目指しているという。

だが、その〈約束の地〉にたどり着くのは自分の生きている間ではないこともわかっている。

人の一生には限りがある。自分の世代の次の次か？　〈約束の地〉へたどり着くのは。

宇宙船ノアズ・アーク号で生まれ、宇宙船ノアズ・アーク号しか知らず、宇宙船ノアズ・アーク号で死んでいく。

それがマイケル・ウォーカーの人生なのである。一生を、この部屋でトマトを作り続けることに捧げて。

宇宙船ノアズ・アーク号がどのような原理で宇宙を移動しているのかは知らないし、宇宙船内のルールが、どのように変更されているのかもわからない。アダムス大統領を中心とする政府の決定事項を、区画長や庁の担当者から伝えられ、それを受け容れるだけなのだ。

マイケルが知っているのは、この部屋で、いかに効率よく大量のトマトを生産することができるかということだけだ。

マイケルの左腕のN‐ホーンが鳴った。作業の手を止めて、N‐ホーンに手をかざす。

「仕事中か？」

やはり、トマトを隣の区画で作っているスコット・ベールが画面いっぱいの顔で言った。

「今、授粉をやっている」

宇宙船内には虫がいない。だから、授粉作業は、人間の手を煩わせなくてはならない。

「あっ。面倒なとこだな。悪かったな」

スコットはマイケルと年齢も同じだし、トマト生育の作業を引継いだのも同期だ。だからなにかと親しくしている。

「いや。別に、いいよ。何だったんだ」

「もうすぐアダムス大統領の演説だろう。大画面で放送見ないのか？　皆、集っているぞ」

すっかり忘れていた。そんなことに興味が湧かなかったのも事実だ。

「N‐ホーンでも見れるからいいよ。それに演説の内容も、だいたい予測がつくから。例の……ノアズ・アーク号人口が四万人になるという発表だろう」

「たぶん、そうだ」

「その後、未婚のぼくたちに、早く結婚して次世代の後継者を作れと説教があるんだろう。だいたい、そんなところかな」

「きっと、そうだろう」

「後継者を作りたいのは、やまやまだが、おたがい相手がいないしね。できても後継者を作れるチャージがない」

「まあな」

トマトを納品することによって、N-ホーンに報酬が〝チャージ〟される。その〝チャージ〟で食糧や欲しいものは手に入れることになる。

「虚しくなるばかりだ」とマイケルは答えた。

「あがりは何時の予定だよ」

スコットは訊ねてきた。

「一九〇〇の予定だ」

「一緒に飯を食わないか？　久しぶりに」

「ああ、いいよ。じゃ、配給分のキャンセル入れておくよ」

「一人、おもしろい奴を連れてくるよ。もちろん男だけど」そうスコットは付け加えた。

一九二〇に五分ほど早くマイケルは到着した。ノアズ・アークの中央近くにある第一カフェテリアの前だ。すべての区画が集中するエリアだから、待合わせるには便利がいいし、ベルトウェイも乗り換えの必要がない。マイケルの農場《ファーム》からも十分で行ける位置だ。

入口で、スコットがにたにた笑いながら待っていた。短パンにアロハシャツという、まったく気を遣わない恰好だった。マイケルもTシャツにジーンズだから、似たようなものだ。農場の作業着から部屋着に着換えただけのことだ。

この時間は、カフェテリアは圧倒的に若者が多い。交流の場と化している。他の世代は自分の居住区で、家族と過ごすのが常なのだ。だが、広いカフェテリアも長年のうちに棲みわけができている。グループで集まる連中は中央部。奥の左手の方は若い女性同士が集まる場所。奥の右手の照明がせわしなく変化する位置は空けられている。そしてマイケルやスコットのように野郎同士でぐだぐだ話すのは、入口に近い隅の方だ。

音楽は二一〇〇までは、比較的静かなクラシックが流される。

「もう一人来るって言ってたろう？」

「ああ。遅れているみたいだ。先にやってよう」

そうスコットは言い、二人で厨房前のレーンにならぶ。中央では、職場ミーティングが終った流れで来ているらしいグループが賑やかに騒いでいる。マイケルには縁のない宴だ。職場は自分だけなのだから。

二人は、トレイにアルコールと軽食をのせて空いたテーブルを探して腰を下ろした。

「ああいう騒いでる連中の職場ってのは、だいたい仕事中に行くと、シーンとした冷たい雰囲気のところが多いんだ」

スコットは負け惜しみっぽく言った。「ストレスが溜ってるんだ。近くに寄って聞いてみたらいい。次元の低い話しか、していないからな」と横目で、ひがみっぽく。

「だが、あちらには若い女のコが多いぞ」とマイケルが言うと「俗っぽい女なぞ、興味ない」と負け惜しみを返してきた。

「また、ここも大分、増えてきたな」とスコットはあたりを見回す。

「ああ。しばらく足を向けていなかった」とマイケルは答えた。二十日程前に、事件があったのだ。二十五歳の若者が、ちょうど今の時間帯に、このカフェテリアで自前の爆弾で爆発自殺をやってのけたのだ。それから三日間第一カフェテリアは閉鎖された。その自殺で三人が巻き添えで死亡し七人が重傷を負った。四区の空調担当の若者が、自分のありあわせの知識と薬剤で、手製の爆弾で犯行に及んだという。動機は不明だった。同居の両親が遺書らしきものを発見したが、「こんな世の中、馬鹿げてます。一人でも多くの人と一緒に死にます」と走り書きされたものでしかなかったらしい。

「気が狂ったんだろう」「目立ちたかったのかも」と人々は口にしたが、その真実はわからないままだ。犯行に及んだ本人が、すでにいないのだから。

だが、その事件も、カフェテリアの現場までやってこないと思いだすことはない。現実にマイケルも、たった今まですっかり忘れていたのだ。今はすべて修復は終っており、そんなできごとはなかったかのように人々は過ごしている。

「俺は、ここで爆弾自殺した奴の気持ちが、少しはわかるような気がするよ」とスコットは意外なことを言った。

「えっ？」

「死に至る病だ。絶望だよ。自分の生きかたが虚しいってことに気がついたんだろう。そいつがやっていた仕事とかは関係ない。生まれたときからノアズ・アークの中で、ノアズ・アークの目的地も見ないで死んでいくんだ。俺たちの役割はなんだ。ノアズ・アークの部品と変らないだろう。唯一人間らしいことって、ノアズ・アークがたどり着く目的の星に立つための子孫を作ることだけだ。子孫を作る相手がいなけりゃ、人間としての存在価値もないってことだ。俺たちは、人間以下だ。自殺した奴も、俺も、マイケルも。なあ」

スコットは歯を剝き出して笑った。

「女に興味ないんだろう？」

マイケルは否定した。「そんなことはない。誰でもいいってわけじゃない。好みの範囲が狭いんだよ」

「じゃ、どんなのが好みなんだ」

「それは……」

マイケルは口籠る。名前は知らない。二度ほど、すれちがったことがある。友人たちと朗かに笑いながらベルトウェイに乗っていた少女。プラチナ・ブロンドの瞳の大きな。名前も知らない。いつも、マイケルが出会うのはベルトウェイでの瞬間のすれちがいだ。名前も、どこの誰かも知らないが。

「今の生活じゃ、とにかく余裕がないんだ。そこまで考えてるのは」とあたり障りのない答をした。このことは誰にも話したことはない。

領きながら、スコットが言ったことが、その日、マイケルを呼びだした用件のようだった。

「仕方ないな。今の俺たちには、トマト造りに追われて、そんな時間の余裕はないからな。仕事を終えて、自分の部屋でゲームやって眠る、の繰返しで精一杯だからな。それでな。俺たちの仕事で合理化できるところがないか、ずっと考えていたんだ。少しでもゆとりの時間がとれるようになる工夫ってのを」

今でさえ、天井まで伸びたトマト栽培は、せまい空間で合理化されつくしている筈だ。

「ホルモンに時間かかるだろう」

そう、スコットは言って同意を求めてきた。彼のいうホルモンとは授粉作業のことだ。花にホルモン液を散布する。その液がまちがってトマトの茎にかかると、茎を枯らしてしまう。

「ああ。しかし、ノアズ・アークの中では仕方ないだろう。テキストでは地球ではマルハナバチを使って授粉させていたってあるけれど、ノアズ・アークは虫の持込みは禁止されたんだよな」

「そうだ。虫類は一切だめだ」

「トウモロコシやってる奴等は楽みたいだよなあ。あれは、風媒花だから」

「ホルモンに費やしている時間が省けたら、楽だと思わないか?」

それにはマイケルも同意するしかない。今の授粉作業は、気の遠くなる手仕事なのだから。

ノアズ・アークが地球を出発するとき、小動物は持込まれたのだが、それ以外の生物については、一切禁止された。本来、自然の連鎖の中で食物は生まれるのだが、地球脱出を急ぐあまり、宙航中の危険リスクを優先したために、そのような選択がなされたのだ。だから虫媒花によって結実する作物については、本来なら地球では省けた手間をかけなければならない。

「そりゃあ、もちろん楽だと思う。ひょっとして、虫に代わるナノロボットとかできたのか？　何タイプか開発された話は聞いたことあるよ。ただ、やたら効率が悪くて、そのまま立ち消えになってしまったな。今は、誰も使っていないだろう」

「ちがう。ナノロボットじゃない」

早い世代で虫型ナノロボットを使った授粉作業が提唱された時期があったが、ほとんど使いものにならなかったという。すぐに充電が必要になる。作動時間が短い。故障が頻発する。そして、何よりも、人の授粉作業よりも時間がかかる。

そして、誰も使わなくなったと聞いている。

「じゃ、どうしようと思っていたんだ……」とマイケルが訊ね返しつつ、口がぽかんと開いたままになった。凍りついたような表情で。

信じられなかった。

あの娘だ。

たった二回会っただけだが、マイケルの脳裏に刻みこまれてしまった女性が、彼のテーブルの先を歩いていく。二人の友人の女性と笑顔で話しながら。少し痩せ気味だが、上品な振舞いで。まるで天女が雲の上を歩くような優雅さで。ときおり長いプラチナ・ブロンドの髪をはらいながら。

「どうした」とスコットが声をかけた。そしてもう一度「どうした？」

マイケルは自分がどのような表情になっていたのかわからないが、顔の筋肉はすべて弛緩してしまったようだった。

スコットが振返って「ああ。そうか」と納得したように言った。「マイケルの意中の女性って、ちゃんといるわけだなぁ」

その娘は、ゆっくりと右手奥のテーブルに進んでいく。そのあたりのテーブルには、あまり人が座るのは見たことがない。

「あのスレンダーで髪の長い娘だな。目立っているもんな」

「ああ……そうだ」

マイケルは否定しなかった。感心したようにスコットは、何度も頷く。

「なるほど。他に彼女を作ろうとしないわけだ。マイケルのハードルって高いよな。しかし、あの席に座るっていうのは……まぁ、無理だな」

「えっ？」マイケルは耳を疑った。「何故、そんなことが、すぐにわかる。彼女は誰なんだ」

「誰かは知らないさ。だが、これだけはわかる。皆、あちらの席には座らないだろう。何故だか知ってるか？　あそこはランバート一族の専用席だからだ。それを平気であちらに座るというのは、彼女はランバート一族ということだ。選民なんだよ。あの一族のおかげで俺たちがいるってことなんだから」


　ランバート一族。

　マイケルも耳にしたことがある。フレデリック・アジソン初代大統領が地球を脱出する際に、全面的な資金援助を行ったのが、ランバート一族の長、グレアム・ランバートだ。ノアズ・アーク号の建造から搭乗員の選別、積載物の準備、搬入までを秘密裡に実行した。その見返りとして、ランバート一族三十五名も、ノアズ・アーク号脱出に加わった。

　その長たるグレアム・ランバートは、この世代間宇宙船の中で天寿をまっとうしたが、ランバート一族の権力は、船内では今も絶大なものがあるのだ。その一族の末裔たちも拡散を始めているが、例外なく区画長以上の高ポストにいるものばかりだ。

　そんなランバート一族の席で、娘は談笑している。さも自分がそこにいるのは、自然なことだというように。

「そんなこと、書いてないだろう。あそこがランバート一族専用だなんて」

「書いてないさ。書いてなくても昔からそうだと決まっているんだ」それは常識だとでも言いたげだ。「おい。あんまりじろじろ見ていると変な奴だと思われるぞ」と付け加えた。

「あ」

　マイケルは、あわてて目を伏せる。彼女は顔をこちらに向けて座っている。どうしても目が吸い寄せられてしまう。

どうすれば、あの娘と知り合いになれるのか。近付いていって話しかける度胸は、彼にはない。どこの誰かということだけでも知りたいのに。せっかく、近くに彼女がいるというのに。

マイケルの頭の中は、その娘のことで溢れかえらんばかりだが、だからといってどうしようもできない。

「待ちましたか？」と声がして、マイケルは、はっと我に返った。二人の間に背の高い東洋人系の男がいた。

スコットがあわてて立上ったので、反射的にマイケルも腰を上げた。

三〇代半ばの男だった。目が細く顔が長い。

「友人のマイケル・ウォーカーです。やはりトマトを造っています」とスコットが紹介した。

「こちらはヨモギダさん。船長室勤務だ」

船長室勤務と聞き、マイケルは緊張した。

「初めまして」とヨモギダは握手を求めてきた。マイケルはあわてて掌の汗をズボンにこすりつけて握手に応じた。

スコットとヨモギダは、ネット・ゲームで偶然にコンビを組むようになって知りあったということだ。しかし、船長室勤務のヨモギダとスコットは他にどのような接点があるのか、まったくわからない。

「船長室勤務ですか……。いったい、どんなお仕事なんですか」

どんな話をしていいのかマイケルにもわからず、あたりさわりのない質問を投げかけた。

ヨモギダは背筋を伸ばして座った。

「ええ。船長の雑用係ですよ。船長のスケジュール調整とか、船の各部所から送られてくるデータの分析とか。船長と副船長が非番のときは複数代行もやります。少くとも楽しい仕事じゃないですよ。マイケル……はスコットと同じトマト栽培ですか。いいなあ。楽しいだろうなあ。緑を見て一日を過ごすというのは」

そう言われて、マイケルとしては複雑な心境だ。

「そんな話じゃないんですよねぇ。今日ヨモギダさんに来て頂いたのは、ヨモギダさんの仕事とは関係ない趣味の話だから」

「趣味？」

マイケルは、ゲームのことだろうかと思う。

「ああ。ヨモギダさんと会って話していて、知ったんだ。ヨモギダさん、虫マニアって」

ヨモギダの感情の読めない目が、少しだけ困ったように歪む。

「小さな声でお願いします。ノアズ・アーク号ではご禁制ですから」

自分の耳を疑いマイケルは、スコットとヨモギダの顔を交互に眺めた。冗談を言っているのではないらしい。まるで、ヨモギダが虫を飼っているようにしか聞こえない。

「虫……いるんですか？」

マイケルは、本の中の知識としてしか虫の存在は知らない。スコットが声を押し殺す。

「いるんですよねぇ。飼ってるんですよねぇ。ヨモギダさん」

ヨモギダは、まずいなぁ、まずいなぁ、と繰り返しつつ頷いていた。そこで、スコットの言っていた真意を理解したのだ。

トマトの授粉作業を虫にやらせる！

「見ますか？」

頬を掻きながら、ヨモギダが言う。「可愛いですよ」

返事を待たずにヨモギダはテーブルの上に持参した茶色のバッグを置いた。もう一度、素早くあたりを見回し、ファスナーを開く。それからマイケルの顔をまじまじと見て「可愛いですよ」と呟くようにうっとりした表情で言った。

虫……昆虫。

マイケルには図版でしか見た経験がないから、実感として浮かばない。いったい、どんな生きものなのだろう。バッグの中に容器らしきものが見えるが取り出そうとはしない。代わりに右掌で、もっと近付いてというジェスチャーをした。

スコットとマイケルは、バッグに恐る恐る顔を寄せる。

カサ、カサカサッ。音がする。

直径三十センチほどの広口ビンがあった。上部がガラスになっていて、内部が見える。確かに何やらが動いている。茶褐色の四、五センチのものだ。それが十数匹。これが虫か。

マイケルは不快感を覚えた。

「可愛いでしょう」と言ってヨモギダはファスナーを閉じ、あわててバッグを床に置いた。

「どうやって手に入れたんですか？　その虫、なんというんですか？」

　マイケルの質問にヨモギダはじらすようににんまりと笑みを浮かべる。

「この虫ね。ゴキブリと言うんですよ。でかいのがワモンゴキブリ。小さい方がチャバネゴキブリ。ワモンゴキブリは積極的に活動しますよ」

「二種類もいるんですか？」マイケルは呆れた声をあげた。

「そう。すべての虫は、持ちこまれなかった筈なのに、この二種類だけは、卵の状態で、持ちこまれた服に付着していたんだろうと思う。オクラホマIIの備品室をある日開いたら大量発生していて、秘密裡に駆除された。そのときの生き残りを殖《ふ》やしたんだ」

「殖やした……」思わずマイケルは呆れた声をあげた。ということは、ゴキブリはこれだけではないということか。

　ヨモギダは厳粛そうに頷いた。

「今、四百四以上は、育てています」

「どこで育てているんですか？」

「うちは、父親が亡くなったから、一部屋、まるまる飼育に使えるんですよ。自分で飼育器を作って、その中で」

　マイケルがゴキブリ……いや虫を自分の目で見るというのは初めてのことだが、背筋がぞくぞくするのを止めることができなかった。自分は虫とは相性がよくないのかもしれない。

何と気色の悪い生きものなのだろう。体軀はひらべったく、てらてらと気色悪い光を反射させる。耳をすませると、かさかさと不気味な音をたてる。

この、どこが「可愛い」と呼べるというのか。そして、スコットは何故、自分にこんな変な趣味を持つ男を紹介しようと思ったというのだ。

ひょっとして……。厭な想像をあわてて打ち消した。

「それで思いついたんだ。トマトの授粉に地球では温室でマルハナバチを飼ってやらせていたという記述がある。マルハナバチも四枚羽根だ。ゴキブリも四枚羽根だ。しかも、どちらも六本足。同じ昆虫だ。マルハナバチにできることが、ゴキブリにできないことはないだろう。

俺たちが時間を割いている授粉作業を、このゴキブリたちがやってくれれば、随分と作業時間が短縮されるじゃないか」

マイケルは最悪の想像があたってしまったことに愕然とした。いかに生物学の知識のない自分でもわかる。昆虫でも種ごとにそれぞれの習性は異なるのだ。同じ昆虫だからといって、ゴキブリに授粉をやらせるという発想そのものが、あまりに乱暴ではないか。

「どうだ‼」

どうだ、と鼻息荒く問われても困ると、マイケルはたじろいだ。

「それよりもヨモギダさんの見解を聞いた方が、よくないか？ そんなことが可能かどうかを」

ヨモギダも昆虫好きを自認するのであれば、常識的な判断をするだろうと思ったのだ。

ヨモギダは口をすぼめた。それから、言った。予想外のことを。

「ただ今、授粉作業を訓練中であります」

訓練中！

昆虫が訓練できるのか？

「すべての個体が可能というわけではありませんが、群れとは独自の行動をとる個体が存在します。これが、どうも新しい可能性を秘めている。ゴキブリは、本来雑食性ですが、この新しいゴキブリは、いくつかの特徴を備えています。ある種の匂いを喜び、その間、食欲が低下します。しかも、きれい好きなのです」

「清潔なゴキブリですか？」

「そうです。そして、人の声に反応します」

昆虫が、人の声に反応すると聞き、マイケルは眉に唾をつけたくなる。ヨモギダが、どんどんいかがわしい人物であるかのように思えてきた。

「俺、ヨモギダさんに規格外トマトをプレゼントしている。それで、訓練しているってさ」

スコットは得意そうに口を挟む。

「今度、ヨモギダさんのとこを訪ねてみないか？」

溜息をつきたかった。マイケルには、そんな目論見が成功するとは、とても思えない。しかも、虫をノアズ・アーク内で飼育していることも、タブーだというのに。関わらないほうがいい。そう、頭の中で天使姿のマイケルが叫びまわっていた。

「これで、もし俺たちの授粉作業の時間が、不要になれば、もっと俺たちは自由に過ごせるようになるってものだ。他の仕事を手伝ってチャージも増やせるし、彼女を見つける時間もできる」

「でも……」と言いかけたときだった。

「ヨモギダさん。こんばんは」

そう女性の声がした。

ヨモギダは、さっと表情が強ばり、直立した。

「お嬢さん……こんなところに」

「今日はお友達と遊びに来てるのよ」

何気なくマイケルが振返り、電撃的なショックを受けて弾かれたように立上った。

何で？

横に立っていたのは、プラチナ・ブロンドの娘だった。

目の前が光り輝いているような気がした。背丈は、マイケルの目の位置くらいか。髪からえも言われない香りが漂ってくる。

ヨモギダは、彼女の知り合いだったのだ。どのような知り合いなのかは、わからない。ただ、ヨモギダの緊張具合は、ただごとではない。

彼女はもの珍しそうに、マイケルとスコットを見る。大きな瞳がくるくると回る。

「ヨモギダさんのお友達？」

まるで、天空で鈴が鳴っているような声だとマイケルは思った。膝が、がくがくと震える。

「まぁ、そんな……とこです。トマト栽培をやっているスコットと……」

「マイケルです」自分で喉が涸れそうになるのを必死で言った。

彼女は少し小首を傾げて言った。

「セシリアです。よろしく」

セシリア。セシリア。彼女はセシリアというのか。何と、きれいな名前だろう。何か話したい。でも何と言えばいいのかわからない。

ヨモギダが付け加える。

「フィリップ・アンダースン船長の娘さんだよ」

アンダースン船長は、もうかなりの年齢の筈だ。確か船内で結婚式を挙げたことをマイケルも幼い頃に聞いた記憶がある。奥さんはランバート一族の誰かだった。その娘ということなのか。

ヨモギダが船長室勤務であれば、船長のプライベートの世話までも言いつかることがあるのだろう。ヨモギダとセシリアが言葉を交わしても不思議ではない。

「私、トマトが大好きよ。あなたたちが作ってくれたものが、テーブルにならぶのね」

まるで唄うようにセシリアが言った。

「そう言って頂くと、嬉しいです」とスコットが頭を掻いた。

ああ、このまま時間が止まってくれたら……必死でマイケルは、そう願っていた。

「今日は、何だったの？」

セシリアはヨモギダにそう訊ねた。すると、床に置かれたヨモギダのバッグから、かさかさと音が漏れた。

すると、わかった！　というように彼女は目を細めた。

「わかった。二人とも虫友達なのね」

ヨモギダは恐縮して頭を下げた。

「あまり大きな声では、ちょっと……」

マイケルは呆れてスコットと顔を見合わせた。二人とも目が、こう言っている。

——何故、彼女がヨモギダの虫のことを知っているんだ。

「わかっています。また、今度、会わせて下さい」

そのとき、「セシリア？　もう行くわよ」と声がかかった。離れた場所にセシリアと先ほど連れだっていた二人の女が立っていた。彼女の友人なのだろう。

「ごめんなさい。すぐ行くから」

それでは、とセシリアは声をかけ、マイケルとスコットに手を差し出した。

夢のようだった。彼女から握手を求めてきたのだ。両手の汗をズボンにあわててこすりつけ、セシリアと握手をした。なんだか、柔らかい壊れものに触れたようだった。

彼女は声をひそめ「またミスターローチに会わせて下さいね」とヨモギダに言うと、手を振りながら、友達のところへと走っていった。

セシリアの姿が見えなくなるまで三人は、ぽかんと口を開き、その場に立ちつくした。姿が見えなくなると、三人は再び腰を下ろす。だが、先程とは打って変ってマイケルの心の中では次々と疑問が浮かび上ってくる。まったく状況が変ったのだ。

セシリアが出現する前と後では。

マイケルは、セシリアと握手した手をかばうようにしている。

「どうして、虫友達って……？」

「ミスターローチって誰ですか？」

「また今度、見せて下さいって……？」

質問にヨモギダが答える間もなく、マイケルは次の質問を投げつける。

ヨモギダは、彼女の幼い頃から、船長の要請で、セシリアの遊び相手をさせられていた事を白状した。

経過はどのようなことだったのかは、わからないが、ヨモギダに言わせるとセシリアは〝虫愛《め》づる姫〟だというのだ。

ヨモギダの故郷の昔噺に、虫の大好きなプリンセスが登場するらしいが、セシリアは、奇しくも、まさにそうらしかった。そして、彼女の願いをかなえるためにヨモギダは秘密を守ることを条件に自分のコレクションを見せてやったのだという。

彼女は喜び、そしてヨモギダと秘密を共有しているのだと。

にわかに信じられない話だ。そうマイケルは思った。あんなに薄っぺらな、かさかさと動きまわる気色の悪い生きものを、喜ぶ女性が存在するものだろうか？　よりによって、その女性が自分が見とれてしまうほどの美女だなんて。

「またミスターローチに会わせて下さいね」というのは、ゴキブリつまりコクローチのことにちがいない。

現金なものである。その出会いを境に、マイケルのゴキブリに対しての認識は百八十度変ってしまった。

だから、思い出したようにスコットが言った提案も、即座にOKしたのだ。

「じゃ、一度、ヨモギダさんのとこを訪ねてみようか？」

「ああ。近いうちに、ぜひお願いします」

くれぐれも内密に、とヨモギダは厳粛そうな表情に戻って二人に伝えたのだった。

翌日からのマイケルの日常に、少しだけ輝きが生まれた。ときおり、セシリア……と呟いている自分がいる。彼女と握手を交わした右手は洗わないままだ。そして、ときおり、まだ彼女の残り香があるのではないか、と右手を嗅いでみたりした。青いトマトの畝に培養液を補充するときも、そのトマトがセシリアに食べられることを想像すると、より美味しいトマトに仕上げねばならないと決意を新たにした。

これらの一連のできごとは、ある種の奇跡なのかもしれない。マイケルには、そう思えてならないのだった。自分と、何処の誰かさえもわからなかったセシリアが、言葉を交わす日ブリにセシリアが興味を持っているとは。そして、自分が携わるトマト作りの技術革新に必要になるかもしれないゴキブリにセシリアが興味を持っているとは……。

何だか、はかり知れない運命の悪戯に思えてくる。

しかし、次にセシリアに会える日は、果して来るのだろうか？　そう考えると、胸の中が空っぽになったような淋しさが溢れてくる。

再び、変りばえのしない日常に戻った。授粉作業をやり、日照ライトの球を取り替え、無駄な葉を間引き、培養液を作り、空調を整え、収穫する。そして、集荷時間に合わせてパック詰めする。それが終ると空の畝の清掃。

そして次の畝。これ以上は実ることのない老いた巨茎を抜き、廃棄処理に移る。

単調な繰返し作業だ。バックにはトマトの生育にいいモーツァルトが変りばえせずに流れている。もう聞きあきたメロディだ。

そんな日が数日流れた。

突然、作業中に、N-ホーンが鳴った。

スコットからの着信だということは、発光色とメロディですぐにわかった。マイケルはときめいた。スコットから、ヨモギダ、そしてセシリアへと連想が働いたからだ。

「仕事中か？」

スコットは最初に決まって、そう言う。そうだ、と答えると、「今日は、予定あるか？」

そんなものある筈もない。

「ヨモギダさんから連絡あった。今日は非番だとさ。虫を見せてやると言っていた」

セシリアは来ないのだろうか？　マイケルが考えていたのは、その一点だった。

「今日、何故呼んだかっていうと、この間の彼女。セシリア・アンダースン。彼女も虫を見に訪ねてくるってさ。一緒の方が、いいだろうってさ」

マイケルは、願ってもないことだ。

「ああ、行くよ。手土産は何も持っていかなくていいのか？」

「俺は、出荷できない規格外のトマトを持っていくつもりだ。餌にでもなるだろうし」

「わかった。こちらも、ほどほどの量を持っていくよ」

スコットがマイケルの農場へ迎えに来てくれた。スコットもヨモギダの部屋を訪ねるのは初めてのことらしい。

ネット・ゲームで知り合い、プライベートな話をするのはカフェテリアに限られていたということだ。スコットが頼りにするのは、ヨモギダの部屋ナンバーが記された一枚の紙だけだった。

カフェテリアから、二人はベルトウェイを乗り替える。二人とも規格外のトマトの入ったケースを持っていたが、マイケルのケースの中には、試作品の〝マイケル・スペシャル〟が三個入っている。形は小ぶりだが、並の果実よりは、極めて糖度が高い。セシリアに会えたら、その特製トマトを贈りたい。

セシリアは、受取ってくれるだろうか？　そして喜んでくれるだろうか？

セシリアの笑顔が思い浮かぶ。すると、自分の顔が、だらしなくにやけていることに気付き、あわてて生真面目な表情に修正した。隣に立っていたスコットが眉をひそめた。

「おい。言っとくが邪念はなしだぞ」

「何が邪念だよ」

「あの、セシリアって娘。マイケルの好みだというのはわかるが、おまえとは縁のない娘だからな。何せランバート一族の血筋なんだ。俺たちとはハナっから立場がちがうんだ。そこをわきまえておかないと、ガックリきちまうからな。マイケルのためを思って言っておく。トマト作りの男と船長の娘じゃ天秤に乗らないんだよ」

「そんなの、わかっているよ」

向きになってマイケルは答えた。

カリフォルニアⅡ区画で、二人はベルトウェイを降りた。宇宙農場があるオクラホマⅢ区画とは、船内の壁の色も異なる。オクラホマは淡いグリーンで統一されているが、カリフォルニアはベージュ色だ。ワシントンは、ランバート一族や大統領の親族などの、いわゆる高級住宅地のイメージがある。そして、カリフォルニアには高級技術職者の住まいが多い。

マイケルは、区画名が、アメリカの州名からとられていると聞かされていた。具体的に州のイメージは湧かないが、カリフォルニアはベージュの似合う州だったのかなと思う。

記号表示で探すと、すぐにヨモギダの住居は、わかった。

ヨモギダの部屋のドアには、漢字の表札がかかっていた。そして、緑の葉のシールが何枚も貼られている。部屋のドアも内部の間取りも、この区画はどこも同じ筈である。だから住まいの自分らしさを出そうとすれば、そのようなところに表現されるらしい。

ドアフォーンで着いたことを伝えると、すぐにドアが開いた。

短パン姿のヨモギダが、どうぞどうぞと迎え入れてくれた。

部屋の隅に、安楽椅子に座った老婆がいる。ヨモギダの母親のようだ。老婆は喋ることなく丁寧に二人に頭を下げた。ヨモギダの交友関係には、まったく口を挟まない姿勢らしい。

「こちらです。もう、セシリアさんは来てます。ミスターローチのところで」

その部屋は不思議な光景だった。

いくつもの透明な小箱が部屋の壁に沿って積み重ねられている。それも四方の壁だ。いくつも、どころではない。無数の小箱だ。

室内は無音になっている筈だ。だからこそかさかさ、こそこそ、と何かが箱の中で動きまわる音が、はっきりと聞き取れる。

そして、部屋の中央に彼女が座っていた。

セシリア・アンダースンが。

彼女は長い銀色の髪を大きくはらってみせた。少し薄暗いのだが、その場所は何故かマイケルには明るく見える。それは彼女の放つオーラのせいだろうか、とマイケルは思った。

そして、無数の小箱とセシリアの組合せこそが、不思議な光景と見えてしまう理由なのだと知る。

「こんにちは」とセシリアは照れることなく言う。彼女は右手の甲を目の高さまで上げた姿勢のままでいた。

「ミスターローチと遊んでいたの」

目が慣れてきたマイケルは仰天した。

彼女が、何故、右手だけを上げているのか。その理由がわかったからだ。

セシリアは、右手の甲に一匹のゴキブリを乗せていた。そして、一人言を言っている。いや、一人言ではない。手の上に乗ったゴキブリに話しかけているのだ。

「驚かなくていいのよ。お客さんなんだから。何もミスターをいじめようとは考えていないの」

セシリアの手の上のゴキブリは大型だった。背中に一筋の黄色いラインが入っていた。五センチほどもあるだろうか。身体はぴくとも動かさず、触角だけをのべつ振り回す。

「やはり、怖いのね？　緊張しちゃう？　いいわ。じゃあ、箱の中に戻っておく？」

セシリアは、テーブルの上に置かれた小箱に右手を近付けた。すると、彼女の手の上にいたゴキブリは滑るように箱の中へ入っていく。

その箱に、紙が貼られている。紙にはこう書かれていた。

「ミスターローチ」と。

ミスターローチと、ゴキブリすべてのことをセシリアはそう呼ぶのかと考えていたマイケルは、それが間違いであることに気付く。

ミスターローチとはゴキブリの個体の名前だったのだ。

「ごめんなさい。ミスターローチと勝手に遊んでいて」

「いや、セシリアさんは問題ありません」

あわてて、ヨモギダは言った。「今日、彼らを呼んだのも、セシリアさんの能力があったからこそですから」

「そうなの？」セシリアは、ほっとした様子だ。

二人は、持参した規格外のトマトをヨモギダに手渡した。

「何よりですよ。奴ら、喜びますよ」

そして、三個の特製トマトをマイケルはセシリアに渡す。彼女は、それが意外だったようだ。目を丸くして喜んだ。「私にですか」

「もちろんです。試作段階ですが、自信あります」

「今、一つ食べてみていいですか？」

それには、少しマイケルも驚いた。ヨモギダのナイフで四つに切り分け、その一つを口にする。「甘い」とセシリアが驚きの表情を見せたのがマイケルは嬉しかった。スコットとヨモギダも彼女に薦められて一切れづつ口にして、確認した。「どうしてこんなに甘くできるんですか？」

「海岸で糖度の高いものができるというデータがあったんです。条件を厳しくすると、そんな結実になるのかなって試行錯誤して」と答えた。セシリアは、うなずき、最後の一切れはミスターローチに「おごちそうよ」と振舞った。

ミスターローチの食事にセシリアが見とれている間に見回す。一つの透明な小箱に何十匹も蠢いていた。飼っているのは数百匹とヨモギダは言っていたが、これはとてもそんな量ではない。ひょっとして、数千匹はいるのではないのかと思える。近寄る。箱の隅でゴキブリたちが塊のように群らがり合う姿は、マイケルにとってはグロテスク以外の何ものでもない。セシリアの手の上にいる一匹のゴキブリには特別な嫌悪を抱くことはなかったが、これだけ群れるとなると……。

だが、それは顔には出せない。

四人は、部屋の中央に座る。テーブルの上の小箱にいるミスターローチを前にして。

「いかがですか？」とヨモギダが感想を訊ねた。

「いやあ、もう。すごい、すさまじいとしか言いようがありません」

「そうですか。そうですか。可愛いでしょう」

「……」

マイケルは返事に窮してしまう。代わりに訊ねた。

「特殊なゴキブリがいて訓練中だと言っておられましたが、それはミスターローチのことなんですか？」

ヨモギダはマイケルとセシリアの顔を交互に見て言った。

「ええ。他にも数匹、有望なのがいるらしいんですが、特にこれぞ、というのがこのミスターローチです。この間は話さなかったのだが、私が訓練できるわけではない。セシリアには、ミスターローチは心を開くようなのです。感応しあえるというか。他にも何匹か心を交流させるゴキブリがいる」

セシリアが顔を上げて、うなずいた。

「私、子供の頃から虫が大好きだったんです。でも、本物の虫は見れないからデータの中の虫をいつも眺めていた。それで、ヨモギダさんに遊んでもらうようになってから、ヨモギダさんの秘密を教えて貰った。いつも、ゴキブリさんたちに話しかけていたんですよ。そしたら、何匹かが、私の言葉をわかってくれるみたいで。そんなゴキブリたちの子供がミスターローチ。

ミスターローチ！」

声をかけると、小箱の中のゴキブリの動きが止まった。

「あんまり一度に食べると、お腹こわしちゃうわ。今は、そのくらいにして。さあ、こっちに来て」

ミスターローチは、数秒考えるように触角を振り、それから一目散にセシリアめがけて走り寄る。そのまま透明な壁をよじ登ったところで、彼女が手を差し出した。

ミスターローチはその瞬間、羽根を広げ羽ばたいて滑空した。そのままセシリアの手の甲に着地した。

「偉いわ。ミスターローチ。紹介するわね。こちらが、マイケル。そして、スコット」

するとゴキブリはセシリアの手の上で二人の方に向きなおり、前肢をこすり合わせるような仕草をした。

マイケルとスコットは顔を見合わせた。

「わかるんだあ」

「なんだか、手をこすって挨拶しているように見える」

「そうよ。ミスターローチは二人に挨拶したのよ」

得意そうなセシリアは小首を傾げてみせる。

「ミスターローチ初めまして。マイケル・ウォーカーです」

「スコット・ベールです。握手は……無理みたいだなぁ」

それを聞いて、セシリアはくすっと笑った。

「悪い人じゃないとわかったみたい。ほら、手をこすり合わせているでしょ」

そのときだった。ミスターローチは、羽根を再び広げ、宙に舞った。そのまま四人は、ぴくりとも動けなかった。ミスターローチは何を考えたのか……。

そして一直線に黒いものが、スコットの鼻にぺたりと張りついた。

「ひいいいいいっ」

スコットは、そのまま後ろへひっくり返った。

「駄目よ、ミスターローチ。こちらへすぐ帰って！」

スコットの鼻にへばりついたゴキブリは、再び羽根を開き、セシリアのもとへ帰る。

床で尻餅をついたままのスコットは何度も肩を上下させながら荒い息を吐いた。

「ごめんなさい。びっくりしたでしょう。ミスターローチは、スコットさんのこと気に入ったみたい」

申し訳けなさそうにセシリアが言ったが、スコットは涙目になっていた。

「だ、駄目だ。お、俺、ゴキブリは、生理的に駄目みたいだということが、今、初めてわかった。授粉作業中に今みたいなことになったらと……想像しただけで鳥肌が立ってきた。俺はトマト作業にゴキブリ使うのを諦めるよ」

ヨモギダとセシリアは、寂しそうな表情を浮かべ肩をすくめた。

「じゃ、ぼくはどうかなあ」

セシリアに、いいとこを見せたかった。マイケルは自分の右手をセシリアに差し出した。

セシリアの表情が明るくなって、頷き、ゴキブリに声をかけた。

「ミスターローチ。マイケルにも挨拶よ」

差し出したマイケルの手には乗ってこなかった。ミスターローチは、代わりにスコットの時と同じように舞上り、マイケルの鼻を目指したのだ。マイケルの目の前でカサカサと黒いものが揺れる。六本の触手が鼻の上で這いまわる。うっ！　と言いそうになるのをあわてて飲み込んだ。心がまえがあっただけ随分ちがう。セシリアにいいとこ見せたい！　それだけの思いで必死に耐えた。作り笑いを浮かべた唇の上をミスターローチが這いまわったときも。

「大丈夫ですか？」

「あー。大丈夫、大丈夫です。可愛いなあ」

「マジかよぉ」とスコットは呆れた声をあげた。

ミスターローチを箱の中に戻して、四人はトマトの授粉作業をゴキブリにやらせることの可能性について話し合った。

ヨモギダは虫を飼うこと、観察することは誰にも負けないが、虫と意志の疎通ができるということなどは、実は想像もしていなかったのだと言った。

「これは、セシリアの超能力なのか、あるいはミスターローチに超能力があってセシリアを選んだのかはわからないんですが、ミスターローチの親の代から、そんな連中が出現し始めたんですよ。セシリアの言葉だけ理解する。そんな連中が」

そこで、ヨモギダは立上り、奥の壁の隅から小箱を持ってきた。

「この箱に先代のレディコックから生まれた連中が揃っています。ワモンゴキブリの突然変異種と見ているのですが、ワモンゴキブリは胸に黄色い輪があるのが特徴です。ところが、この変異種は、背中まで黄色い縞が伸びている。まるで、マフラーを首にかけているみたいに。その縞も個体によって微妙にちがうんですよ」

透明な小箱の中には、十数匹の大型ゴキブリが入っていた。ただ、行動がちがう。すべてのゴキブリが、セシリアが座っている方へ集まり、彼女をうっとりと眺めていることを見ても。

確かにヨモギダの言うとおり、黄色の縞が一匹づつ異なるのがわかる。縞の細いもの、切れ切れのもの、頭全部が黄色いもの。

「全部、名前をつけてるんですよ。この子たちには」とセシリアが笑顔で言う。「コ。クロ。アブ。ラム。ムシ……」と一匹ずつ指で差すが、マイケルにはどの模様がクロでラムかと言われても自信がない。

「それぞれ性格も少しづつ違うんです。いちばん慎重で憶病なのが、奥にいるラム。目立ちたがるのがアブ。悪戯ばかりやって出たがり屋なのがクロ」と彼女は説明してくれた。

「今、どんなことができるんですか？」

「自分の名を呼ばれたら動きます」

「はあ」

「クロ。ムシ。ラム。アブ」

名前を呼ばれると、一匹づつゴキブリがジャンプした。

「後は、どんなことができるんですか？」

「はい、ならびましょう」とセシリアは両手の人差し指を回す。すると、ゴキブリたちは一列に整列した。マイケルは目を見張る。

「問題は」ヨモギダが口を挟んだ。「これは誰にでもできることではないのです。セシリアさんにしかできない。少くとも私には無理だ」

「授粉作業を調教することは可能ですか？」

マイケルは率直に訊ねた。

「具体的には、この子たちにどんなことをやらせたいのですか？」

「トマトの花の雄蕊《おしべ》から雌蕊《めしべ》にあの……いや花粉を移して……」

赤面してしまうマイケルだった。作業をやっているときは無造作に鼻唄混じりのことなのに、言葉で説明しようとすれば、どぎまぎしてしまう。「地球では……そんなことをムシがやっていたそうなんですよ」

セシリアは、感心した様子で、頷きながら聞いていた。

「いいなぁ。今、私はお花畑をさまざまな虫たちが飛び交っているところを想像してしまいました。楽しいだろうなぁ」

「できるでしょうか？」

「やってみないと、何とも。でも、何かをやらせたら、この子たちにご褒美をあげるようにすれば、覚えてくれるかもしれません」

「ご褒美って」

「さっきのマイケル・スペシャルのトマトなんて大喜びするんじゃないでしょうか」

「それは、大丈夫です。お約束できます。じゃ、どのようにして」

「実際に、花を見せて頂いてからどのようにすればいいのか考えます。それからこの子たちに話しましょう」

セシリアがぼくの農場に来てくれる！　そんな興奮が喉まで突き上げた。スコットを見る。スコットはさっきのできごとが余程こたえたのか、自分はパスするよと頬を震わせて両手を振っていたのだ。

そのとき、セシリアのN－ホーンが鳴った。セシリアは暗い表情に一瞬に変化した。左手を耳に当てた。

「あ、お母さま。はい。はい。わかりました。すぐ帰ります」

N－ホーンを切ると彼女は三人に申し訳けなさそうに言った。

「すぐ帰ってくるように言われました。ガーランド副船長が、うちの方に訪ねてきたみたいですので」

そして立上った。ヨモギダは仕方ないという表情で頷いただけだった。

「あまり、時間がないから、マイケルさんへのご協力は早くやりましょうか？」

時間がない、とはどういう意味かマイケルには摑みかねたが、あわてて同意する他はなかった。時間と農場位置をN－ホーンに登録すると、それからあわただしくセシリアは部屋を出て行ったのだ。

部屋の中は火が吹き消されたように、どんよりとした雰囲気に覆われた。

「時間がないって、セシリアさんは何を焦っていたんだろう」

それがマイケルの正直な疑問だった。

「ああ」ヨモギダは初めて感情を露わにした。「世の中、最悪なことって存在するんだよ。セシリアさんは、もうすぐ結婚するんだ」

マイケルは叫び出すことはなかった。あまりに衝撃が大きすぎて、顔が身体が硬直してしまったからだ。セシリアとの結婚など、畏れ多いとは思っていたが、それでも……ショックだった。ヨモギダは続けた。

「相手は、ジョシュア・ガーランド副船長だ。二年前にオットー・ガーランド副船長が急逝して、船長室勤務だったジョシュアが世襲で今の地位に着いたんですよ。母親は、ランバート一族なものでね。で、アンダースン船長の一人娘のセシリアと結婚させると親同士で勝手に決めてしまってる。セシリアさんの母親って、アホジョシュアの母親の従姉なんですよ。子供の頃からセシリアはジョシュアの嫌なとこを見ているから内心は嫌で嫌で仕方ないのを、けなげに我慢しておられる。自分が我慢すれば、皆が幸せになれるからって。いずれ、ジョシュア・ガーランドはノアズ・アークの船長になるかもしれない。船内の政治力学から言ってね。でも、側で見ていてわかる。どんなに血筋はいいかもしれないが、人格は最低最悪だ。セシリアさん、幸福になる筈がない」

今のフィリップ・アンダースン船長は、あまりにも老齢で、船長職を交代するのは時間の問題だろうというのだ。しかし、ジョシュア・ガーランドが船長になったら……。

ヨモギダは余程、副船長に恨みがあるのだろう。それからもブツブツと念仏を唱えるようにジョシュア・ガーランド副船長の悪口を言い続けていたのだ。曰く、決断が遅い、すぐ人に責任をなすりつける、拗ねる、怒る、僻む、嫉む。そこまでヨモギダが他人の悪口を言うのが信じられなかった。

マイケルには二重の衝撃だ。セシリアが、そんな不幸な運命に耐えていることに。そして今、彼女の不幸を救ってやることは誰にもできないのだ。

セシリアが、マイケルの農場に来た。

たった一人で。約束の時間に。

ヨモギダは、勤務中で、はずせないということを彼女から、聞かされた。代わりに、セシリアは、先日、ヨモギダがカフェテリアに持参したケースを持ってきていた。

「マイケルさん一人なんですか？」とセシリアは明るい声で言った。先日、ヨモギダのところを去るときの暗い表情は嘘のように消えていた。

「ああ。スコットは、何やら急に手が離せないと言ってきました。ぼくだけになります。すみません」スコットは、ゴキブリは、もう懲《こ》り懲《ご》りだと言ったのだ。あんな気色悪い思いをするのなら授粉作業は一人でやった方がましだと。

だからマイケルが言うのは嘘ではない。

農場に入ったセシリアは歓声をあげた。

「草の匂いね。トマトの匂いもするわ。素敵なところなんですね。こんな風にトマトができるんですか？」

あたりを見回して、彼女は物珍しさを隠せないようだった。農場で働くというイメージだったのか、彼女はシルバーのスラックス姿だった。

マイケルは、そんな無邪気なセシリアの反応が嬉しかった。なんて素敵な女性なのだろう。

だが、彼女には婚約者がいるのだ。それを思うと複雑な気持ちだ。いや、最初から、立場の違う女性なのだから。

「この白い花がトマトの花なんですね？　あんなに甘いトマトになるんですか？」

「いや、あれは溶液の浸透圧を調整して、高糖度化したんです。けっこう温度管理には気を使うんですよ。それから灌水量が多過ぎても少な過ぎてもいけない」

嬉しすぎて、不必要なことまで喋っていることにマイケルは気がついた。あわてて「すみません」と言った。

それから花を示し、「ここで虫たちが身体を動かすと、授粉できるんです。私たちは授粉棒を使ってこのように」と実演した。

セシリアはケースを置き、開いた。六匹のゴキブリが中から這い出してくる。うちの黄色い縞があるのが、ミスターローチであることは、わかった。その証拠にその一匹は、ケースから出た途端、マイケルの肩に飛んできたからだ。

「やあ。ミスターローチ。ぼくを覚えてくれたの？」と声をかけた。

するともう一匹舞上る奴がいる。

「クロ！　勝手に動き回っちゃだめでしょう。戻って！」

セシリアの言葉にはすぐに反応せず、クロはあたりを二、三周飛び回ってから、ケースの横に戻ってきて着地した。

ほぼ、授粉作業はうまくいったと思う。初めての試みとして、ここまでスムーズにいくとは思わなかった。セシリアのゴキブリ達への伝え方が完璧だったのか、もともとゴキブリ達がその作業に向いていたのかはわからないが。空間的には狭いのだが、花は天井までびっしりとついているから、作業量としてはかなりのものなのだ。それが、見る見る片付けられていく。一つの花が終われば次の花へ飛び移る。

「こんなものでいいのかしら」とゴキブリたちの作業を眺めながら、セシリアが心配そうに言った。

「もちろんだよ。こんなにはかどるとは思わなかったよ」

「よかった」とセシリアは屈託なく笑った。「楽しい。とても楽しい。この子たちが、こんな風に明るい場所で役に立ってくれるって」

「うん。ぼくも楽しいよ」

マイケルは、特製トマトをゴキブリたちに振舞うために切り分けた。

「だいたい作業は終わったようだね」

「マイケルが、今度は呼んでみたら?」

セシリアがそう提案した。マイケルも、そのつもりだった。

「ミスターローチ! みんな! ありがとう。こちらのトマトを食べてくれ」

「だめだぁ」

次にセシリアが呼ぶ。

「みんな！　ご苦労さま。さぁ、おいで」

するど、いっせいにゴキブリたちは舞い上がり、セシリアに向って飛んでくる。現金なものだ。ゴキブリたちは、トマトの果汁に群がっていく。

マイケルは花に近付いて受粉の状態を確認した。完璧だ。雌蕊の柱頭にそれぞれ花粉が付着していた。これほど、うまくいくとは。

「素晴らしいよ」

「この子たち、役に立つということね。よかった」

だが、いちばんの問題が残っていた。

「でも、セシリアの言うことしか聞いてくれない。ぼくが頼んでも駄目だ」

「まだ時間が残されてる。……その後は、ミスターローチたちには会えなくなると思うから。それまでにマイケルを信頼させるわ」

思い切って訊ねていた。

「セシリア。結婚するんだってね」

彼女は、唇を噛みしめ、一度大きく頷いた。それだけで、彼女が望んでいないことがわかる。

「とにかく、それまでにマイケルに馴染ませるように努力するわ。この子たちに」

それから、マイケルの農場にセシリアは、通ってくることになる。午前中は家事と習いごとがあるというので、やってくるのはいつも午後。時には、セシリアが焼いたというクッキーを持参してくれることもあった。

セシリアの言う〝この子たち〟はなかなかマイケルに心を開いてくれなかった。ミスターローチを除いては。だが、〝この子たち〟が馴染んでくれたら、セシリアに会える理由がなくなってしまうのだから、マイケルとしては、この限りある時間を精一杯楽しみたかった。

作業が休憩に入ると、二人は他愛もない話をした。その時間がマイケルには途方もない楽しみだった。

「こんな農園でずっと過ごせたら、楽しいでしょうね」とセシリアは漏らした。それが、マイケルには意外だった。ひたすらトマト栽培だけの日々。何の面白さも楽しみもない作業だと思っていたのに。そう言われて、急に自分がやっていることが、価値あることのように思えてきた。報酬のチャージが微々たるものでも。

ある日、ベルトウェイで反対方向から来るベルトウェイに乗ったセシリアと出会った。彼女の隣には、背の高い男がいる。ハンサムだが目付きが厳しい。セシリアは俯き、暗い表情でいる。彼女にその男は、何やら叱り続けているように見えたため、マイケルは挨拶するのさえ憚《はばか》られたのだ。

そして、その日、ゴキブリたちの訓練の途中で、彼女のN-ホーンが鳴った。セシリアは直立し、表情を硬張らせた。ベルトウェイの男からだった。婚約者であるジョシュア・ガーランド副船長だ。結婚披露パーティの打合せのために、すぐ来るように言われているのだ。

カフェテリアへ。

「ミスターローチたちを連れて行くわけにはいかないだろう。後で連れにくればいい」

マイケルは、そう提案した。ゴキブリ入りのケースを持ってカフェテリアに行けば、彼にそれは何だと詰問されることは目に見えていたからだ。それまでは〝この子たち〟はマイケルの農園で待っていればいい。

結果的に、セシリアはマイケルの言葉に甘えた。彼女はあわてつつも約束の場所へ急いだのだ。

一人になったマイケルは、ケースに戻るようにゴキブリ達を呼んだ。ミスターローチの協力で、なんとか集合させることはできた。

しかし……。

六匹いる筈のゴキブリは、五匹しかいなかった。どれほど探しても悪戯好きのクロの姿だけが、どうしても見当らなかった。

数時間後、外の気配があわただしくなっているのはわかったが、自分には関係ないことだと思っていた。それよりも気になったのはクロの行方だった。どこかに隠れているのかと、農場の資材の裏や畝の周囲まで探してみたのだが。

セシリアが帰ってきたのは、その直後のことだった。黙して入ってきた彼女に、マイケルはクロがいなくなったことをどう報告すればいいのか、言葉を探す。しかし、セシリアの反応は予想外のものだった。

「あいつなんか、大っ嫌い」

そう言った。それから、マイケルを抱き締めて、あられもなく号泣を始めた。まるで幼児のように。事情がまったく摑めないままマイケルは彼女が落着くのを辛抱強く待つしかなかったのだ。

興奮が鎮まったセシリアは、やっとぽつぽつと経緯を話し始めた。

セシリアは、ガーランド副船長に呼び出されてカフェテリアへ行った。結婚パーティの打合せに。そこで、カフェテリアの支配人を交えてスケジュールの検討に入ったときに……。

クロが農園内を探してもいなかった筈だ。セシリアのポケットに隠れていたらしい。

その場で姿を現したクロは、ガーランド副船長に親愛の情を示したという。

そしてパニックを起したガーランド副船長は、クロを靴で力一杯、踏み潰した。

セシリアの目の前で。

彼女の悲鳴は、まわりの人々にはゴキブリの恐怖のためと思われたらしいが。

老支配人は、その小さな怪物がゴキブリであると主張した。地球では、一匹のゴキブリがいれば十四以上のゴキブリが隠れているという、と。

そして今、全区画の衛生維持隊員が緊急召集され、カフェテリアを中心とするゴキブリ駆除作戦がスタートしたのだという。

あれほどに可愛がっていたゴキブリを目の前で婚約者に踏み潰された……。セシリアの心は千々に思い乱れた筈だ。

「あいつが……クロを踏み潰したときの表情……。歯ぐきを剝き出して……笑っていたんです。そして、何度も何度も狂ったように踏んづける……。嫌な人とは思っていたけど、あんなサディストとは思わなかった」

外の気配があわただしくなったのは、衛生維持隊が出動する音だったのだ。

Nｰホーンの広報チャンネルをつけてみた。

――船内でゴキブリ発生。

そのニュースと住民の対応策が繰返し流れる。カフェテリアの立入禁止。そして発生原因の可能性や、これから実践される船内の絨毯駆除作戦についての説明。

広報チャンネルを消した。

「望まない結婚だったら、断った方がいいのではありませんか。セシリアも、そこまで自分を殺すことはない」

マイケルは、そう伝えた。

「でも、私の周囲の人たちをがっかりさせてしまう。もう、決まってしまっていることなんですから」

「結婚式は、いつなんです？」

セシリアは口籠った。そして言った。「来週です」

マイケルは、彼女が言っていた「時間がない」を初めてそのとき実感したのだ。

カフェテリアの立入禁止が解ければ、パーティ形式で行われる。教会ではなく、参加者の前でウェディングケーキに入刀して結婚を誓うことになるのだと聞かされた。それは、ランバート一族がキリスト教ではないことに起因しているようだった。

そんな形式は、マイケルにとっては、どうでもよかった。セシリアを自分のものにしたいということでもなかった。ただ、彼女が結婚することによって不幸になるのなら、それを阻止したいという気持ちでいっぱいだったのだ。

だって、自分の閉塞感を払拭してくれたのがセシリアなのだから。

落着いたらしいセシリアは、ケースにミスターローチたちを納め、農場を去っていった。

帰り際に、セシリアはマイケルに握手を求めた。何故？

そして彼女は、これから農場を訪れるタイミングがないだろうと告げたのだ。これからはヨモギダのところから〝この子たち〟を預かって教えてやって欲しいと。

セシリアが去った農場では、放心状態のマイケルが一人取り残された。涙が果しなく流れる。何の意欲も湧いてこない。

セシリアだけではない。自分の人生も終ったのだと思えた。

ノアズ・アーク号そのものが、消えてしまえばいい。そんな考えさえ浮かんだ。夢も希望も存在しない場所で生きる価値もない。

それから、農作業は、すべて中断した。ただ、農場の隅にへたりこんで、どれだけの時を過ごしたかわからない。

N‐ホーンが鳴っても、話す気にもなれない。

スコットが訪ねて来て、あまりにも変り果てたマイケルの姿に驚いたほどだ。

「おいっ、何か喰ってるのか？　どうした。その無精髭は？」

力なくマイケルは首を振っただけだ。

「セシリアが去ったからか？　ヨモギダさんから、こちらに連絡があったんだ。マイケルとまったく連絡がとれないって。ゴキブリ訓練も中断しているんだろう？」

放心しているマイケルの腕を握り、スコットが言った。

「さぁ、今から出かけるんだ」

マイケルは力なく首を横に振る。それでもスコットは続けた。「このままだとセシリアは不幸になるとヨモギダさんは言っている。俺たちで、彼女の結婚を阻止するんだ」

「どうやって」

「それをこれから、三人で話し合うんだよ。もう、結婚は、明後日なんだぞ」

マイケルの目に光が戻った。そうだ。彼女を不幸にするわけにはいかない。そのために、自分たちに出来ることが、ある筈だ！

こんな状態でいるわけには、いかない……。

その結果、一つの作戦が、決定したのだ。

それが、自分たちにもセシリアにとってもどのようなひどい未来を招くかはわからなかった。

少くとも、セシリアの望まぬ結婚以上の悪い未来ではない筈だ。

そして、結婚式の日が訪れた。

立入禁止が解除されて以来、カフェテリアで催される初めての大きなイベントだった。招待された六百名のパーティ客でカフェテリアは埋めつくされていた。内装も、結婚式仕様に変えられ、天井からのライティングも、幻想的な雰囲気だった。音楽も流れている。四人の管弦楽による生演奏だった。

マイケルも、スコットも、このような結婚式を見るのは初めてのことだ。いや、もちろん招かれたわけではない。二人は、カフェテリアの床下にいるのだ。隅の金属床枠をはずし、潜りこんでいる。その上にはカーペットが敷かれているから、カフェテリアからは、わかる筈もない。極細のファイバースコープを床の上に出して式の一部始終を眺めていた。そこから、列席者の中には、ヨモギダもいることがわかる。ヨモギダは何度もちらちらと、マイケルとスコットが隠れた位置を確認していた。

想像以上にヨモギダはジョシュア・ガーランド副船長を憎んでいたのだ。上司によるハラスメントに耐え続けていたにちがいない。その上司が欠陥だらけという最悪の状況で。だから、驚いたことに、この結婚をぶち毀すためのアイデアを一番多く提案したのも彼だったのだ。その案の一つが、この作戦だった。だから、ヨモギダにとっては、この作戦はセシリアの幸福を守ると同時に、上司に対しての荘厳なる復讐も兼ねているのだという。聖戦とさえ口にした。

カフェテリア会場が暗くなり、祝典曲へと演奏が変った。いよいよ、スタートするのだ。どよめきが鎮まり、制服姿のガーランド副船長が母親のグロリア・ガーランドと部屋の向こう側から現れる。そして、入口から車椅子のフィリップ・アンダースン船長に付き添われた純白の花嫁衣装のセシリアが姿を見せた。

盛大な拍手が起る。

カフェテリアの中央には巨大なウェディングケーキが鎮座していた。花婿と花嫁は、人垣の間に出来た径を抜けてそれぞれの方向から、ケーキに向かって静かに歩いていく。二つのスポットライトに照らされて。

ケーキの前には、スーツを着たイアン・ジュニア・アダムス大統領が待っていた。和やかな笑みを浮かべながら。

二人は、大統領の前で止まり、互いを見つめあう。しかし、マイケルには、その表情まではわからない。

大統領が、祝福の言葉をかけ、そしてケーキカットの儀式で、二人は結婚の共同作業をなしとげることで船内のすべての人々から夫婦として認知されることになると告げた。

「ヨモギダさんが、手を振った」とスコット。

「よしっ。スイッチを入替える」とマイケル。

セシリアとジョシュアは大統領からリボンのついた大きなナイフを持たされた。そして二人は手を添えてウェディングケーキに入刀した。

実は、このウェディングケーキは作りもので、中は空洞になっている。その一部だけにクリームが詰められ、その部分に入刀するのだ。

入刀すると、クリーム部分が、ぼこりと陥没した。ジョシュアは、記念撮影のフラッシュの中でそのとき得体の知れない不安を感じていた。いったいこの不安は、何なのだ。ケーキの内部から、カサカサという音が響いてくる。いったい、何だ。花嫁の顔を見ると、ジョシュアと反比例してセシリアの表情が、まさか？　というように輝き出している。

入刀したクリームの先から黒いものが姿を見せた。そしてナイフの背の部分を伝って、凄まじい速度でジョシュア・ガーランド副船長の右手に這い昇ってきた。クリームだらけのゴキブリである。一匹ではない。次々とゴキブリはウェディングケーキの中から這い出してくる。七、八匹もジョシュアの服に飛び移ると、ジョシュアの恐怖感は絶頂に達し、ナイフを振り払い悲鳴をあげた。

ウェディングケーキを抜け出した一匹が飛んだ。ジョシュアの顔を目指したが、着地したのは、悲鳴で開いた彼の大口の中だった。ジョシュアの悲鳴が劇的にストップした。

実は、ウェディングケーキの中に、ヨモギダが飼育していたゴキブリの一部が潜んでいた。ゴキブリたちは静かにフェロモンに群がった状態でいた。ヒーターで加熱するとフェロモンが揮発するのだ。スイッチを切換える。ウェディングケーキ内のフェロモンは不活性状態に。代わりにジョシュアの礼服の衿に仕掛けられたゴキブリ・フェロモンが揮発する。ウェディングケーキのゴキブリたちは新たなフェロモンに誘われることになる。

「よし。今だ」マイケルは、式場のパニックの様子を確認して言った。スコットと共に、カーペットを持ち上げるが、部屋の隅に注意を向けるものは誰もいない。ヨモギダの部屋から持ってきた透明な小箱の蓋を開き、カフェテリアの床へ次から次にゴキブリを追い放つ。次の小箱も。そして次の小箱も。

数秒後、カフェテリアは、阿鼻叫喚地獄と化した。人々は悲鳴をあげ、逃げ惑う。ヨモギダの部屋にいたすべてのゴキブリたちが、走り回っているのだ。

「よし、俺たちは退散だ」とスコットが宣言した。小箱を折り畳みバッグになおしこむと二人は、床下から、ベルトウェイ近くの営繕室の地下へと遁走したのだった。

結婚式が中断したこと。そして、セシリアとジョシュアの結婚そのものが流れてしまったことを、すぐにマイケルはヨモギダから聞かされた。

「副船長職も無理のようらしいです。PTSDですよ。彼は治療を受けていますから」

ゴキブリパニックは、ジョシュアに心的外傷性ストレス障害を与えた、というのだ。そのとき、逃げまどう招待客に取り残されたジョシュアは全身ゴキブリで覆われ、茶褐色の彫像と化していたというのである。しかし、それよりジョシュアにとってショックだったのは、妻となるべき女性の掌に数匹のゴキブリが乗ったのを目撃したことだろう。彼女は怖れるどころか、笑顔を浮かべてゴキブリに話しかけていたのだから。

そして衛生維持隊員が駈けつけたときは、ゴキブリの群れは完全にカフェテリアから消失した後だったということだ。残っていたのは、引きつけを起したジョシュアと、呆然と立ちつくすセシリアの姿だけだった筈だ。

――一匹ゴキブリがいれば、本当は十四いる。それが、嘘であると人々は言いあっているそうだった。

一匹のゴキブリがいれば、数千匹のゴキブリが存在する……と。

どのように船内でゴキブリが大量発生したのか、原因不明のまま衛生維持隊員による船内全域駆除がスタートしたが、今のところ著しい効果は、あがっていない。それから、定期的にゴキブリは姿を現し、人々はパニックになる。それも慢性化するうちに、人々はゴキブリを目撃しても騒がなくなった。

ゴキブリは〝仕方のない存在〟として船内で認知されたのだ。

マイケルはジョシュア・ガーランド副船長が、飲みこんだゴキブリの卵が孵化して胃を喰い破られて死亡した、という噂を聞き、心を痛めたりもした。しかし、カフェテリア近くの病院棟から落着かない目付きで彷徨しているパジャマ姿のジョシュアを目撃して、それがデマに過ぎなかったことを知り、胸を撫でおろした。副船長職はヨモギダが代行しているということは、ずっと後に知った。それからというものヨモギダやスコットと、マイケルは接触していなかったから。

再び、農場で、単調な作業の日々に戻った。

培養液のチューブを取ろうとしたときだった。チューブの陰から、なにかがかさこそと動いた。茶褐色の生きもの、首に黄色い縞がある。

「ミスターローチ」

間違いなかった。ミスターローチは舞い上がり、差し出したマイケルの手の甲に飛び乗った。ミスターローチはマイケルのことを憶えていたのだ。

「おまえだけか？」そう言ったとき、ミスターローチがいた床のあたりに十数匹のひとまわり小さなゴキブリたちが姿を見せた。すべてのゴキブリの首に黄色い縞がある。

「私も一緒なんです」と、マイケルの背中で声がした。振り向くと……彼女がいた。

「私、やっぱり、ここでマイケルと過ごすことが、一番幸福みたい」

彼女は小首を傾げ、マイケルにそう言った。

「セシリア……」

それは、マイケルにとっても何の異論もない。それどころか、これが夢ではないのか、と何度も頭を振った。

彼女から、その後のヨモギダについてもこのとき聞いたのだ。そして、マイケルとセシリアの障害となるものが何も存在しなくなったことを知った。確かに、自分は、入口も出口も見えない閉塞の世代の人間だ。だが、たった一つでいい。一緒に生きていける人さえいれば、それが希望となりうることを悟る。

今は、ミスターローチの子供たちが、宇宙農業に技術革新をもたらしてくれることを、どのように船内に伝えるべきかということで頭がいっぱいになり始めている。

セシリアの隣に腰を下ろし、ミスターローチの子供たちがやる授粉作業を眺めながら。

Iに寄せて

梶尾真治

『怨讐星域』お買い上げ頂き、ありがとうございます。書きはじめから、幾星霜という感慨深い気持ちです。

私のメモによると、本シリーズを書き始めたのが、二〇〇五年ということになっています。十年ひと昔といいますから、まさに、それだけの期間、書き続けたことになります。

最初、SFマガジンでの連載の話を頂いたときにぼんやり思い浮かんだのは年代記のようなものが書けないかな、ということでした。

その基本設定を第一話である「約束の地」に凝縮したつもりです。

選民たちによる世代間宇宙船〈ノアズ・アーク〉の太陽系脱出。

そして地球に置き去りにされた大多数の人々の新天地への〈転移《ジャンプ》〉。

双方が再びあいまみえるのは、数百年後。

そんな長の年月の未知の天地で発生するできごと、そしてそれぞれにどんな社会が形成され、変移していくことになるのか。

そんな年代記。

年、四回の季節毎の連載だから、焦らずにやっていこうと自分に言い聞かせました。同時に、数百年の期間にわたる人類の末を描くつもりならば、私が生きているうちには、終わらないかもしれないな。

そんなことも、ぼんやり考えていたのも事実です。

結末で、世代間宇宙船で脱出した人々と、地球に置き去りにされ、奇跡の転移《ジャンプ》をして逃れた人々と、それぞれの末裔は果して遭遇することがあるのか？ もし、遭遇できるとすれば、それはどのような遭遇になるのか？

書き始めたときは、なにも考えていなかったのです。双方の社会がどのように動き出すかで、変ってくるだろうし。そんな気持だったことは確かです。

『怨讐星域Ⅰ　ノアズ・アーク』は、ＳＦマガジン二〇〇六年五月号・八月号・十一月号、二〇〇七年二月号・五月号、二〇〇八年二月号・五月号・八月号・十一月号に掲載されました。

本書はこれに加筆・修正を行なったものです。

虐殺器官〔新版〕

伊藤計劃

2015年、劇場アニメ化

Cover Illustration redjuice

9・11以降、〝テロとの戦い〟は転機を迎えていた。先進諸国は徹底的な管理体制に移行しテロを一掃したが、後進諸国では内戦や大規模虐殺が急激に増加した。米軍大尉クラヴィス・シェパードは、混乱の陰に常に存在が囁かれる謎の男、ジョン・ポールを追ってチェコへと向かう……彼の目的とはいったい？　大量殺戮を引き起こす〝虐殺の器官〟とは？　ゼロ年代最高のフィクションついにアニメ化

ハーモニー〔新版〕

伊藤計劃

2015年、劇場アニメ化

Cover Illustration redjuice

二一世紀後半、人類は大規模な福祉厚生社会を築きあげていた。医療分子の発達により病気がほぼ放逐され、見せかけの優しさや倫理が横溢する〝ユートピア〟。そんな社会に倦んだ三人の少女は餓死することを選択した——それから十三年。死ねなかった少女・霧慧トァンは、世界を襲う大混乱の陰に、ただひとり死んだはずの少女の影を見る——『虐殺器官』の著者が描く、ユートピアの臨界点。

ハヤカワ文庫

小川一水作品

第六大陸１
二〇二五年、御鳥羽総建が受注したのは、工期十年、予算千五百億での月基地建設だった

第六大陸２
国際条約の障壁、衛星軌道上の大事故により危機に瀕した計画の命運は……。二部作完結

復活の地Ⅰ
惑星帝国レンカを襲った巨大災害。絶望の中帝都復興を目指す青年官僚と王女だったが…

復活の地Ⅱ
復興院総裁セイオと摂政スミルの前に、植民地の叛乱と列強諸国の干渉がたちふさがる。

復活の地Ⅲ
迫りくる二次災害と国家転覆の大難に、セイオとスミルが下した決断とは？　全三巻完結

ハヤカワ文庫

小川一水作品

老ヴォールの惑星

SFマガジン読者賞受賞の表題作、星雲賞受賞の「漂った男」など、全四篇収録の作品集

時砂の王

時間線を遡行し人類の殲滅を狙う謎の存在。撤退戦の末、男は三世紀の倭国に辿りつく。

フリーランチの時代

あっけなさすぎるファーストコンタクトから宇宙開発時代ニートの日常まで、全五篇収録

天涯の砦

大事故により真空を漂流するステーション。気密区画の生存者を待つ苛酷な運命とは？

青い星まで飛んでいけ

閉塞感を抱く少年少女の冒険から、人類の希望を受け継ぐ宇宙船の旅路まで、全六篇収録

著者略歴　1947年生，福岡大学経済学部卒，作家　著書『ＯＫＡＧＥ』『美亜へ贈る真珠』（以上早川書房刊）『おもいでエマノン』『黄泉がえり』『クロノス・ジョウンターの伝説』他多数

HM=Hayakawa Mystery
SF=Science Fiction
JA=Japanese Author
NV=Novel
NF=Nonfiction
FT=Fantasy

怨讐星《おんしゅうせい》域《いき》Ⅰ
ノアズ・アーク

〈JA1192〉

二〇一五年五月二十五日　発行
二〇一五年六月　十五日　二刷

（定価はカバーに表示してあります）

著者　梶《かじ》尾《お》真《しん》治《じ》
発行者　早川浩
印刷者　西村文孝
発行所　株式会社　早川書房

郵便番号　一〇一 - 〇〇四六
東京都千代田区神田多町二ノ二
電話　〇三 - 三二五二 - 三一一一（大代表）
振替　〇〇一六〇 - 三 - 四七七九九
http://www.hayakawa-online.co.jp

乱丁・落丁本は小社制作部宛お送り下さい。
送料小社負担にてお取りかえいたします。

印刷・精文堂印刷株式会社　製本・株式会社フォーネット社

ISBN978-4-15-031192-6 C0193

本書は活字が大きく読みやすい〈トールサイズ〉です。